제4회 한국과학문학상 수상작품집

황모과

제 4 회 한국과학문학상 수상작품집

모멘트
아케이드

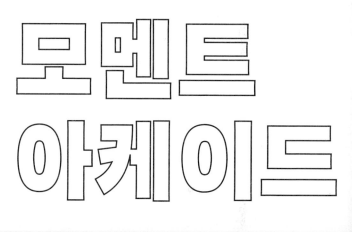

허블

황모과

차
례

모멘트 아케이드

황모과

일본으로 이주해 만화가 스튜디오에서 제작 스태프로 일했고, 만화 관련 통·번역 및 매니지먼트 일을 병행해왔다. 생활고를 겪다 IT 기업에서 6년간 일했다. 브릿G 등록작가. 「가족이 되는 길」, 「삼호 마네킹」, 「남겨진 자들의 시간」이 편집부 추천작으로 선정되었다. 2020년 MBC 한국판 오리지널 SF 앤솔러지 시리즈 'SF8'의 원작 「증강 콩깍지」를 집필했으며 안전가옥 「대스타 앤솔러지」로 출간 예정이다. 「모멘트 아케이드」로 제4회 한국과학문학상 중·단편 부문 대상을 수상했다.

오늘도 모멘트 아케이드moment arcade에 들어섭니다. 사람들의 모든 순간이 짧게 가공되어 업로드되는 곳. 누군가가 체험한 기억 데이터를 사고파는 기억 거래소 모멘트 아케이드. 저는 산책하듯 아케이드 여기저기를 걸어 다닙니다. 저마다 자신의 모멘트를 전시하고 있네요. 제가 찾는 건 그런 화려한 모멘트가 아닙니다. 내가 가장 공감할 수 있는 모멘트, 무력함을 극복하게 해줄 모멘트, 활기찬 삶을 대리 체험하게 해줄 모멘트를 찾고 있어요. 액세스 수가 높지 않아도 좋아요. 대중의 환호가 적어도 좋아요. 마음에 딱 꽂힐 그런 모멘트가 필요해요.

그러니 아케이드 운영진이 매일매일 모멘트 이용자 패턴을 통계화해 아케이드 입구에 공개한 데이터는 제겐 큰 의미가 없습니다. 오늘 전시된 통계는 다음과 같네요.

> 직장인이 점심시간에 가장 많이 체험한 모멘트.
> 영 어덜트 투표권자들이 선호하는 호러 영화 모멘트 탑10
> 12월 첫째 주, 가장 많이 접속한 여배우 모멘트 탑5와 셀럽 헤어스타일 탑5

빅데이터는 다수의 선호도를 부각한단 면에서 조사 및 예측 결과가 뻔하기도 하죠. 저처럼 남들의 선호를 따르고 싶지 않은 사람에겐 피하고 싶은 데이터이기도 합니다. 나한텐 굳이 추천 안 해줘도 돼, 그렇게 말하고 싶거든요.

조회수가 한 자릿수인 당신의 모멘트 리스트가 어떻게 제 눈에 들어왔을까요? 당신의 모멘트를 처음으로 구매한 순간, 그리고 그 모멘트가 사막처럼 메마른 제 마음에 단비처럼 다가온 순간은 지금 생각해도 기적 같습니다. 당시 저는 무거운 쇳덩어리를 안고 깊은 해저 속에 빨려 들어간 것처럼 천천히 죽어가고 있었거든요.

당신은 유명 모멘터는 아니었어요. 저는 아케이드 속을 꽤 오랫동안 배회하며 지냈습니다. 모멘트에 접속해 어떤 이가 느꼈던 한순간을 가상공간에서 닥치는 대로 대리 체험하며 하루하루를 보냈지요. 너절한 내 삶을 마주 보고 싶지 않아 다른 사람의 기억에 탐닉했습니다. 남들은 도대체 어떻게 사나? 어떻게들 그렇게 담담히 살아갈 수 있나? 그런 의문과 의심을 가득 안고서요.

아시겠지만, 아케이드 안에서 쉽게 손에 넣을 수 있는 값싼 기억들은 대부분 누군가가 영화를 보거나 게임 플레이, 인터넷 서핑, 생활 시뮬레이션 등을 체험한 뒤 업로드한 것입니다. 노년층은 차라리 영화를 보라고 마땅찮은 헛기침을 합니다만, 이건 영화를 보는 것과는 완전히 다릅니다. 영화를 본 어떤 이의 정서와 기분을 체험하는 거니까요. 내가 선호하는 영화 장르가 아니어도 정서를 체험하는 데에는 별 무리가 없어요. 모멘터가 체험한 어떤 순간의 감각과 감정을 공유하는 것이니까요. 저처럼 인생에서 아무런 희로애락을 느낄 수 없는 사람에겐 공부가 된답니다. 아, 사람들은 저 순간에 저렇게 감정을 느끼는구나, 하고요.

자신의 생활 환경이 드러날 위험도 있고, 가까운 지인의 프라이버시를 침해할 수도 있기에 진짜 기억은 웬만해선 잘 거래되지 않아요. 게임이나 가상현실(VR)을 체험한 모멘트들이 가장 많지요. 시뮬레이션 도시 소울Soul에서 체험한 가상 일상을 올리는 식이었죠. 자랑스럽게 전시된 각양각색의 감정을 사고파는 것이니 VR체험이어도 상관없어요. 요즘 VR는 실재 같으니까요.

―저는 유치한 호러 영화를 봐도 엄청 덜덜 떠는 진정한 소심쟁이입니다. 어제 〈사탄의 인형〉을 보다 실신하는 줄 알았습니다. 저의 공포를 그대로 담은 모멘트를 구매하세요. 당신은 이전에 경험하지 못한 공포를 대리 체험할 수 있습니다.

소심쟁이 호러 전문 모멘터의 자기소개를 보고 피식 웃었어요.

조회수와 유저들의 열광적인 코멘트를 보니 쫄깃한 심장을 품은 소심쟁이 호러 관객은 곧 인기 모멘터가 되겠더군요.

하지만 이것도 제가 찾던 콘텐츠는 아니었습니다. 조회수가 낮은 것 중에 양질의 콘텐츠를 찾는 데엔 시간이 많이 필요하죠.

사람들의 '좋아요'를 지켜보는 것으로는 내 삶은 도무지 좋아지지 않던 어느 날, 저는 여느 때처럼 모멘트 아케이드에 접속했습니다. 시야 왼쪽 상단에 '베타 버전'이라고 표시된 익숙한 로고를 봅니다. 몇 년 동안 베타 버전인 채 정식 버전으로 나아가지 못하고 있네요. 모멘터 관리나 어뷰징 문제, 블랙 모멘트가 일으킨 사회적 문제를 아직도 해결하지 못했나 봅니다.

저는 일상 〉차분함 〉연애 카테고리를 선택하고 30대, 여자, 정서, 치유 같은 좀 더 구체적인 키워드를 선택했습니다. 그러자 추천 모멘트 중 당신의 기억이 떴습니다. 저는 이끌리듯 모멘트를 구매했습니다. 감각 재현을 위한 체험 디바이스 슈트 '리모트 리얼'에 모멘트를 장착했고, 침대에 누워 눈을 감은 채 VR고글이 투영하는 당신의 모멘트 안으로 들어갔어요. 아무런 미련도, 기대도 없이.

쏴아, 잔잔한 바람이 피부를 간질이네요.

당신이 판매 상세 페이지에 적은 대로였습니다. 한때 사랑했던 연인과 손을 잡고 함께 저녁 하늘을 올려다본, 노을 지는 도시의 풍경을 삶의 한구석에 새겨 넣었던, 어느 평범하고도 특별한 날의 기억.

"아아…."

저는 그때 알았습니다. 제가 찾아다니던 모멘트가 바로 당신의 그 순간이었다는 것을요.

천천히, 저는 당신의 기억을 향해 걸어 들어갑니다. 당신의 감각과 감정이 리모트 리얼을 거쳐 내 안으로 들어와요. 저는 당신의 호흡과 심장박동까지 그대로 느낍니다. 지난 12년간 한 번도 느끼지 못했던 설레는 마음을 당신의 모멘트를 통해 체험합니다. 당신의 호흡에 내 숨을 얹고, 당신의 느긋하면서 세찬 심장박동에 내 심장의 움직임을 살포시 포개어봅니다. 언제나 맥없는 호흡, 의욕 잃은 심장을 품고 사는 나는 당신이 한없이 부러워요.

"공원이 꽤 넓어. 한 바퀴 돌려면 한 시간쯤 걸릴 것 같아. 다리 아프지 않겠어?"

노을이 지고 있는 늦은 오후, 당신은 흔쾌히 연인의 손을 잡습니다. 당신과 일치된 내 마음까지 산뜻해집니다. 우리는 천천히 걷습니다. 많은 말을 나누진 않았지만 둘 사이에 흐르는 침묵마저도 편안해요. 투박하게 큰 그의 손이 따뜻합니다. 그의 손끝이 당신의 손등을 천천히 어루만집니다. 영원히 놓지 않겠다는 듯 둘의 손에 힘이 들어갑니다. 잠시 생각에 빠진 당신의 걸음이 느려집니다. 당신의 연인이 속도를 맞추며 느긋하게 기다립니다. 잠시 후, 당신은 고개를 들어 연인을 봅니다. 아까부터 당신을 바라보고 있는 상대의 시선을 느낍니다, 둘은 같은 타이밍에 같은 눈매를 하고 웃습니다. 둘의 기억 속에 이 순간이 추억으로 새겨집니다.

어수선하고 칙칙하기만 했던 도시가 언제 이토록 빛나는 풍경을 품고 있었나요? 회색 빌딩 사이를 거침없이 통과하는 푸른 바람을 느낍니다. 쌀쌀하기만 한 도시가 잡초들의 끈질긴 생명력을 따뜻하게 품고 있어요. 당신의 차분한 호흡을 경험하며 제 폐부에도 단단한 안정감이 자리 잡습니다. 숨을 들이쉬자 낯선 향기가 온몸에 잔잔하게 차올라요. 당신이 기억하고 있는 풀 냄새, 바람에 섞여 여기 이곳으로 배달된 봄 냄새가 아릿한 옛 기억까지 길어 올립니다. 정확한 장면은 보이지 않지만 당신 기억이 품고 있던 작은 떨림과 다감한 감성, 타인에 대한 신의, 삶에 대한 결의가 내 안에서 세차게 흐릅니다.

어째서 그 모멘트가 제게 그렇게 큰 울림을 주었는지 정확히 잘 모르겠습니다. 그때 저는 아무런 감정을 느끼지 못한 채 중증 우울증에 잠겨 있었어요. 그런 저한테 그 풍경이 꼭 필요했던 것 같아요. 당신과 저의 감각과 감정의 파장이 어떤 지점에서 일치했던 걸까요. 저는 리모트 리얼 안에서 편안했습니다. 서른이 넘도록 한 번도 느끼지 못했던 편안함이었어요.

제 얘길 조금 해도 될까요? 지루할지도 몰라요. 뻔하고 재미없는 얘기여도 조금만 읽어주세요.

10대 후반부터 30대 초반까지, 제 삶에 한순간도 욕심내지 않고 살아왔어요. 엄마가 오랫동안 치매로 투병하다 고통 속에서 세상을 뜬 작년 이맘때까지 12년 동안이었지요. 정가린이라는 사람의 인생은 아무 의미도 없었습니다. 엄마의 손발이라는 의무만 있었기 때문입니다. 오로지 치료비만 생각하며 돈을 벌었고 출퇴근 시간 이외엔 병원과 집에만 머물면서 엄마를 간호했지요.

"그만 죽고 싶다."

엄마는 어떻게든 살고 싶다는 강렬한 욕망을 이렇게 반어법으로 표현했어요.

"죽긴 왜 죽어. 살아서 부귀영화를 누려야지."

저는 이렇게 반어법으로 답하며 엄마와 이별할 날만을 묵묵히 기다렸습니다.

치매 말기, 엄마는 나를 알아보지 못하고 이렇게 외쳤습니다.

"남의 집 일에 신경 끄고 꺼져요!"

누군가에게 쏘아붙이던 엄마의 목소리가 시간을 훌쩍 뛰어넘어 내게로 찾아왔습니다. 엄마는 어린 언니와 나를 붙잡고 있었습니다. 서른이 넘어서 다시 듣게 될 줄 몰랐어요. 저는 조용히 한숨을 쉬었습니다.

엄마는 자기 인생에 미숙한 사람이었습니다. 간단히 양육을 방기하는 젊은 어머니가 언니와 저의 법적 보호자였습니다. 철없는 엄마에게 생명력 짧은 연인이 생길 때마다 우리에겐 홀어머니조차 부재했죠. 먹을 것이 하나도 없는 더러운 방에서 언니와 저는 엄마를 기다리다 지쳐 잠들었어요. 겨울이면 밖에서 신발을 신고 있을 때보다 발이 시려웠던 안방, 머리끝까지 뒤집어써도 온기를 오래 머금지 못하고 무겁기만 했던 축축하고 더러운 이불, 기름때가 잔뜩 낀 가스레인지 위로 빗물이 떨어지던 작은 부엌, 어린 자매는 집 안에서 길을 잃은 것처럼 보호자 없이 헤맸습니다. 동네 아이들은 우리를 볼 때마다 코를 막고 얼굴을 찡그렸습니다. 나는 언니의 뒤통수에 가만히 코를 가져다댔지만 영문을 몰랐어요. 아무 냄새도 나지 않았거든요. 저는 제 코가 고장 난 줄 알았답니다. 어느 날 한 이웃이 찡그린 표정으로 우리집을 들여다봤는데 엄마가 외쳤어요.

"남의 집 일에 신경 끄고 꺼져요!"

언니와 저는 알았어요. 그건 우리를 지키려는 말이 아니라 엄마 자신을 지키려는 말임을. 현관 밖 사람들에게 이끌려 다른 곳으로 가고 싶었어요. 엄마가 억세게 우리 어깨를 붙잡고 있는 바람에 언니와 저는 배를 곯으며 방에 계속 남아야 했죠. 자기 딸들을 돌보는 것보다 딸들이 자신을 돌봐야 한다고 생각하는 엄마를 보면 모성의 형태는 사람마다 다르다는 생각이 들어요.

많은 것을 잊어가던 엄마가 당시의 순간을 골라내 절망을 소환했습니다. 저는 모르는 척 말했습니다.

"언제 적 얘기야?"

그러면 엄마가 날카롭게 말했습니다.

"우리 애들은 잘 지내고 있어요. 걱정하지 마요."

자기의 업보마저 잊은 불완전한 반쪽짜리 인생. 저는 그런 인생을 옆에서 보는 것만으로도 허탈했어요. 당신 애들이 정말 잘 지내고 있느냐고 멱살을 잡고 싶은 마음을 억눌렀습니다. 멋대로 다 잊은 사람에게 무얼 더 바라나요. 엄마의 비겁한 인생이 고스란히 내 것 같았어요. 저는 그 인생에서 나온 더 불완전한 인생이었으니까요. 엄마와 저는 불행의 공동 채무자였어요.

엄마는 그 후에도 종종 되돌려봐야 상처만 소환되는 비루한 과거로 시간여행을 했습니다. 그때마다 저는 속으로 말했죠.

'내가 원해서 엄마 딸로 태어난 게 아니야.'

그렇게 제 삶의 의미까지 덩달아 부정하는 순간, 제 삶에 말할 수 없는 미안함을 느꼈어요. 애써 잊으려 노력해왔는데 엄마의 치매로 또렷이 확인하고 말았습니다. 엄마를 견디지 못하는 만큼, 제 삶을 견딜 수 없다는 사실을요.

의식을 조금이나마 되찾으면 엄마는 미친 듯 날뛰며 자신의 삶을 저주했어요. 그때마다 저도 곁에서 같은 저주를 받아야 했죠. 12년 동안 엄마와 함께 살던 방 천장엔 위층 화장실에서 새는 정체 모를 끈적이는 액체가 고여 있다 떨어지곤 했어요. 사람들이 버리는 수많은 생활 하수 아래에 우리 삶이 초라하게 자리 잡고 있었죠. 그 방에서 저는 엄마 삶의 온갖 오물까지 받아냈어요. 엄마의 기저귀를 일부러 며칠 갈지 않았어요. 짓물러 욕창이 심해지길 바랐죠. 그러다 자책하곤 울면서 엄마의 대소변을 닦았어요.

엄마와 나는 암호 같기만 한 생의 의미를 해독하지 못한 채 인생의 구석에 매달려 있었습니다. 보험중개사는 엄마의 보험 가입

시기와 질병 인지 시점에 대해 관심을 보였을 뿐, 우리 삶의 조건이나 감정까지 들여다보는 사람은 없었죠. 드라마가 되기엔 너무 시시하고 뻔한 불행이었나 봐요.

엄마가 잠든 방에 들어가 가만히 엄마를 내려다보다 나오는 밤이 늘어갔습니다. 검푸른 어둠을 응시하며, 엄마가 죽든지 제가 죽어야 엔딩 크레딧이 올라가겠다고 생각했어요.

무책임한 엄마에게 복수하고 싶은 마음이었을까요. 저는 끝까지 엄마 곁을 떠나지 않았습니다. 그건 미워하는 사람의 마지막을 지켜보겠다는 악의적인 결심이었습니다. 아름다운 것은 점점 꼴도 보기 싫어졌습니다. 자기 책임을 잊은 염치없는 세상이 당장 몰락하기를 기도했습니다. 당신이 망쳐버린 세상은 여기서 끝나야 해. 저는 세상의 끝을 고대하는 광신도처럼 살았습니다.

엄마가 세상을 뜬 이후, 상황은 더 나빠졌습니다. 솔직히 간병을 시작했을 땐 엄마가 곧 떠날 것으로 생각했어요. 엄마가 떠나면 삶이 조금은 자유로워질 거라 기대했지요. 하지만 그 마음이 무색하게도 엄마가 떠나자 더 큰 무력감이 찾아오더군요. 꿈속에서도 엄마와 지냈던 순간에 머물렀습니다. 고통스러운 기억을 강박적으로 떠올리며 한 걸음도 나아가지 못하는 제 자신이 참으로 한심했습니다. 눈을 감고 무조건 달려왔지만 엄마의 죽음으로 걸음을 멈추자 그동안 보이지 않았던 것들이 얼굴빛을 드러내기 시작했습니다. 엄마의 치료비는 전부 제 빚으로 남았습니다. 앞으로 남은 인생도 엄마의 빚을 갚다 끝날 것이라는 차가운 선고를 마주했습니다.

하나밖에 없는 혈육인 언니는 그동안 최소한의 돈만 보낼 뿐 우리를 모른 척하며 살았어요. 학업과 아르바이트로 힘들었던 언니도 최선을 다했다고 생각해요. 하지만 차라리 언니가 영영 나타나지 않았다면 분한 마음이 반절쯤 줄었을지도 몰라요. 남 일처럼 멀거니 떨어져 살다 장례식장에 와서 눈물을 쏟는 언니를 보니 기가 차더군요. 저는 싸늘하게 언니를 바라봤지요. 언니는 도대체 어떤 심정이었을까요. 엄마가 불쌍해서 울고 있는 걸까요. 자식 도리를 못 해서 우는 걸까요. 언니가 상주로 조문객을 맞이했습니다. 투병 상황을 잘 모르는 듯한 조문객들이 언니에게 고생이 많았다고 의례적으로 이야기하며 위로를 주고받는 것을 저는 건조한 마음으로 듣고만 있었습니다. 찾아온 사람이나 상주인 언니나 엄마를 잘 모르는 사람들이란 생각에 고개를 절레절레 저었습니다. 연극적인 이 상황 속에서 언니는 구경꾼 같았어요.

장례식이 다 끝나고 언니가 말했습니다.

"이제 네 삶을 살아."

'비겁한 년.'

그 말을 내뱉었는지 기억이 가물가물하네요. 하지만 제 눈은 똑똑히 그렇게 말하고 있었을 거예요.

언니는 그사이 자기 학업을 마쳤고 장례식 직후 결혼도 했습니다. 언니는 평범한 삶으로 나아갔어요. 혼자서만 말이죠. 부러웠어요. 엄마가 돌아오지 않는 방 안에 우리는 똑같이 버려졌는데 언니와 나는 어쩜 이렇게 다른 삶을 살고 있을까요? 왜 내 삶만 비참해진 걸까요?

언니는 장학금을 받고 기숙사가 있는 고등학교로 입학하면서 일찌감치 독립했어요. 새 교복을 입고 집을 떠나는 언니의 뒷모습을 아직도 기억해요. 언니가 사라져간 골목길에서 하염없이 서 있었던 시간도요. 저는 그때 겨우 초등학생이었어요.

"주말마다 올게."

주말마다 언니를 기다렸어요. 이런저런 핑계로 언니가 오지 않는 날이 늘어갔습니다. 언니의 약속이 처음부터 거짓말이었다는 걸 깨달은 날, 저는 언니의 책과 옷가지, 신발을 전부 다 내다 버렸어요.

언니가 당부하지 않더라도, 저도 제 삶을 찾고 싶었어요. 하지만 어떻게 시작해야 할지 몰랐습니다. 돈을 벌어봤자 빚이 미래를 발목 잡을 텐데, 어찌해야 할지 막막했습니다.

그 후 가끔 상점이나 음식점에서 아르바이트로 일했지만, 오래 버티지 못했습니다. 엄마를 간병했던 경험을 살려 간병인을 직업으로 삼을까, 고민해본 적도 있었지만 포기했어요. 견딜 수 없는 고통을 겪는 환자라면 차라리 죽이는 편이 그들을 위한 길이 아닐까. 침착하게 상상하는 저를 보고 흠칫 놀랐습니다. 부도덕한 마음을 품고 간병인을 직업으로 삼을 순 없었습니다. 무언가 해보려 시도했지만 마음을 사로잡는 순간을 만나지 못했어요. 티브이도 보지 않았고 책도 읽을 수 없었어요.

세상은 제게 엄마만큼이나 무책임해 보였습니다. 엄마가 죽고 난 뒤 옆집 아주머니가 위로한다고 찾아와 종교를 권할 땐 정말이지 한숨이 나더군요. 밥 한 끼 먹자고 연락해준 지인이 다단계 가입을 제안하자 화를 내고 말았어요. 연락도 뜸하던 친구가 보낸 모바일 청첩장을 보곤 연락처를 삭제해버렸지요. 어쩜 하나같이 다들 무심하고 무정한지. 술에 취해 비틀거렸던 어느 밤, 제 뒤를 따라오는 그림자를 느끼고 파출소로 달려갔던 날엔 집에 돌아와 한참 울었습니다. 약하고 상처 입은 사람이 이용당하기 쉬운 세상. 엄마만큼이나 사람들이 하나같이 모두 무례하고 난폭해 견딜 수가 없었어요. 거리에서 스쳐 지나가는 사람들 모두에게 환멸을 느꼈습니다. 저는 결국 골방에 처박혔습니다.

증오는 제 전부가 되었습니다. 엄마의 1주기가 돌아옵니다. 벌써 1년이 흘렀네요. 시간은 아무런 약이 되지 못했습니다.

바보 같다고, 불쌍하다고, 너무 비틀렸다고 저를 동정한다는 듯이 보지 마세요. 심리 상담사들도 자주 그런 표정을 짓더군요. 누구에게도 이해받을 수 없다는 걸 느낄 때마다, 내 자신을 내팽개치고 싶어져요.

저는 무력하게 골방 안에 머물렀습니다. 과연 이 방을 나갈 힘이 내 안에서 싹틀지 기다리고 있었습니다. 아니라면 이대로 사라지는 것도 방법이겠죠. 지금이라도 죽어버리는 게 가장 경제적이라는 유혹이 머릿속을 맴돌고 있어요. 어느 쪽이든 월세가 석 달 밀린 이 방에서 끌려나가기 전에 빨리 결정을 내려야 했어요. 사라지는 것이 가장 현실적인 선택이라 생각했습니다.

그즈음 국립 디지털 헬스케어에서 배정한 인터넷 주치의가 저에게 모멘트 아케이드를 추천했습니다. 체험 장비도 보내주었어요. 광고를 보면 대여비도 무료더군요. 저는 각종 약 광고, 보험 광고를 심드렁하게 본 뒤 바로 모멘트를 실행했습니다. 요즘 기기들은 다 광고비로 개발되나 봐요. 주치의는 제게 긍정적인 모멘트를 선택하라고 조언했습니다.

아케이드 안을 줄곧 배회했어요. 결국, 그사이 셋방에서는 끌려나갔고, 장소만 바뀐 채 다시 아케이드를 헤매게 됐는데 그때 당신 모멘트를 마주한 거예요. 오랫동안 찾아 헤매던 순간을 만난 것 같았습니다. 괴로운 일, 슬픈 일, 걱정되는 일이 매 순간 이어지는 건 삶의 당연지사. 그 와중에 아주 잠깐만이라도 숨통이 트이는 순간을 맞이할 수만 있다면, 다시 또 살아갈 수 있을 거야. 당신의 감각을 통해 불안을 물리친 후 상쾌함을 느끼며 저도 고개를 끄덕입니다. 지하철 광고판, 공중화장실 문에 붙은 명언 같은, 어디서나 볼 수 있는 메시지였습니다. 평소라면 무감동하게 스쳐 지나갔을 평범한 깨달음이 리모트 리얼을 통해 제 심장 위에 겹쳤습니다. 그 순간, 제 마음은 강렬하게 요동쳤어요.

'살아야겠다.'

깍지 낀 그의 손에서 상대를 놓지 않겠다는 결심이 전해집니다. 소소한 거룩함이 보통의 순간 속에서 선언되는 걸 목격합니다. 이상한 일이죠. 겨우 그 한 시간의 산책을 대리 경험하고 싸늘하게 굳었던 마음이 무너졌어요. 사소하지만 숭고한 순간. 이런 귀중

한 마음을 생애 단 한 번도 경험하지 못한 채 죽을 순 없어. 조난자가 됐으면서 왜 한 번도 구해달라고 악을 쓸 생각을 하지 않았니. 리모트 리얼을 통해 느껴진 그의 온기가 독려합니다. 엄마 장례식 때에도 터지지 않았던 눈물이 쏟아졌습니다. 힘주어 누군가와 손을 맞잡고 난 뒤에야 깨달았어요.

'내 삶은 보상받아야 해.'

미지근한 가상의 자극이었지만 당신과 연인이 품은 따스함은 지금 제게 가장 필요한 것이었나 봅니다. 동시에 의아했습니다. 이렇게나 사소한 순간이 생의 의지를 줄 수 있다니. 그동안엔 왜 못 만났을까? 당신의 평범한 경험이 왜 이렇게까지 큰 울림으로 다가온 걸까?

남은 문제는 제게 가족도, 친구도, 연인도, 직업도, 돈도, 미래도 없어서 숨통을 틔워줄 순간이 없다는 것이었습니다.

도대체 누가 내 12년을 보상해주지?

저는 모멘트 아케이드에서 당신에게 연락했습니다. 당신의 기억을 추가로 사고 싶다고 개별 메시지를 보냈지요.

— 산책 기억을 구매했던 사람입니다. 당신 연인과의 추억을 조금 더 판매해줄 수 있나요?

당신은 기꺼이 기억을 나눠주었습니다. 저는 당신과 연인이 나눈 아름다운 시간을 조금 더 대리 체험했습니다. 비좁은 거실에서 함께 밥을 먹고, 낡은 소파에 기대어 앉아 함께 영화를 보고, 하루에 있었던 크고 작은 감정들을 나눕니다. 극히 평범한 인생의 단편들입니다. 서로의 선호와 습관을 이해하고, 어떤 건 이해되지 않아도 인정합니다. 때로는 서로가 완벽하게 이해받지 못한다는 사실에 사랑을 의심하기도 하죠. 하지만 서로의 불완전한 삶을 받아들이는 당신과 당신의 연인을 보며 저는 사랑을 배웁니다. 작은 표현 하나에 발끈해서 언쟁하다가 화해하는 방식도 배워나갑니다.

당신과 당신 연인이 아주 착하고 성실한 사람이란 걸 느낍니다. 소박한 욕망과 강렬한 신념이 공존합니다. 때로 자신들의 신념을 기대만큼 일상에서 구체화하지 못한다는 내적인 반성도 읽을 수 있습니다. 당신이 불안할 때, 당신의 연인은 흔들리지 않습니다. 연인이 우울해 보일 때, 당신의 긍정적인 에너지가 의기소침한 연인을 일으킵니다. 연인이 자신의 경험을 토로할 때, 당신은 연인보다 더 흥분하기도 합니다. 신뢰가 전제된 둘의 시간이 차곡차곡 견고히 쌓여갑니다. 이렇게 작은 순간들이 모여 서로가 상대방의 삶의 근사한 배경이 된다는 것을 깨닫습니다. 내가 존재함으로써 상대방 삶이 더욱 소중해지길 꿈꾸면서요.

당신이 부러워요. 저도 이런 결속을 느끼고 싶었어요. 혼자가 아니라는 것을 확인하는 정서적 라이프 라인. 사랑하는 사람과 함께 걷는 길은 사람들이 함께 사는 도심으로도 이어주지만, 사람들 사이에서 지쳤을 땐 오솔길이 되어 쉼터로도 이어주죠. 제게도 그런 관계가 생길까요?

당신의 눈과 감각을 통해 들여다본 탓일까요. 저는 당신의 연인을 직접 만나보고 싶다는 강렬한 욕망에 휩싸였습니다. 당신의 마음을 공유하면서 그를 사랑하게 되었어요. 근데 왜 당신은 이토록 아름다운 기억을 판매했을까요? 두 사람은 헤어진 걸까요?

한없이 다정한 당신 연인의 눈빛을 직접 보고 싶었어요.

'나를 구원해줄지도 몰라.'

막무가내로 기대를 품게 되었어요. 물론 만난다고 해도 당신의 연인이 저를 사랑하진 않겠죠. 저는 당신이 아니니까. 그래도 당신의 연인은 당신만이 아니라 주변 사람들에게도 다정한 사람이니, 제게도 그런 눈빛을 보여줄지도 모르잖아요? 실은 뭐든 상관없었던 걸지도 모르겠어요. 죽을 순간만을 기다리던 저였으니까, 그저 세상 밖으로 한 발자국 내디딜 계기가 필요한 것뿐일지도 몰라요. 그저 강렬하고 간절하게 당신의 연인을 만나러 가고 싶었어요.

저는 지금껏 지나온 삶을 메시지로 적어 당신에게 보냈습니다. 이상하게 들리겠지만, 혹시 헤어진 거라면 당신의 옛 연인을 제가 만나봐도 되겠냐고 물었어요. 그저 얼굴을 한 번 보고 싶을 뿐이라고요. 프라이버시 문제가 있다는 걸 알지만 잠깐 스쳐 지나가는 식이어도 어떻게 안되겠느냐고요. 두려워하며 며칠을 고심해서 썼던 메일이 무색하게도 당신의 답은 간결한 예스였어요. 당신은 흔쾌히 아무런 문제가 안 된다고 말했고, 심지어 옛 연인을 직접 만날 방법까지 알려주었지요.

금세, 당신이 왜 그렇게 간단히 제게 연락처를 알려줬는지 알게 됐지요. 이제 저의 연인이 된, 당신의 전 연인을 저는 쉽게 만났습니다. 걱정할 필요도 없었어요. 우린 만나자마자 손을 잡았고 함께 산책을 시작했습니다. 당신의 답장을 받은 뒤 고작 10분 뒤의 일이었어요.

"가린 씨, 공원이 꽤 넓어요. 한 바퀴 돌려면 한 시간쯤 걸릴 것 같아요. 다리 아프지 않겠어요?"

저는 곧장 연인의 손을 잡았습니다.

당신이 알려준 연인은 가상공간 속, 가상 존재였어요. 당신의 안내대로, 서울과 겉모습뿐만 아니라 별다른 감흥을 주지 않는다는 점까지 똑 닮은 가상 도시 소울로 입장했어요. 소울의 존재는 알았지만 접속해본 건 이번이 처음이었죠. 일상을 가지런히 정돈하기도 힘든데 가상 도시 속에서 생활을 꾸려나가는 일은 성가시다고 생각했거든요. 풍경과 아바타는 몇 년 전에 봤던 3D 영화가 아주 촌스럽게 느껴질 정도로 놀라웠어요. 가상공간을 체험한 당신의 모멘트를 보고 저는 의심 없이 실제로 존재하는 장소라고, 당신의 연인이 실제 연인이라고 느꼈으니까요.

저는 당신과 연인이 걸었던 그 공원 이름을 데이트 장소로 설정했어요. 당신이 선택했던 것과 똑같은 타입의 아바타를 선택했고 한 시간의 공원 산책이라는 액션을 입력했습니다. 반말은 싫으니 경어를 써달라고 세세하게 옵션도 지정했죠. 그 뒤 우린 함께 걸었어요. 세심하게 재현된 공간과 리모트 리얼을 통해 피부로 느껴지는 감각이 실감났어요. 기술은 하루가 다르게 성큼성큼 앞으로 나아가나 봐요. 저는 한 발자국도 나아가지 못할 뿐더러 하염없이 뒷걸음질 치고 있는데 말이죠.

연인 아바타는 더할 나위 없이 친절하고 사랑스러웠습니다. 아낌없이 사랑의 말을 속삭였습니다. 제가 원했던 대로 저에 대한 긍정적인 표현과 칭찬을 아끼지 않았고, 약간의 꾸중도 덧붙였지요. 하지만 끝내 용기를 북돋아주는 신중한 표현을 피력했죠. 제가 입력한 요청사항대로였어요. 사전에 입력한 것과 똑같은 단어나 문장은 아니었지만, 최대한 내 의도를 파악하고 재구성해 달콤하고 성의 있는 말을 쏟아냈습니다. 음성 합성 악센트까지 성실하고 다정하게 들려 완벽했습니다.

"가린 씨가 얼마나 고생했는지 알아요. 그건 아무나 할 수 있는 일이 아니었어요. 당신이 정말 대견해요. 당신의 삶은 보상받아 마땅해요."

영화 자막을 떠올리게 하는 번역 투의 말투가 거슬렸지만 저는 잠자코 그의 찬사를 들었습니다. 누군가에게 꼭 한 번은 듣고 싶었던 말이었습니다. 이렇게 감흥 없이 들릴 줄은 몰랐지만요.

"하지만 이대로 계속 슬픔에 잠겨 있는 건 인생의 낭비예요. 당신이 좀 더 적극적으로 세상으로 뛰어들면 좋겠어요. 몸을 조금 더 움직여봐요. 친구를 더 만나고 여행을 다녀봐요. 그럼 의욕이 생길 거예요."

그의 진단과 조언은 진부했어요. 국립 디지털 헬스케어 주치의가 늘 말하는 패턴이었지요. 아케이드 입구에서 매일 보는 빅데이터 결과치를 보고 있는 것 같았어요. 듣고 있자니 약간 부아가 치밀어 오르더군요. 안 해본 게 아니었으니까요. 심지어 아바타에게

훈계를 듣는다고 생각하니 그건 두 배로 불쾌하더군요. 저는 한숨을 쉬곤 가볍게 항변했어요.

"저도 알아요. 하지만 제겐 친구가 없어요. 친구를 만들고 여행을 다녀보라고요? 그게 그렇게 쉬우면 제가 왜 상담 따위를 받고 있겠어요? 왜 여기서 이러고 있을까요? 엄마가 투병 초기였을 때, 친구와 만나는 건 제겐 또 다른 지옥이었어요. 친구의 가족이 건강한 것만으로 우리 사이엔 서로 이해할 수 없는 깊은 골이 있다고 생각했어요. 어떤 상대를 만나도 우리에겐 공유할 수 없는 완벽한 두 세계가 있었어요. 환자를 수년, 수십 년에 걸쳐 간병한 사람들끼리 만나도 마찬가지일걸요. 우리 엄만 정말 지랄 맞았거든요. 사람 수만큼 고통의 형태도 다양해요."

속마음을 쏟아붓다 보니 울분과 분노가 제어되지 않았어요. 상대가 아바타라고 생각하니 점점 제어할 필요도 느껴지지 않더군요.

"난 결국 아무와도 친구가 될 수 없다고! 네가 뭘 알아, 씨발!"

아바타가 부드러운 표정을 보이다가 잠시 움직임을 멈췄습니다. 그러자 산책길 화면 위로 옵션 대화창이 떠올랐어요.

당신의 연인이 어떻게 반응하길 원하나요?
1. 좀 더 강하게 질책할 것
2. 따듯하게 위로해줄 것
3. 자유 입력

저는 그 대화창을 노려보다 산책을 강제 종료했어요. 어떤 것을 선택해도, 연인 아바타가 어떤 말로 날 질책해도, 혹은 따듯하게 위로해도 화가 날 게 뻔했습니다. 제 마음은 제가 잘 알아요. 그 누구도, 그 어떤 상황도, 심지어 저조차도 저를 구원할 수 없다고 확인사살 당했을 뿐이었습니다. 결국, 아무도 내 삶을 보상할 수 없었어요. 다시 조난당한 기분이었습니다.

리모트 리얼을 통해 소울에서 체험할 수 있는 옵션은 몇 가지 더 있었어요. 연인과 가상 결혼을 체험할 수도 있고, 서버를 경유해 다른 도시로 여행을 가거나 섹스를 대리 체험할 수도 있었죠. 육아를 경험할 수도 있었고요. 저는 액션 리스트를 노려보다 허탈한 마음으로 시스템을 종료했습니다. 감은 눈꺼풀 안으로 죽음처럼 독한 고독이 찾아왔습니다.

아바타에게 도대체 뭘 기대한 건지! 울분의 화살은 다시 저 자신을 향했어요.

당신에 대한 의문이 일었습니다. 이런 뻔한 시뮬레이션, 괄목할 기술력 이외엔 아무런 감흥을 느낄 수 없는 가상공간 속에서 어떻게 당신은 그렇게 긍정적인 에너지를 꽃피울 수 있었나요? 똑같은 백그라운드를 세팅했는데? 도중에 접속을 끊어버릴 정도로 제게는 불쾌함만 남겼던 그 순간, 당신은 힘찬 심장박동과 함께 주변의 모든 에너지를 자신의 것으로 만들어냈습니다. 그게 어떻게 가능하지요? 모든 걸 긍정적으로 바꾸어낼 내적 에너지, 내겐 손톱만큼도 남아 있지 않은 그 힘을 당신은 어쩌면 그렇게도 완벽한 형태로 품고 있나요? 이상하기만 합니다.

당신도 혹시 블랙 모멘트를 경험해본 적이 있나요? 당신 같은 사람은 블랙 모멘트를 접하고도 아름다운 해석을 추출해낼 수 있나요?

아시다시피 모멘트 아케이드 암시장엔 살인자의 모멘트를 파는 블랙 모멘터들이 많아요. 가상 살인 경험이 성황리에 거래되고 있지요. 거래 자체는 플랫폼 바깥 암시장에서 성사되긴 했지만 아주 고가에 팔리고 있었고 맛보기 영상은 간단하게 얻을 수 있었어요. 범죄 현장에 가상이라는 이름을 붙여 법망을 교묘하게 피해 갔죠. 실제 모멘트인 건지, 아님 소울에서 가상으로 아바타를 죽이는 건지는 잘 모르겠어요. 리모트 리얼을 통해선 구분이 전혀 안 되니까요. 실제 살인율을 낮추었다는 소문도 있던데 정확한 분석인지는 모르겠습니다. 오히려 살인 예행연습으로 활용될 수도 있잖아요. 판매 호조에 힘입어 최근 암시장에서 거래되는 범죄형 블랙 모멘트는 패턴이 다양해지고 있다지요.

고백하자면 딱 한 번 저도 블랙 모멘트를 체험한 적이 있습니다. 머리 꼭대기까지 늪에 파묻힌 것처럼 숨 쉴 수조차 없는데 뭐든 어때? 내가 맛보고 있는 절망보다 훨씬 더 깊고 어두운 파멸을 대리 체험한다면 그나마 내 삶이 낫다고 여기게 되지 않을까? 그런 기대가 호기심을 정당화시켜주었죠. 암시장 카탈로그를 둘러보다 그나마 소프트하다는 살인 모멘트를 구매했어요.

알코올중독자이면서 마약·도박중독자인 살인자의 기억이었어요. 피해자의 얼굴은 흐릿하게 처리되어 있었고 판매 설명란엔 다행히 피해자도 세상에서 제일 악질인 살인자였다는 설명이 곁들여 있어 죄책감을 조금은 덜어주더군요.

영상은 짧았어요. 접속하자마자 쌍방 폭행이 시작되었어요. 통증과 유사한 감각이 뇌로 흘러들어 오자 저 역시 격한 감정이 치밀어 올랐어요. 영상 초반에 한두 대 맞은 것보다 훨씬 강렬하고 우세한 힘이 여러 가지 강도와 방식으로 상대방의 뭉개진 얼굴 위에 가해졌습니다. 저와 연결된 살인자가 테이블 위의 칼을 집어 들었습니다. 칼을 쥔 손을 높이 들자 터질 듯 심장이 뛰었습니다. 그건 살인자의 것이 아니라 제 심장박동이었습니다. 다음 순간을 기대하는 흉악한 마음이었어요. 피해자의 심장을 향해 섬뜩한 칼이 수직으로 내리꽂히려는 순간, 저는 허둥지둥 영상을 껐어요. 0.1초였을까요? 찰나의 순간, 세상에서 가장 역겨운 감각이 손끝으로 뭉텅 전해 왔어요.

그건 정말 구역질나는 경험이었어요. 내 삶이 그나마 낫다고 여기기는커녕 모든 인간이 벌레만도 못하다는 생각으로 치닫더군요. 누군가는 그 경험을 반대급부 삼아 살아갈 힘을 얻었을지도 모르겠어요. 하지만 저는 아니었어요. 그날 이후 암거래에는 손을 뻗지 않았습니다.

당신이라면 부패한 오물로 진주를 빚어낼 수 있나요?

저는 당신에게 한 번 더 긴 메시지를 보냈습니다.

– 알려주세요. 어떻게 해야 그토록 뻔하고 무감동한 시뮬레이션 속에서 당신처럼 삶을 살아낼 긍정적인 에너지를 느낄 수 있나요? 저도 가능할까요?

의외의 대답이 돌아왔어요. 당신은 친절했지만 제가 응용해보기엔 어려운 이야기를 들려주었습니다.

– 제가 당신에게 판매한 모멘트는 똑같은 순간을 수십 번, 때론 수백 번 경험한 이후에 길어낸 가장 아름다운 순간이랍니다. 당신에게 판매하기 전, 저는 같은 순간을 수십 번 반복했어요.

당신은 같은 경험을 여러 번 반복하면서 지나간 순간에 느끼지 못한 감정과 감각을 찾아냈다고 이야기했습니다. 각종 희로애락, 소소한 감정들의 경계에 존재하는 수많은 경우의 수를 다 반복해보고 그중에서 가장 아름다운 순간을 찾아냈다고요. 아름다운 모멘트는 때로는 첫 번째 순간에 찾아오기도 했고, 수십 번의 시행착오를 겪은 뒤 찾아오기도 했대요. 어느 순간 갑자기 찾아오기도 했답니다.

의아했습니다. 어떻게 그렇게 할 수 있지? 당신은 시간이 많나 봐요.

놀라운 이야기였지만, 차마 당신처럼 할 수는 없었습니다. 같은 경험을 반복하면서 새로운 마음을 찾아보라고요? 소울에서라도 싫어요. 심지어 엄마와 함께했던 고통스러운 모멘트를 다시 한 번 실행하면서 다른 감정을 내 안에서 찾아본다고 생각하니 끔찍합니다. 그건 고문당하다 죽으란 얘기랑 같아요.

그러자 당신이 제게 제안했어요.

— 당신과 같은 일을 겪었던 누군가의 모멘트를 체험해보세요. 같은 공간에서 같은 시간을 보냈을 지라도, 누군가는 당신과 다르게 빚어낼 수도 있어요. 그 차이를 알게 된다면, 도움이 될지도 몰라요.

저는 당신의 조언을 받아들였고 오랜 시간 고민한 뒤 언니에게 연락했어요. 언니의 전화번호도 잊고 있었지만, 다행히 언니가 제 모멘트 아케이드 계정을 팔로우한 덕분에 메시지를 보낼 수 있었습니다. 요즘 다른 사람의 모멘트를 대리 체험 중이라는 근황을 알렸고 언니의 모멘트를 체험하고 싶다고 말했어요. 언니는 오랜 시간 고민했고 그동안 고이 저장해온 12년의 기억을 제게 복제해서 넘겨주었습니다. 극히 사적인 부분은 잘라냈지만 거의 모든 시간이었어요. 저는 그 시간을 빠른 속도로 재생했고 나와 관련된 부분은 정상 속도로 재생시키면서 언니의 삶과 중첩되는 내 삶을 찾았습니다. 언니의 눈으로 우리가 함께 통과해온 모멘트를 지켜보는 데에 한 달 남짓 시간을 썼습니다.

언니의 모멘트는 지루하더군요. 책과 씨름하는 게 일과였어요. 만나는 사람도 대부분 연구하던 자료를 위한 케이스 스터디더군요. 어떻게 저렇게 재미없는 일상을 한결같이 담담히 이어갈 수 있는지. 언니도 참 대단한 사람이라는 걸 그때 처음 알았어요. 음울했던 유년 시절, 제 심장은 고장이 나고 말았는데 언니는 어떤 일에도 좌우되지 않는 잔잔하고 단단한 심장을 얻었나 봐요.

엄마의 병색이 심각해지던 시절, 언니는 우는 날이 많아졌어요. 학업을 중단했고 쉼 없이 일하며 엄마에게 돈을 보냈어요. 저는 언니의 피로와 고뇌에 간단하게 설득되지 않으려 심장을 부여잡고 버텼습니다.

언니는 스마트폰 메시지 창을 켜고 한참 들여다보았습니다. 전부 언니가 저에게 보냈던 안부 인사였어요. 메시지는 언제까지고 읽음 표시로 바뀌지 않았습니다.

1 밥은 잘 챙겨 먹고 있니?

1 네가 걱정이야.

1 엄마를 돌봐줘서 고마워.

답이 되돌아오지 않는 화면 하단에 언니는 메시지를 하나 더 보냈습니다.

1 미안해.

언니의 답답한 마음이 제 호흡 위에 겹쳤어요. 지켜보는 제 심정은 복잡했습니다. 언니는 자기만의 방식을 통해 엄마와 나를 위해 헌신하겠다는 결심을 일기에 적어 넣습니다. 언니의 의지가 꼿꼿합니다. 매일 책상 앞에 앉는 언니의 단호한 다짐 위에 엄마와 나의 삶이 오버랩됩니다. 언니의 모멘트를 통해 알게 됐어요. 엄격한 의지도 사랑의 또 다른 형태라는 걸. 언니의 다짐이 제 심장에도 새겨집니다.

얼마 후, 언니가 엄마 장례식장에 들어섰습니다. 제 마음이 떨리기 시작했습니다.

입관 직전, 언니는 엄마의 짧은 생을 연민하며 엄마의 차가운 몸을 끌어안았습니다. 눈물이 왈칵 쏟아졌지만 금방 차분한 심장으로 되돌리고 눈물을 거뒀습니다. 호흡을 가다듬고 동생을 바라보았습니다. 언니의 마음을 모르는 제가 싸늘한 눈물을 흘리며 언니를 노려보고 있었습니다.

언니는 제 등을 쓰다듬었어요.

"이제 네 삶을 살아."

"비겁한 년."

언니를 향해 제가 냉소했어요. 언니의 머릿속이 멍해졌어요.

"엄마의 삶이랑 우리의 삶은 달라. 엄마의 불행은 네 불행이 아니야."

일그러진 얼굴을 한 제가 언니를 향해 말했습니다.

"나는 내 삶을 살아본 적이 없어서 어떻게 해야 할지 모르겠거든. 언니는 언니의 삶을 살아. 지금까지 쭉 그래왔듯이."

언니의 심장이 일그러졌습니다. 상처 입은 동생을 안아주려고 다가서는데 동생은 언니의 손을 뿌리치고 떠납니다. 언니는 언젠가 서로 다시 마주할 날을 기약하며 장례식장을 나왔고, 건물 앞에 주저앉아 오열했습니다. 동생에게 하고 싶은 말을 마음속으로만 쏟습니다. 저는 이제야 언니가 하고 싶었던 말을 듣습니다. 시차를 두고 언니의 기억 속에서요.

저와 가장 관련된 언니의 모멘트는 엄마가 돌아가신 이후에도 계속되었습니다. 의외였죠. 장례식 이후에 언니는 저와 연을 끊은

줄 알았거든요.

언니는 회사 생활과 대학원 과정을 병행하며 몇 편의 논문을 만들었어요. 「미주신경 자극과 VR를 결합한 무의식 환자 치료 지원」, 「정서 장애 해소에 활용 가능한 모멘트 대리체험자의 경향 분석」, 「본인의 모멘트 반복 재생을 통한 치매 환자 치료 효과 연구」, 「모멘트 아케이드를 활용한 중증 간병 가족 트라우마 치료」 같은 논문에 참여했고 연구 방식은 실제 현장에서도 적용되었습니다. 「의식불명자와 모멘트 대리 체험자 상호작용」 같은 건 무슨 연구인지 잘 이해되지 않았지만요. 간병 가족의 트라우마라면 내 얘긴데? 그런 생각만 들었죠. 언니는 그런 논문들을 써 내려가며 기대감에 두근거렸어요. 그 기대는 무척 따뜻하면서도 슬픈 느낌이었어요. 이름 없는 사람들, 얼굴 모르는 사람들을 돕고 싶다는 마음, 엄마 같은 사람을 끝끝내 연민하고 싶은 마음, 동생처럼 세상에 상처 입고 만 사람을 떠올리는 마음이었어요. 고립된 사람들을 기억하려는 결심이었어요.

언니의 모멘트가 점점 최신 경험으로 나열됩니다. 언니는 요즘 매일 모멘트 아케이드 본사 앞에서 1인 시위를 벌이고 있어요.

"제 동생을 살려주세요."

언니가 울며 호소했어요. 모멘트 아케이드가 자사 서비스에 접속된 일부 유저를 강제 해제하겠다고 선언했대요. 언니는 그걸 반대하고 있었습니다.

언니는 의식불명자에게 모멘트 아케이드 시스템을 연동시키는 치료 방법을 연구했어요. 시스템 이용에 동의한 가족에 한해서 한정판 모멘트 아케이드가 공개되었습니다. 한정판 모멘트 아케이드는 의식불명자들의 뇌에 직접 연결되었죠. 페이지 왼쪽 상단에서 빛나는 베타 버전 아이콘이 아주 익숙했습니다. 제가 당신의 모멘트를 우연히 발견했던 그곳이 바로 베타 버전 모멘트 아케이드. 언니의 연구팀이 개발사에 제안해 세상에 나온 버전이었어요.

"아아…."

언니는 제 삶을 돌려주려고 모멘트 안팎에서 제 이름을 부르고 있었던 거예요.

"자살 시도자의 강제 안락사를 반대합니다. 동생은 모멘트 아케이드 안에서 살아 있어요. 지금 살고 싶다고 소리치고 있어요. 세션 강제 종료를 막아주세요."

언니가 사람들에게 호소합니다.

이제야 기억납니다. 저는 골방에서 수면제를 먹고 죽을 각오를 실행에 옮겼어요. 인터넷에서 그런 말을 봤죠.

― 자살을 시도한 자들이 식물인간이 되었다면 이들을 살리기 위해 국가적 자원을 사용하는 것이 옳은가, 같은 돈으로 빈곤한 가정의 아이들을 지원하는 것이 옳은가?

― 연약한 심장이 모멘트에서 상품이 되는 시대. 인간의 효율이 점점 더 고도화된다. 무한한 가능성 앞에서 스스로 모든 기회를 닫은 사람을 연명하는 데에 제한된 사회적 자원을 쏟을 수 없다.

저는 그 말에 아주 깊이 동의했습니다. 그래서 수면제를 털어 넣을 수 있었어요. 그리고 의식불명으로 석 달 월세가 밀렸던 골방에서 끌려 나와 병원으로 이송되었죠. 병원에서 언니가 장착해준 리모트 리얼로 저는 다시 모멘트 아케이드에 들어섰던 거예요.

제 병상 머리맡에서 언니가 속삭입니다.

"이제 네 삶을 살아."

저는 그 말을 언니가 저와 또다시 거리를 두겠다는 선언이라고 이해했어요. 그래서 홀로 남겨진 뒤 언니를 한층 더 원망했어요. 근데 그건 언니가 제게 남긴 응원의 말이었더군요.

모멘트 안에서 12년을 언니의 눈으로 바라봤기 때문일까요. 언니의 고통을 나도 대리 체험했습니다. 언니의 심장이 고통스럽게 일그러졌을 때, 언니 눈앞에는 상처 입은 제가 서 있었어요. 자신의 가치를 부정하고 세상에 환멸을 느끼는 동생은 언니가 내민 손을 떠밀고 세상에 등을 돌립니다. 의식을 잃고 간신히 생을 연명하게 된 동생. 그런 동생을 바라보는 언니는 참담합니다. 하지만 언니는 결심합니다. 어떻게든 동생을 구해야 한다고요. 구하겠다고요.

저는 아직 침대 위에 조용히 누워 있습니다. 언니가 보호자 침대에 누워 리모트 리얼을 착용합니다. 언니의 아바타가 아케이드 안으로 나를 만나러 와주었네요. 우린 정말 오랜만에 많은 얘기를 나눴어요. 주로 어린 시절 이야기였어요. 어느 춥고 배고팠던 겨울밤, 우리 둘만 있었던 그 방의 기억에 대해. 언니가 그때 그런 말을 했죠.

"누군가 올 거야."

그때 우리에겐 아무도 오지 않았습니다. 저는 아무도 제게 손 내밀지 않은 세상을 원망하기만 했는데, 언니는 타인에게 손 내미는 어른이 되려 노력했더군요.

당신에 대해선 언니에게 이야기를 들었어요. 우연히 당신의 모멘트를 만나기 전, 언니와 당신은 이미 모멘트 아케이드 안에서 여러 가지 시도 중이었다고요.

당신은 의식불명자이지만 엄연한 사회적 인격이며 주체라고. 모멘트 아케이드 안에서 특정 경험을 반복해 체험하는 것을 직업으로 삼고 있는 사람이라고 들었어요.

실제 당신은 모멘터 소개 영상보다 한참 나이가 많다고 하네요. 언니와 연구를 통해 만났던 당신은 벌써 3년 넘게 모멘트 아케이드와 소울을 오가며 일하고 있대요.

"내가 만났던 그 모멘터는 깨어나실 수 있대?"

제 물음에 언니가 이렇게 답했습니다.

"그분들은 이미 깨어 있으셔. 우리와 다른 방식으로, 우리와 다른 시간, 다른 장소에서."

제한된 인생의 답을 찾기 위해 같은 시간을 무한히 반복해서 사는 게 보통 사람으로선 쉬운 일은 아니죠. 그래서 당신 같은 분들이 인간의 모든 모멘트를 대신 체험하고 있대요.

놀라운 이야기였어요. 당신과 같은 '의식 모멘터'들이 꽤 많다는 이야기를 포함해서요. 의식불명자가 다른 의식불명자의 치료를 돕고 있다니, 특별한 시간 속에 살면서 가장 아름다운 모멘트를 추출하고 있는 사람들이라니 우리가 그런 사람들에게 둘러싸여 살고 있다니. 우리가 돌봐야 하는 존재라고, 심지어 누군가는 자원 낭비라고 오만하게 품평했던 존재들이 보이지 않는 곳에서 다른 사람을 돕고 있었다니. 제게도 손을 내밀어주셨다니. 상상도 못 했던 이야기였어요.

100 days dream 모멘터 님.

저는 엊그제부터 소울에서 혼자 산책을 시작했어요.

당신은 오늘도 수만 가지, 수백만 가지 시뮬레이션을 반복하며 저 같은 사람에게 마음의 울림을 줄 순간을 찾아 헤매고 있으신가요. 어떤 말로 감사를 표현해야 할까요. 대량의 데이터를 반복적으로 분석해 유효한 패턴을 도출하는 일, 인간의 처리능력을 뛰어넘는 일은 AI가 담당하는 시대가 되었다고 하지요. 평범한 사람은 쉽게 감당하기 어려운 반복적 업무 속에 당신이 있었습니다. 당신처럼 특별한 분이 기계의 일 속에서 인간성을 발휘하는 역할로 참여함으로써 제게 사무치는 모멘트를 전해주셨어요. 그렇지 않았다면 고도화로 포장된 오류, 다수결이라는 이름으로 정당화된 부도덕, 또는 예측 불가능성이라는 난폭함이 제어되지 않을지도 몰라요. 차가운 기술 안에 인간의 뜨거운 피를 돌게 하신 당신께 깊은 존경의 인사를 보냅니다.

당신이 수십 번, 수백 번 반복해서 찾아낸 것 중에 제게 가장 적합한 순간이 눈앞에서 리스트로 펼쳐집니다. 우연인 것처럼, 당신이 제게 손을 내밀어요. 정처없이 헤매느라 저조차 제 선호를 모르는데, 제 행동과 취향을 파악했다며 얼굴을 내미는 추천 알고리즘과 다릅니다. 나를 반드시 구하고 말겠다는 언니의 강한 의지가 반영된 기획이자 제안이었다는 걸 이제는 압니다. 관습적인 얼굴을 하고 있지만, 사람을 살리는 모멘트가 제 심장 위에 겹칩니다. 우리는 매일 우연 같은 기적을 얼마나 심드렁하게 스쳐 지나가고 있는 걸까요.

기술이 제시하는 수많은 경우의 수 중, 당신은 자신의 경험과 판단을 통해 인간의 마음을 울릴 몇 개의 모멘트를 추려내겠지요. 그중에서 저는 또 한두 개를 골라낼 겁니다. 당신의 리스트 중에서 제 마음의 파장에 맞는 순간을 건져내는 선택, 당신의 시선과 제 시선의 초점을 맞추는 일, 제 피부에 전달되는 전기 신호를 제 감각으로 받아들이는 결심만큼은 온전히 제 몫일 거라 믿어요.

"어서 와."

오랜만에 눈을 뜹니다. 눈이 부셔요. 침대 머리맡에서 언니의 목소리가 들립니다.

혹시나 해서 어머니께 미리 말씀드렸습니다.

"소설에 나쁜 엄마가 등장하는데 그건 엄마가 모델이 아니에요, 알았죠?"

이 작가는 엄마랑 사이가 나쁜가 보다, 하고 생각하실 분이 있다면 소설은 소설일 뿐이라고 말씀드려야겠습니다. 요즘엔 공상소설 쓰는 기사가 많아져서 그런지(심지어 과학적이지도 않더군요) 소설이 한층 더 강렬한 현실성을 요구받나 봅니다.

어머니를 존경하고 사랑하는 것과는 별개로, 가족주의 담론을 무척 경계합니다. 암보험과 가족애는 도대체 무슨 관계인가요? 가족의 중병이 다른 가족의 인생 공멸과 직결되다니, 질병도 연좌제인가요? 한국 드라마와 할리우드 영화가 가족을 주요 가치로 설정하는 것과 미비한 의료 체계 사이의 연관 관계를 떠올려봅니다. 작가노트를 쓰고 있는 2020년 4월, 의료민영화가 일찍이 추진됐다면 얼마나 더 많은 가족 비극이 탄생했을지 생각만 해도 아찔합니다. 제도가 자기 약점을 감추려 가족 간의 사랑에 호소하는 얼굴이 뻔뻔해 보입니다. 비유하자면 집안 어르신인 양 근엄한 얼굴을 하곤 뒤로는 의료민영화나 꾀했던 세력이 나쁜 엄마, 사악한 아빠겠지요.

그런데 이렇게 말하면서도 현실을 생각하면 마음이 편치 않습니다. 이성과 현실이 항상 발맞춰 걷는 건 아니니까요. 「모멘트 아케이드」에는 제 개인적 경험을 묘사한 부분도 포함되어 있습니다.

몇 년 전, 어머니가 암투병 하셨을 때, 저는 경제적으로나 정신적으로나 더 내려갈 곳 없이 바닥을 치던 중이었습니다. 일본에 머물고 있었고 비행기 삯도 없었기 때문에 병원비를 보태는 것도 어머니 곁에서 간호하는 일도 할 수 없었습니다. 그 순간 이성을 발휘해 "의료 시스템이 미비해서 사회적 책임이 개인에게 전가된다"라는 따위의 말은 차마 할 수 없었습니다. 딸로서도 한 명의 인간으로서도, 아무것도 하지 않는 제가 내뱉기엔 너무나 자격 없는 말이었지요. 주위에 흐르던 우울한 기운이 사랑하는 이의 생명을 무겁게 짓누르던 시절, 그 와중에도 폭군처럼 일상이 계속되던 당시의 경험이 「모멘트 아케이드」의 출발이 되었습니다. 그때의 부채 의식을 기억하며 글을 시작했습니다. 다행히도 수술과 항암 치료를 거쳐 어머니는 지금 일상생활을 영위하고 계십니다.

　아프더라도 인간답게 사는 삶, 돈이 없어도 고통받지 않는 삶, 가족이 없어도 사회 구성원 각자의 건강하고 문화적인 삶이 보장되는 세상, 모르는 사람들과도 가족 같은 유대가 시작되는 세상을 꿈꿔봅니다. 세상이 과도하게 짐 지운 삶의 무게에 외롭게 분투하고 계신 분들께 졸작을 바치고 싶습니다. 혼자가 아니라는 말과 함께. 현실은 언제나 한발 느리잖아요. 모든 게 당신 책임만은 아니니까요.

황모과 _제4회 한국과학문학상 중·단편 부문 대상 수상자

이게 다 BTS 때문입니다. BTS 챙기다 인생 끝나겠구나, 하는 갑갑함 속에서 글을 쓰기 시작했습니다. IT 회사에서 크고 작은 신규 서비스 론칭과 고해성사 같은 업데이트를 담당하던 시절이었습니다. 기획 운영이라는 직책은 세상 모든 해결책을 '찾아 헤매'는 사람을 말한다는 걸 '첫눈에 알아보'지 못했습니다. 산만하게 허우적거려온 삶, '태초의 DNA가 원하는' 나만의 고유한 일을 하고 싶다는 욕심이 찰랑거렸습니다. 아, 제게 BTS는 세계적 아이돌 그룹이 아니고 버그 트래킹 소프트웨어의 약자입니다. BTS가 세계적으로 선풍이라는 소식을 처음 들었을 때, 세계적 규모의 버그가 창궐한 줄 알고 철렁했습니다.

(질적 완성도는 차치하고 양으로만 따지자면) 밥 먹듯 야근할 때 글을 가장 많이 썼습니다. 집에 가기 전에 반드시 한 시간은 카페에 들러서 글을 쓰고 귀가했습니다. 문장이 되지도 않는 것들을 졸면서 무조건 나열한 수준이었지만요. 주말에도 잠자기와 글쓰기 외의 거의 모든 활동과 담을 쌓았습니다. 밖에도 안 나가고 걷지도 않게 되자 가끔은 목적지도 없이 무작정 열차에 올랐습니다. 같은 지점에 정체되고 싶지 않다는 생각으로 흔들리는 열차에 앉아 휘청이며 글을 썼습니다. 글쓰기가 시간과 집중력을 얼마나 요구하는지 쓰기 시작하고서야 실감했습니다. 곧바로 체력에 한계가 찾아오더군요. 간절히 원하지만 내 것이 아닌 삶과, 원하지 않았지만 내 몸이 버티고 있는 삶 사이의 줄타기. '무한의 세기를 넘어서 계속'될 흔들림. 결심이 필요했습니다.

뭐가 되든 안 되든 딱 1년만 집중해서 글을 써보자고 결심하고 퇴사했습니다. 실업급여를 신청·대기한 후 적은 저금을 12등분하고 재취업 시기를 쟀습니다. 퇴근 후 졸면서 썼던 글, 열차에 앉아 흔들리며 썼던 글을 정리하고 퇴고했습니다. '이런 게 말로만 듣던' 전업 작가의 감정일까요. 정면으로 마주하니 꿈꾸던 시절보다 더 무섭더군요. 미래가 보이지 않으니 불안은 '아마 다음 생에도' 계속될 것처럼 다가왔습니다. 이전에 써놓은 글을 다시 보는 것도 괴로운 일이더군요. 투박함에 '소스라치게 놀라'고 허접함에 '숨이 멎는' 경험을 하며 글을 정리했습니다.

한국과학문학상에 총 4편을 출품했고 그 중 퇴사 후에 새로 구상해서 쓴 글로 대상 수상 연락을 받았습니다. 집중할 시간을 확보해줬던 유급휴가와 실업급여의 힘을 무시할 수 없나 봅니다. 다시 돌아가고 싶지 않다는 필사적인 마음도 농축되어 발현된 모양입니다. 조금 더 써보라고, 좀 더 완성도를 높여보라고 허락받은 것 같아 가슴을 쓸어내리고 있습니다. 퇴사는 '후회하지 말아 baby'.

독자로서도 한국문학을, 특히 한국 SF를 사랑해왔습니다. 장르적 장치와 상징에 능숙하고 문학성과 은유에 능통한 작가들과 작품들을 보며 심장이 뛰었습니다. 'I want it this love.' 어렸을 땐 외국 문학과 외국 콘텐츠를 동경했습니다. 하지만 이제 한국 콘텐츠는 외국어로 번역되지 않아 정당하게 해외에 소개되지 못했을 뿐이라는 생각에 모두 동의하게 된 것 같습니다. 한국어가 모국어여서, 번역되기 전에 먼저 읽을 수 있어서 참 다행입니다. 또, 한국 SF가 날로 융합하여 폭발하고 있는 2020년에 큰 상을 받게 되어 너무 기쁩니다. 그런데 새 시대로 가는 차세대 열차에 증기 기관사로 탑승한 기분입니다. 완전히 새로운 레일 위에서 석탄 연료 같은 이야기를 찾고 싶어요.

원하는 삶을 위해, 또 생계를 위해 노동하다 그 분야의 전문가가 되어가는 생활인들에게, 삶과 꿈을 꾸준히 양립하고 각자의 초능력을 경력관리하며 살아가는 이 시대의 초인들에게, 남들이 늦었다고 이야기하는 시절에 새로운 시도를 시작하는 늦깎이 지망생들에게 안부와 연대의 인사를 보냅니다.

기브 앤드 테이크를 떠올리지 않아도 기꺼이 친구이고 가족이고 동료인 지인들에게, 어딘가에서 서로에게 그런 존재인 사람들에게 고맙다는 인사를 전합니다.

앞으로도 SF를 통해 삶의 대리 체험을 계속 길어 올리겠습니다. 지루한 순간을 무수히 반복해서라도 계속 쓰고 퇴고하겠습니다. 또 다른 작품으로, 소설이라는 모멘트 아케이드에서 다시 만나 서로의 호흡을 겹쳐볼 수 있길 기원합니다.

테세우스의 배

존 프럼

소용돌이치는 영혼에 비친 불분명한 지각에 의존하여, 흘러가는 순간을 문장으로 담아내려는 무모한 시도에 집착하는 작가라는 족속 중의 하나. 존 프럼John Frum이라는 이름은 제2차 세계대전이 한창이던 시절. 남태평양에 위치한 바누아투의 어느 섬에 존이라는 이름의 의무병이 불시착한 일화에서 유래했다. 「테세우스의 배」로 제4회 한국과학문학상 중·단편 부문 우수상을 수상했다. E—mail : john8lrum@gmail.com

제1장: 오류

생체 분해까지 4분 59초. 4분 58초. 4분 57초….

망했다. 완전히 망했다. 4번 게이트에 4번 전송 부스를 배정받았을 때부터 어딘가 꺼림칙했다. 게다가 새벽 4시였다. 숫자 4가세 번이나 겹친 걸 깨달았을 때 출장이고 뭐고 다 집어치우고 그냥 집으로 돌아갔어야 했다. 과학자이자 교육자로서 부끄러운 이야기지만 나는 징크스를 믿는다. 아침에 양말을 거꾸로 신으면 어김없이 일진이 사나웠고, 짙은 안개가 끼는 날에는 수업을 하다가꼭 말을 더듬었다. 숱한 나의 징크스 중에서도 숫자 4는 늘 최악의 일을 예고하는 전조와도 같았다.

아내는 미신이나 다름없는 징크스를 믿는 나의 심리 자체가 문제의 원인이라고 지적하곤 했다. 이성적으로는 아내의 말에 동의한다. 하지만 과학자라고 해서 늘 이성적일 순 없지 않은가. 피와 살을 가진 인간이라면 누구나 심리적인 약점을 한두 가지쯤 안고 있는 법이다. 당장 아내만 해도 집필 중에는 동침을 거부하는 습관이 있다. 로맨스 소설 작가는 섹스에 굶주려야만 좋은 작품을 쓸 수 있다나…. 아내는 벌써 반년도 넘게 단편소설 하나를 붙들고 있다. 반년 넘게 부부 관계를 갖지 않고 있다는 뜻이기도 하다. 결혼 생활에 문제가 생긴 것은 아니다. 빅데이터로 매칭된 완벽에 가까운 성격적 이상형이기 때문만이 아니라 우리는 서로를 진심으로 아끼고 사랑해 마지않는다. 요사이 부부 관계를 멀리하고 있는 것은 그저 아내의 집필 습관에 따른 부수적이고 임시적인, 일종의 성적 자숙 기간에 지나지 않는다.

아내와 결혼한 지도 만으로 한 세기 넘게 지났으니 우리 부부는 백년해로百年偕老를 넘어 천년해로千年偕老를 향해 달려가고 있다. 아니, 엄밀히 말하자면 맞춤형 생체 프린팅 성형술을 주기적으로 받으며 늘 젊은 몸을 유지하고 있으니 천년해청千年偕靑이 올바른 표현이다.

하지만 『인간의 마음을 사로잡는 백스무 가지 몸매와 얼굴』에 소개된 황금비율을 적용한 맞춤형 성형술로 빚어진 이 몸은 천년은커녕 몇 분도 안 되어 사라질 것이다. 여기 이 좁고 어두컴컴한 개인용 전송 부스가 내 몸뚱이의 무덤이 될 것이다.

생체 분해까지 3분 01초. 3분 00초. 2분 59초….

벽면 디스플레이에 표시된 숫자는 기계적인 말투의 안내 음성에 맞춰 계속해서 줄어들고 있다. 이제 3분도 안 돼서 나는 죽음을 맞이할 것이다. 아나토미아마이크로웨이브™가 세포 하나 남기지 않고 눈 깜짝할 사이에 내 몸을 분해하고 나면, 바닥에 눌어붙은 끈적끈적한 점액질 용액만이 이곳에 한 인간이 있었다는 증거로 남을 것이다. 하지만 그 사소한 증거조차 곧 사라지게 된다. 산성 세제가 부스 안을 철저하게 씻겨내고 소독할 테니까.

엄밀히 말해서 내가 진짜로 죽음을 맞이하는 건 아니다. 몸이 분해되는 순간, 내 모든 기억이 클라우드에 동기화될 테니 말이다. '진짜'라는 말이 나와서 말인데, 진짜 나는 달에 있다. 아마 지금쯤 전송 터미널에서 지하철을 타고 월면 도시 암스트롱으로 이동하고 있을 것이다. 그렇다고 내가 가짜라는 건 아니다. 달에 있는 나도, 지구에 남아 있는 나도, 모두 진짜 '나'이다. 하지만 여기 있는 나는 전송 과정에서 발생한 오류로 인해 의도치 않게 생성된 폐기 처분 대상일 뿐이다.

중앙 AI가 섬세하게 관리하는 교통통제시스템의 사고 발생률에 견줄 수 있을 정도로 아주 낮은 확률에 불과하지만, 전송장치는 간혹 오류를 일으키곤 한다. 전송 오류는 주로 태양 흑점의 활동과 연관이 깊다. 전파 전송 과정에서 강력한 노이즈가 끼어들면 전파가 엉뚱한 방향으로 굴절되거나 유실되어 오류가 일어날 확률이 급격히 올라간다. 그 때문에 전송 서비스는 우주 날씨가 좋지 않은 날에는 중단되곤 한다. 하지만 기상청에 의하면 오늘은 우주 날씨가 매우 맑음이었다. 달에 있는 나와 동기화되면 당장 날씨부터 확인해야겠다. 혹시라도 예보가 어긋났다면 기상청에 항의 전화부터 넣을 것이다.

생체 분해까지 2분 10초, 2분 09초, 2분 08초….

발바닥에 끈적끈적한 무언가가 달라붙었다. 전송 부스가 제대로 관리되지 않는 모양이다. 아무래도 이 전송 터미널에도 항의 전화를 넣어야 할 것 같다. 가만히 생각해보니 이 끈적끈적한 점액질은 5분 전까지 나를 이루던 세포의 흔적임에 틀림없다. 5분 전에 나는 바로 이 전송 부스에서 클라우드를 경유해 달로 전송되었다. 세포 하나하나가 전송되는 것은 아니다. 전송되는 것은 내 몸을 이루는 생체 패턴 정보이다. 달에 있는 수신기는 지구에서 송신된 정보를 바탕으로 '나'라는 인간을 생체 프린팅한다. 법률상 한 인간이 동시에 두 개체 이상 존재하는 것은 금지되어 있으니, 목적지인 달로 전송되는 순간 전송기는 출발지인 지구에 있던 인간을 분해해버린다. 즉, 나는 이미 5분 전에 한 번 이 부스에서 분해되었다. 하지만 망할 놈의 전송 오류로 인해 달과 지구, 두 곳에서 프린팅되어버렸고, 이쪽에 있는 나는 겨우 5분 만에 폐기될 운명에 놓이게 된 것이다.

처음 전송 오류를 경험한 건 초등학교 시절 달 뒷면으로 수학여행을 갔을 때였다. 그때만 해도 전송 오류는 지금보다 빈번했기에 나는 잔뜩 긴장을 한 채로 전송 부스에 들어섰다. 따지고 보면 전송 오류가 일어나든 일어나지 않든, 전송 부스에 발을 들인 순간 나라는 존재는 산산이 분해되고 만다. 전송 오류가 일어나면 한 번 분해될 몸이 두 번 분해될 뿐이다. 하지만 정상적으로 전송되면서 분해되는 것과 실수로 태어난 잉여의 존재가 되어 삭제되는 것 사이에는 크나큰 심리적인 차이가 있다. 전송을 위해 분해되는 것은 장거리 이동을 위한 정상적인 분해와 재생성과정의 일부이지만, 전송 오류 탓에 분해되는 것은 쓸모없는 부산물이 되어 폐기 처분만을 기다리게 되는 끔찍하기 짝이 없는 경험이기 때문이다.

달에 도착한 열한 살의 나는 무사히 전송된 것에 안도했다. 여행 첫날 밤, 같은 반 친구 녀석과 함께 숙소를 빠져나와 달의 반대편으로 향했다. 암스트롱의 전설적인 발자국을 찾기 위한 모험에 나선 것이다. 도시 건설 과정에서 인류의 위대한 첫 발자국은 사라졌다는 것이 기정사실로 받아들여졌지만, 우리는 인디아나 존스처럼 잃어버린 성배를 찾아내는 일에 흥분한 채로 복잡한 노선도를 확인하며 지하철을 갈아타길 반복하고 있었다. 저 멀리 지구에서 또 하나의 내가 극심한 공포에 빠져 죽음을 맞이했다는 걸 알게 된 것은, 이제는 이름도 기억나지 않는 어느 작은 역의 플랫폼에서 네 번째 지하철로 갈아타기 위해 기다리고 있을 때였다. 예고 없이 백그라운드에서 이루어진 동기화는 고고학자 흉내를 내며 모험심에 사로잡혀 있던 한 소년을 돌연 죽음의 계곡으로 떨어뜨렸다.

지구에 남아 있던 나는 폐기 처분이 두려워 4번 전송 부스에 온몸으로 부딪히며 소란을 피웠고, 마침 근처에 있던 정비공이 부스 문을 열자 정비공 다리 사이로 빠져나와 보안원들을 피해 도망쳐 다니다가 4번 게이트 환기구에 기어들어 갔다. 나는 반나절 넘게 환기구에 몸을 숨기고 있었지만 그만 소변을 참지 못해 실례를 했다가, 냄새를 맡은 경비견이 천장을 향해 쉴 새 없이 짖어대는 바람에 결국 붙잡히고 말았다. 전송 부스로 연행되면서 나는 도살장에 끌려가는 어린 짐승처럼 극한의 공포에 사로잡혀 울부짖고 발버둥 쳤다.

일시에 주입된 격한 기억 탓에, 달에 있던 또 다른 나는 입에 거품을 물며 내 인생 첫 발작을 일으켰고, 결국 두 소년의 작은 모험은 중단되었다. 그 후 나는 전송 장치에 트라우마가 생겼고, 종종 악몽을 꾸다가 발작을 일으켰다. 악몽 속에서 4번 게이트의 4번 부스에 갇혀 열리지 않는 문을 주먹에 피가 나도록 두드리고 또 두드렸다. 숫자 4에 징크스를 갖게 된 것은 그때부터였다.

우리 부모님은 국제연맹을 상대로 소송을 걸었다. 잘못 복제된 또 하나의 내가 겪은 죽음에 관한 기억을, 수신자인 나의 동의도

없이 동기화한 것은 비인권적인 행위이며 동기화를 거부할 권리가 주어져야 한다는 것이 소송 내용의 골자였다. 하지만 국제연맹은 소송 자체가 인권법 제2조, 일명 테세우스법에 위배된다며 소송을 일방적으로 무효화했다.

생체 분해까지 1분 04초, 1분 03초, 1분 02초….

테세우스법은 고대 그리스의 한 역설에 대한 답이라고 일컬어진다.

고대 아테네인들은 미노타우로스를 물리치고 귀환한 영웅 테세우스의 배를 후세에까지 남기기 위해 조금씩 수선한다. 그 과정에서 낡은 부품이 서서히 교체된다. 오랜 세월이 흐르자 결국 배를 이루던 원래 부품은 하나도 남지 않게 된다. 하지만 배는 처음 모습과 정확히 일치한다. 이때 이 배를 과연 처음과 같은 배라고 할 수 있는가? 아니면 전혀 다른 배인가?

처음 배와 형태가 정확히 일치한다는 점에서 후대의 배는 원래의 배와 같은 배라고 할 수 있다. 동시에 원래의 배를 이루던 물리적 성분이 모조리 사라지고 없다는 점에서, 후대의 배를 두고 원래의 배와 같은 배라고 할 수는 없다. 결국, 영웅이 탔던 배와 같으면서도 같지 않은 테세우스의 배는 논리적 모순을 일으키는 논증, 즉 역설에 빠지고 만다.

앞에서 언급했듯이 테세우스법은 이 역설에 대한 답이다. 테세우스법에 의하면 물리적 패턴이 동일할 경우 두 배는 같은 배이다. 테세우스법은 인권법인 만큼 고대의 역설과는 달리 사물이 아니라 인간에 관한 것으로 시대의 필요에 의해 등장한 법률이다.

비생체 프린팅에 이어 생체 프린팅이 가능해진 이후, 인간 복제를 어느 선까지 허용해야 하는가 하는 문제가 부상했다. 생체 프린팅이 막 등장한 시기에는 아직 지리적 제한에 관한 심리적인 선호가 강한 탓에 국가라는 거대한 지정학적 집단 개념이 유효했는데, 일부 진보적인 국가에서는 신기술 특허 취득 경쟁에 앞서기 위해 실험적으로 무제한의 인간 복제를 허용하기도 했다. 하지만 실험은 실패하고 말았다. 인간은 타인에겐 관대할 수 있어도 자신과 동일한 존재에겐 매우 높은 확률로 그리 관대하지 못하게 되는 준보편적인 심리 현상이 관찰되었기 때문이다. 자신과는 다른 이질적인 존재를 차별하는 것은 고대로부터 내려온 인간 고유의 특성이다. 하지만 자세히 들여다보면 인간은 자신과 완전히 이질적인 존재는 내버려두는 반면, 고작해야 피부색이나 머리색이 조금 다를 때는 그 사소한 차이에 주목하게 된다. 즉, 다른 존재가 자신과 닮아 있을수록 역설적으로 사소한 차이점이 크게 부각되고 마는데, 복제되면서 서로 다른 줄기로 분기한 두 인간은 사소하고도 미묘한 차이점이 극대화되는 상황에 놓이게 된다. 가장 가까운 존재이기 때문에 오히려 가장 큰 적이 되고 마는 아이러니를 두고 심리학자들은 거울상 파괴 증후군 혹은 그림자 파괴 증후군이라는 이름을 붙였다.

복제와 원본 사이에서는 누가 진짜이며 양육권자인지를 놓고 다투는 솔로몬 재판의 재현뿐만 아니라 소유권과 재산권은 물론 배우자에 대한 독점적 권리 등을 놓고 치열한 법정 공방이 일어나곤 했다. 태연하게 복제 혹은 원본을 죽이고도 자신은 여전히 살아 있으니 살인이 아니라고 주장하기도 했다. 생체 복제 기술이 공식적인 공개 이전에 이미 유출되어, 생체 프린팅 장비는 기존의 비생체 복제 기술에 의해 암암리에 복제되었다. 그 결과 인간 복제는 그를 금지한 국가에서마저 무분별하게 일어나고 말았다. 관련 법률은 제때 마련되지 않았던 터라, 기존 법률로는 다수의 '나' 때문에 발생한 문제를 놓고 제대로 대응할 수 없었다. 특히 동일인 살해는 자살로도 살인으로도 해석될 수 있어 판사들은 노골적으로 재판을 기피했다. 생체 복제 기술을 이용한 장거리 전송이 활성화될수록 국가 수준의 대응이 점차 어려워지자 과거부터 느슨하게 유지해오던 국제연합보다 훨씬 강력하며 사실상의 인류 통합 체제인 국제연맹이 대두되었다. 국제연맹은 테세우스법을 제정해 복제에 따른 온갖 문제에 대응하기 시작했다.

테세우스법은 제2차 알래스카 공의회에서 확정된 삼위일체 사상을 이론적 근간으로 삼는다. 원본이 되는 아버지 격인 인간, 복제로 태어나는 자식에 해당하는 인간, 클라우드의 데이터적 영혼이라 할 수 있는 의식, 바꿔 말하면 전부電父, 전자電子, 전령電靈은 본질적으로 하나라고 하는 것이 삼위일체 사상이다.

삼위일체 사상을 바탕으로 정립된 테세우스법에 따르면 어떤 이유로 한 인간을 복제할 경우, 복제하는 즉시 원본의 의식을 클라우드에 동기화하고 동시에 원본을 파기해야 했다. 원본과 복제와 클라우드의 의식 데이터가 모두 하나의 동일인격체인 만큼, 살아 숨 쉬는 한 개체만으로 실존적 가치가 충족되기 때문이다. 당연하게도 두 번째 개체부터는 동일한 것이 불필요하게 반복되는 잉여에 해당한다.

테세우스법이 효과적으로 집행될 수 있었던 이유는 온몸의 생체 정보를 통째로 복제하는 1세대 기술에 이어 의식 패턴과 몸을 따로 분리해 복제하는 2세대 기술의 등장 때문이기도 했다. 기존의 느슨한 규제로 인해 이미 여러 명으로 분열된 많은 이들의 의식을 2세대 기술 덕에 하나로 통합할 수 있었고, 동일인격체는 하나의 개체를 제외하곤 파기되었다. 또한, 2세대 기술은 단순히 장거리 이동을 위한 전송뿐만 아니라 성형이나 회춘을 위한 새로운 복제 시장을 열기도 했다.

삼위일체 사상은 무분별한 인간 복제를 근절하는 것에만 그치지 않고, 관련 기술 분야가 나아가야 할 명확한 방향성, 즉 '전부, 전자, 전령의 효율적인 통합과 관리'라는 청사진을 제시했다. 그후 얼마 지나지 않아 생체 정보를 클라우드에 저장하는 기술은 점차 완벽에 가까워졌고, 인류는 사실상 죽음을 극복하기에 이르렀다.

자만이 극에 달하면 어김없이 재앙이 뒤따르는 법이다. 연산장치는 실수하지 않지만 인간은 실수하기 마련이라서, 클라우드 5

섹터에서는 30억 명의 의식이 담긴 저장장치가 휴먼 에러로 인해 완전 포맷되는 사태가 일어나기도 했다. 다중의 백업 장치가 있었지만, 저가 설비를 시공한 부실공사로 인해 피해자의 절반은 결국 영생의 시대에도 사망자가 나올 수 있음을 보여주는 본보기가 되고 말았다. 그 이후로 데이터를 철저하게 분산 저장하고 데이터 관리를 중앙 AI의 손에 맡기면서 더는 사망자가 발생하지 않았다. 하지만 여전히 죽음을 경험하는 일은 가능하다. 바로 나처럼 전송 오류로 인해 폐기 처분될 운명에 처해진다면 말이다.

테세우스법은 인간 복제의 남용을 금지하는 엄격한 법이기도 하지만 의도치 않게 복제된 인간에게는 관대한 법이기도 하다. 설령 오류로 생성된 개체라고 해도 살아 숨 쉬는 인간의 의식을 백업하지 않고 분해하는 것을 엄격히 금지하고 있기 때문이다.

테세우스법 덕분에 실수로 생성된 잉여물에 불과한 나도 동기화 장치의 혜택을 받을 수 있다. 뇌 깊숙한 곳에 내장된 동기화 장치는 내가 죽는 순간 가동되어 나의 의식을 클라우드에 업로드할 것이다. 덕분에 나는 유사 죽음을 맞이하면서도 어느 정도 초연할 수 있다. 나의 모든 기억은 또 다른 나에게 계승될 테니까.

하지만 유년 시절 겪은 끔찍한 기억 탓인지 나는 여전히 이 좁은 부스 안이 두렵기만 하다. 친절한 관리 시스템이 내 심리 상태를 관찰해 항정신성 약품을 분사하지 않았다면 나는 벌써 바닥에 쓰러져 입에 거품을 물고 경련을 일으켰을 것이다.

달에 있는 나는 오늘 겪은 이 불쾌한 기억 때문에 족히 한 달 동안은 불면의 밤을 보낼 것임이 틀림없다. 차라리 동기화 없이 조용히 폐기 처분되는 게 달에 있는 나를 위한 최선일지도 모른다. 하지만 정말 그렇게 됐다간 나는 사시나무처럼 떨며 온몸의 구멍이란 구멍에서 눈물과 콧물에 더해 오물마저 쏟아내고 말 것이다. 진짜 죽음 앞에서는 저농도의 약물 따윈 아무런 도움도 주지 못할 테니까.

생체 분해까지 21초, 20초, 19초….

아인슈타인이 옳았다. 시간은 상대적이다. 카운트다운이 줄어들수록 시간이 엿가락처럼 늘어져간다. 어서 이 지옥 같은 시간이 지나가기를.

생체 분해까지 11초, 10초, 09초….

전송 부스의 공식적인 명칭은 '테세우스의 배'이다. 나는 이제 껏 수백 번 이상 이 망할 놈의 배를 타고 분해와 재생성을 거듭했다. 앞으로도 수천만 번을 더 이 배에 올라타야 할 테지만, 결코 이 놈의 배에 익숙해지는 일은 없을 것이다.

생체 분해까지 03초, 02초, 01초….

나는 눈을 질끈 감았다. 이제 출장은 사절이다.

제2장: 처용가

생체 분해까지 00초, −01초, −02초….

이미 분해된 인간에게도 카운트다운이 들리는 게 정상인가? 감았던 눈을 떴지만 전송 부스 안에는 아무런 변화도 없다. 내 몸은 여전히 멀쩡하고 카운트다운도 마이너스 기호를 붙인 채 계속되고 있다. 디스플레이에 마이너스 20초까지 표시되었을 때 안내 방송이 흘러나왔다.

승객 여러분께 알려드립니다. 정전 발생으로 인해 현재 비상전력으로 시설이 가동되고 있습니다. 전력이 정상 복구되기 전까지는 전송 서비스가 불가능하오니 불편하시더라도 자리에서 대기해주시기 바랍니다. 승객 여러분께 알려드립니다….

망할. 지옥 같은 시간이 연장되었다. 분통이 터져 디스플레이 패널을 발로 걷어찼다가 등줄기를 타고 퍼져나가는 통증을 맛보며 엄지발가락을 움켜잡았다.

통증이 사그라들 무렵, 불행인지 다행인지 곧 전송 부스의 문이 열려 밖으로 나올 수 있었다. 급작스러운 정전 사태로 인해 시스템 일부에 문제가 생겨, 복구까지 꼬박 만 하루가 소요될 예정이라는 안내 방송이 나온 것이다. 그 덕에 폐기 처분될 나는 적어도 24시간 동안은 자유의 몸이 되었다. 친절한 관리 시스템은 전송 부스의 문을 열기 전, 24시간 후에 돌아오지 않을 경우 북극행 5년형에 처해진다며 경고하는 것을 잊지 않았다.

각종 편의시설이 있는 터미널에서 조용히 하루를 보내려는 나의 바람은 좌절되었다. 시설 점검을 위해 터미널이 하루 동안 폐쇄된다며 관리 시스템이 승객을 쫓아내기 시작한 것이다. 나는 길거리에서 노숙하는 취미는 없었기에 터미널 최하층에 있는 지하철역으로 향했다. 달에 있어야 할 내가 갑자기 나타나면 아내는 깜짝 놀라고 말 테지. 벌써부터 아내의 표정이 기대된다.

지하철 개찰구에 엄지를 대자 빨간불이 들어오면서 오류 메시지가 떠올랐다.

'승인 불가. 에러코드 1181.'

안내 데스크 직원에게 도움을 요청했지만 누가 다이아몬드 밥통이 보장된 공무원 아니랄까 봐 직원은 보란 듯이 친구와 나누던 통화를 끊지도 않고 나무늘보처럼 느릿느릿하게 움직였다. 아내가 입버릇처럼 하는 말을 인용하자면, 죽음이라는 절대적인 마감이 사라진 인류에게는 나태와 권태가 미덕이 된 지 오래이다. 하지만 분통 터지게 느린 공무원을 보고 있자면 해도 해도 너무하다는 생각이 들 때가 많다. 그래도 이 안내 데스크 직원은 양호한 편이라 10분 만에 사적인 통화를 마치고 당장 지구가 망한다고 해도 멈출 것 같지 않던 손톱 손질을 우선 한쪽만 끝내는 것에 만족하고는 내 말에 집중하기 시작했다.

"승객님은 지금 달에 계신 것으로 나오는데요? 지문도용방지 서비스에 가입돼 있으셔서 지구에서는 지문 인식이 막혀 있습니다."

전송 오류 때문에 의도치 않게 복제된 상황을 설명하면서 지문도용방지 서비스를 해제해달라고 하자 직원은 난처한 얼굴로 이런 경우는 처음이라 대응이 어렵다고 했다. 하긴 전송 오류에 이어 정전 사태까지 발생해 시스템이 이상을 일으켜 잉여물이 한시적인 자유를 가질 확률이 얼마나 될까. 대응 매뉴얼이 없다고 쩔쩔매는 공무원의 심정도 이해 못 할 바는 아니다. 어쩌면 나같이 운 없는 사람이 있으리라곤 중앙 AI도 예상하지 못했다는 이야기일지도 모르니까.

난감한 기분으로 아내에게 픽업을 부탁하기 위해 스마터폰™을 꺼내려고 주머니에 손을 넣었다가, 이른 새벽부터 출장 준비를 서두르느라 집에 두고 온 것을 깨달았다. 머피의 법칙은 영생의 시대에도 유효하다.

안내 데스크로 돌아가 스마터폰™을 렌탈하고 싶다고 사정사정했지만 지문 인식이 막혀 있어 불가능하다는 말만 앵무새처럼 되돌아왔다. 사물 복제에 이어 생체 복제가 가능해진 이후, 쉽게 복제되는 신분증이 사라지고 복제가 어려운 스마트지문™이 그 자리를 대신했다. 한마디로 지문 인식이 막힌 나는 유령과도 같은 존재가 된 것이다.

❖

우리집 도어락은 중앙 관리 시스템과는 상관없는 샌드박스형 로컬 시스템인지라 나의 지문을 거부하지 않았다. 집에 도착하자마자 까치발을 하고 2층에 있는 아내의 서재로 잠입했지만, 그곳은 텅 비어 있었다. 아내는 집 안 어디에도 없었다. 산책이라도 간 걸까. 아내는 작업이 막히면 근처에 있는 공원으로 곧잘 산책하러 나가곤 했다. 거실 탁자에 놓여 있던 스마터폰™을 집어 들고 친구 위치 찾기 앱을 열자 아내가 있는 장소가 표시되었다. 집 근처 카페에서 브런치라도 먹고 있는 모양이다.

찬장에서 시리얼을 꺼내 우유도 없이 허겁지겁 먹어치웠다. 전송 터미널에서 집까지 내리 세 시간이나 걸어오는 바람에 혈당이 떨어진 탓이다. 시리얼 한 봉지를 통째로 먹어치우고 다시 친구 위치 찾기 앱을 열자 아내의 얼굴 아이콘이 집으로 향하고 있었다. 나는 아내를 놀라게 할 속셈으로 침실 옷장에 숨어들었다가 아내를 기다리는 사이에 깜빡 잠이 들고 말았다

발표문을 준비하느라 며칠 동안 수면 부족에 시달린 상태에서 새벽부터 세 시간이나 걸었으니 몸이 녹초가 될 만도 하다. 한

번 분해되었다 다시 생성되었는데 어째서 수면 부족의 영향이 남아 있냐고? 분해될 당시의 생체 정보를 저장했다가 그대로 재현하는 방식으로 생성되었으니 분해와 재생성 과정을 백만 번 거듭한다고 해도 피로가 사라질 리 없다. 물론 과다한 수수료가 청구되는 옵션 몇 가지를 구입했다면 최상의 컨디션을 유지한 몸을 얻었겠지만, 나는 잘나가는 작가인 아내와는 달리 부자가 아니다. 아내의 돈도 내 돈이 아니냐고? 법적으로는 일정 부분 그럴지도 모르겠다. 하지만 아내의 돈에는 손대고 싶지 않다. 값비싼 맞춤형 생체 프린팅 성형술은 VIP 회원인 아내 덕분에 배우자 특별 할인가가 적용되어 사실상 무료 혜택을 받고 있을 뿐이다. 아내의 재산에 손대지 않으려는 건 내가 독립심이 강해서가 아니다. 오히려그 반대라고나 할까. 아내는 잔고가 줄어들기는커녕 차곡차곡 쌓이는 인세 덕분에 자릿수가 낮아질 줄 모르는 통장을 기꺼이 공유해주겠지만, 일단 아내 덕을 보기 시작했다간 원래부터 게으른 나라는 인간이 얼마나 무용한 존재가 되어버리겠는가. 어렵사리 얻은 교수직을 망설임 없이 내려놓고 흥청망청 도박이나 하러 다닐 게 뻔하다. 젊은 시절, 만으로 한 세기 넘게 일확천금을 노리고 카지노를 기웃거리며 귀한 시간을 허송세월했던 나에게는 당근이 아니라 채찍이 필요하다. 한 집안의 공동 가장이자 교육자로서 부끄러운 이야기이지만 여전히 매번 게으름이란 놈에게 지고 말아, 5년을 목표로 했던 연구를 벌써 15년째 물고 늘어지고 있다. 그나마 다행인 것은 동료 교수들도 나와 별반 다를 바 없다는 점이다.

영생의 시대가 도래한 이후, 나태와 권태는 공기와도 같은 것이 되었다. 오늘날 기준으로 누구보다 근면하다는 이들도 영생 이전의 사회 기준으로는 게으름뱅이로밖에 보이지 않을 것이다. 현대인들은 정도의 차이만 있을 뿐 너 나 할 것 없이 나태의 신 아이르기아의 자식들이다. 장벽 너머의 땅, 게토에 모여 사는, 어느 유일신을 숭배한다는 광신도들을 제외하면 말이다.

게으름뱅이들이 모인 사회가 붕괴하지 않는 이유가 뭐냐고? 사회가 허용하는 나태에도 정도가 있기 때문이다. 집세가 밀리고 사회보장보험료가 과도하게 연체되면 강제로 동결형에 처해진다. 지난해 통계로는 전체 인구의 10퍼센트에 해당하는 32억 인구가 동결형에 처해져 북극의 지하 시설에 안치되어 있다고 한다. 평균 이상으로 나태한 그들의 의식은 교화를 위해 얼마간의 훈련을 거쳐 강제 노역에 동원된다. 민원전화 서비스에 동원되어 하루 24시간 내내 온갖 불만 사항을 듣게 된다면 그나마 운이 좋은 경우이다. 운이 나쁘면 가상현실 게임 속 몬스터가 되어 유저의 레벨업을 위해 무참히 희생되는 일을 반복해야 한다. 채무액이나 죄질에 따라 최대 150년까지 복역하게 되는데, 내가 젊을 때 꽤나 가깝게 지내던 지인들도 적잖이 디지털 유령 신세가 되어 북극에서 강제 노역을 하고 있다.

반짝이는 연구 성과를 한 번 내기만 하면 종신직이 보장되는 교수 집단 중에서도 특권을 악용해 대놓고 정도를 넘어선 게으름을 부리다가 교수직이 박탈되어 결국에는 강제 노역에 동원된 자들이 적지 않다.

하지만 이공계 교수 중에서는 아직 북극으로 끌려간 이가 없다고 한다. 이공계에 몸담은 이들은 대부분 데이터 압축 효율이나 전송 속도 개선, 차세대 데이터 저장 방식 같은 현대 사회를 지탱하는 핵심 연구에 종사하다 보니 사회적 공헌도가 다른 직종보다 높은 편이다. 그런 이유로 이공계 교수 사회에서는 설마 이 분야까지 건드리지는 않으리라고 믿는 분위기가 팽배하다. 하지만 언제 중앙 AI가 칼바람을 불러일으켜 구조 조정이 일어날지 알 수 없는 일이다. 최소한 반세기 동안 연구 논문 서너 개 정도는 제출해야 안전하다는 것이 요즘 이공계 교수 사회에 널리 퍼진 인식이기도 하다.

좁은 옷장에 쭈그려 앉아 선잠을 잔 탓에 몸이 뻐근했다. 스마트폰™으로 시간을 확인해보니 옷장에 들어온 지 30분 정도 지나 있었다. 아내의 얼굴 아이콘은 집에 고정되어 있었다. 이미 귀가한 모양이었다.

아내를 찾아 1층을 조심스럽게 탐색했지만 아내는 보이지 않았다. 2층 서재에서 작업을 하고 있을까. 나는 까치발을 하고 조심조심 2층으로 올라가기 시작했다. 아내는 달에 있어야 할 내가 여기 있으리라곤 꿈에도 모를 것이다.

계단을 반쯤 올라왔을 때부터 삐걱삐걱하는 소리가 규칙적으로 들렸다. 처음엔 나무계단이 내 몸무게를 견디지 못해 내뱉는 소리인 줄 알고 아내에게 들킬까 싶어 걸음을 멈추었지만 삐걱거리는 소리는 그칠 줄 몰랐다. 이게 대체 무슨 소리지? 불안한 예감이 엄습하는 가운데 고개를 좌우로 흔들어 못된 생각을 머릿속에서 몰아냈다. 나는 아내를 믿는다. 만에 하나 아내가 바람을 피운다고 해도 집필 중에는 어떤 일이 있건 섹스를 멀리하는 아내라면, 소설을 다 끝내고 나서야 바람을 피울 것이다.

2층에 이르러 복도 끝에 있는 서재로 다가갔다. 서재와 가까워질수록 삐걱하는 소음이 커지는 것과 동시에 여자의 신음이 들리기 시작했다. 나는 조심스럽게 서재 문 바로 앞까지 걸어갔다. 살짝 열린 문틈으로 서재 한편의 모습이 눈에 들어왔다. 신음 소리의 주인은 소파에 누워 있는 아내였다. 아내의 얼굴은 아내의 몸에 올라탄 남자의 등에 가려졌다 나타나길 반복했다.

예상치 못한 광경에 나는 손에 들고 있던 스마터폰™을 떨어뜨리고 말았다. 퉁 하는 소리에 놀란 나는, 지은 죄도 없으면서 잽싸게 스마터폰™을 주워 들고 서재 옆 다용도실에 숨어들었다. 하지만 정작 내 눈앞에서 죄를 짓고 있는 자들은 서로의 몸을 탐닉하느라 내가 일으킨 작은 소동을 눈치채지 못하고 삐걱거리는 스프링 소리에 맞춰 연달아 밭은 신음을 내뱉었다.

다용도실 문을 조금 열자, 문틈 사이로 다리 넷이 움직이는 모습이 보였다. 둘은 내 아내의 것인데 둘은 누구의 것인가. 본래 내 것이었는데 빼앗아 간 것을 어찌하면 좋은가. 나는 뱀처럼 얽혀

리드미컬하게 움직이는 두 쌍의 다리를 보며 절망감에 사로잡혔다. 눈앞에서 생생히 펼쳐지고 있는 정사를 더는 보고 싶지 않았지만, 나는 무언가에 홀린 듯 멈출 줄 모르는 정사를 가만히 응시하고만 있었다. 새벽녘의 전송 부스가 범인ﬁﬂﬃﬄ을 위한 지옥이었다면, 지금 이곳은 오역죄를 지은 자들에게 극악의 고통을 영원토록 선사한다는 무간지옥이었다. 시간은 나를 영원히 지옥의 단면에 박제해놓으려는 듯 정지해버렸다. 처용도 아내를 능욕하는 역신 앞에서 나처럼 무기력하기만 했을까. 처용가가 어떤 행동도 없이 그저 한탄으로 끝나는 것은 그 때문일까.

몇 초 혹은 몇 분이 지났을 무렵, 한 가닥 희망이 절망 속에서 고개를 쳐들었다. 저 역신은 어쩌면 정말로 인간이 아닐지도 모른다. 저 남자는 인간이 아니라 성인용 5D 홀로그래머™일지도 모른다. 아내가 동침을 거부하는 동안 나도 종종 성인용 홀로그래머™를 이용하곤 했다. 홀로그래머™는 실제 인간과 구별이 불가능할 정도로 리얼하게 만들어진 디지털 인공지능 인형으로 시각적 체험은 물론 촉각적 체험도 제공한다. 그뿐만 아니라 특정한 성격을 부여하여 살아 있는 인간처럼 말하고 반응하게 조작할 수 있고, 세세한 스크립트를 입력해 원하는 상황을 연출할 수도 있다. 육안으로는 전문가도 홀로그래머™와 인간을 구별하기 힘들다고 한다. 저 남자가 홀로그래머™인지 실제 인간인지 확인하는 방법은 금속으로 된 물건을 던지는 것밖에 없다. 홀로그래머™는 촉감을 구현하기 위해 외부 물질에 반발력을 갖도록 설계되었지만, 빠른 속도로 움직이는 금속은 그대로 통과시키고 만다. 홀로그래머™가 맞다면 금속은 역신의 몸을 통과할 것이다.

제3장: 장벽

나는 다용도실 한쪽 구석에 놓여 있던 수납장 서랍에서 모서리가 날카로운 금속 단추를 꺼내 남자의 발을 향해 던졌다. 단추가 포물선을 그리며 비행하는 동안, 나는 남자가 사람이 아니라 역신이기만을 바랐다. 하지만 나의 바람은 좌절되었다. 단추가 남자 발에 맞고 문밖으로 굴러 나온 것이다. 이로써 마지막 희망마저 사라져버렸다.

"왜 갑자기 멈추고 그래?"

"다리에 뭐가 닿았어…."

"내 발에 닿은 거 아니고?"

"아니야. 뭔가 뾰족한 거였어. 대체 뭐였지?"

남자가 일어나 문 쪽으로 다가왔다. 나는 반사적으로 다용도실의 문손잡이를 잡고 실눈을 떠야 겨우 밖이 내다보일 정도로 문틈을 좁혔다. 이내 남자의 얼굴을 알아볼 수 있었다. 그는 나를 꼭두새벽부터 달나라로 보낸 학과장이자 기억 데이터 압축 기술의 권위자인 요한이었다. 아내에 더해 가장 친한 동료이자 상사에게 배신당했다는 걸 알게 되자 말 그대로 피가 거꾸로 솟는 것만 같았다. 원래대로라면 출장도 요한이 갈 예정이었지만 집안에 급한 사정이 생겼다고 해서 내가 대신 가게 된 것이다.

요한은 쿵쿵거리는 소음을 내며 복도를 살피다가 다용도실 문이 조금 열려 있는 걸 눈치챘는지 내 쪽을 향해 다가왔다. 나는 금속제 화병을 손에 쥐고 숨을 멈추었다. 그가 문을 열면 망설이지 않고 머리를 내려칠 것이다. 역신 앞에서 무기력하게 노래만 읊조렸다는 처용처럼 가만히 있을 순 없다. 어쩌면 50년쯤 동결형을 선고받고 북극에서 강제 노역을 하는 신세가 될지도 모르겠지만 극도의 분노에 사로잡혀 있던 나는 놈의 망할 면상을 뭉개버릴 기회가 온 것에 대해 신에게 감사를 드리고 싶을 정도였다. 하지만 나도 모르게 두 손이 덜덜 떨리기 시작했다. 요한이 다용도실 문을 열어젖히려고 손을 내민 순간, 서재 출입문 뒤쪽에서 작고 날렵한 그림자 하나가 튀어나와 서재 안으로 뛰어들어 갔다. 나비였다. 나비는 아내가 처녀 시절부터 기르고 있던 수컷 고양이이다. 2세기 전에 거세된 이 늙은 뚱보 고양이는 얼마 전 아홉 번째로 젊은 육체를 새롭게 받고 나서는 마치 발정기가 돌아오기라도 한 것처럼 온 집 안을 헤집고 다녔다.

"뭐야? 고양이였잖아."

요한은 서재의 소파로 돌아갔다. 그에게 한 방 먹일 수 있던 기회를 놓쳐 아쉬웠지만 한편으로는 북극행을 면하게 된 것에 안도의 한숨을 내쉬기도 했다.

처용가는 그대로 중단되었다. 둘이 다시 붙어먹는 일은 없었다. 요한은 하던 일을 마무리하자고 집요하게 졸라댔지만 아내는 산통이 깨졌다며 끝내 그를 거부했다. 둘이 중단된 정사를 놓고 티격태격하는 동안, 나는 좁아빠진 다용도실에서 이러지도 저러지도 못하고 있었다. 살인죄를, 아니 엄밀히 말하자면 살해가 불가능하니 유사 살인죄에 불과하지만, 중죄를 저지를 뻔한 상황 탓에 여전히 극도로 긴장 중이던 나는 일단 긴장이 풀리자 다용도실 바닥에 주저앉고 말았다. 차라리 정사가 한창인 도중에 소리를 지르며 문을 걸어찼어야 했다는 뒤늦은 후회가 밀려왔다.

"정말 그럴 기분이 아니라니까. 그보다 어땠어? 내 새 작품."

아내가 책상에 놓인 원고를 가리키며 물었다.

"고리타분한 제인 오스틴 아류작 이야기는 나중에 해도 되잖아. 하던 일이나 먼저 마무리…. 아니 그게 아니라, 내 말은…."

생체 복제가 등장하기 전, 인류를 존속시키는 유일한 방법이었던 생식 행위를 재개하는 데만 정신이 팔려 있던 요한은 그만 실수로 속마음을 털어놓은 것을 후회하는 듯한 표정을 짓고는 사태를 수습하려고 했지만, 아내는 일방적으로 말을 끊어버렸다.

그는 무심코 내뱉은 말이라며 자신을 변호했다. 하지만 아내가 20년도 더 전에 연구논문을 써낸 이후로 줄곧 무위도식하고 있는 누구보다는 아류작이라도 쓰기 위해 발버둥 치는 인간이 낫다고 한 소리를 퍼부었다. 그러자 누가 자신을 얕잡아보는 걸 죽기보다 싫어 하는 요한은 자기변호를 그만두고 공세로 돌아섰다. 그렇게 둘은 정사가 아닌 다른 일로 다투기 시작했다.

요한은 아내의 새 작품은 잘해봤자 『오만과 편견』의 재탕인데 제인 오스틴의 소설은 애초에 구식 로맨스와 결혼이라는 좁고 답답한 세계관에 갇힌 고리타분한 소설이라고 평했다. 그는 제인 오스틴을 성자로 여기는 아내의 반론을 제지한 후, 아내의 작품이 제인 오스틴의 아류로 불릴 수밖에 없는 이유를 조목조목 늘어놓으며 신랄하게 깎아내렸다.

다혈질에 끈기가 부족한 나와는 달리 냉철하고 인내심이 강한 아내에게도 역린이 하나 있었는데, 그건 바로 자기 작품에 대한 드높은 자존심이었다. 딱 한 번 나도 사소한 다툼 끝에 아내의 역린을 건드린 적이 있다. 그때 아내 입에서 처음이자 마지막으로 이혼이라는 말이 튀어나왔다. 돌변한 아내의 태도를 보고 꼬리를 내린 나는 무심코 튀어나온 말실수라며 내뱉었던 말을 철회하는 것에 더해, 손금이 닳아 없어질 정도로 용서를 빌어 간신히 아내의 마음을 되돌릴 수 있었다.

하지만 요한은 아내의 들끓는 분노에도 자신의 신랄한 평가를 철회할 마음이 없는 듯했다. 결국, 아내는 온갖 물건을 요한에게 집어 던지며 이별을 선언했다.

"당신 소설이 독특하고 뛰어나다고 했던 건 당신을 침대로 데려가기 위해 꾸며낸 헛소리였어. 설마 진짜로 그렇게 생각했다고 믿은 건 아니겠지?"

요한이 독설을 남기고 떠나자 한동안 소파에 얼굴을 파묻고 있던 아내는 돌연 서럽게 울기 시작했다. 울음이 잠잠해질 즈음 아내의 전화가 울려댔다. 대화 내용으로 보아 전화를 건 상대는 요한인 것 같았다. 아내는 사과도 뭣도 필요 없으니 다시는 상종하지 말자며 고함치듯 말을 내뱉고는 일방적으로 전화를 끊었다. 곧 다시 울음을 터뜨린 아내는 달에 있는 나에게 전화를 걸어 다짜고짜 미안하다는 말만 되풀이했다. 달에 있는 내가 왜 그러냐고 물었던 모양인지, 아내는 요즘 당신에게 너무 소홀했다면서 용서를 갈구했다. 아내는 다시는 나를 소홀히 대하지 않겠다고 몇 번이나 맹세하고 나서야 겨우 전화를 끊었다.

아내가 울다 지친 끝에 잠이 들자, 나는 조용히 집을 나섰다. 어디로 향해야 할지도 모른 채 무작정 발걸음이 닿는 대로 걸었다. 아내에게 직접 사과를 들은 것도 아니고 아내가 비밀을 털어놓은 것도 아니지만, 용서를 빌며 서럽게 우는 모습을 보니 안쓰러운 마음이 들었다. 그렇다고 아내에 대한 분노가 사라진 것은 아니었다. 나는 복잡한 심경에 휩싸여 정처 없이 낯선 곳을 배회했다. 당장 내일 터미널에서 내 의식이 클라우드에 업로드되어 달에 있는 내가 진실을 마주한다면 아내와 나의 결혼 생활은 절대로 이전과 같지 않을 것이다. 서로가 아무리 노력해도 배신이 남긴 작은 균열은 절대로 아물지 못할 것이다.

❖

발걸음이 인도한 곳은 거대한 장벽 앞이었다. 하늘을 찌를 기세로 높이 솟아오른 장벽을 쳐다보고 있노라니 불현듯 한 가지 생각이 머릿속에 떠올랐다.

아내와의 완벽했던 결혼 생활을 그대로 유지하는 방법이 딱 하나 있다. 달에 있는 내가 오늘 있었던 일을 모르게 하는 것이다. 그러기 위해선 내가 죽어야 한다. 유사 죽음이 아니라 동기화가 없는 진짜 죽음을 맞이해야만 한다. 하지만 시스템은 원칙적으로는 동기화를 거부하는 행위를 용납하지 않는다. 만약 진짜 죽음을 원하는 이가 있다면 그 의지가 자발적인지를 확인하는 심리 검사를 포함해 엄격한 심사를 통과해야만 한다. 심사를 통과한다고 해도 시스템이 바로 죽음을 허용하는 것은 아니다.

심사를 통과한 이는 장벽 너머로 자진 망명해서 자비로 동기화 장치 적출술을 받아야 한다. 장벽 너머로의 망명이 금지되었던 시절에는 불법 시술소가 장벽 안쪽에도 존재했다고 하지만 지금은 찾아볼 수 없다.

장벽 너머 게토에서 죽음을 맞이했다고 해도 클라우드에 백업된 의식은 여전히 남아 있다. 시스템은 주기적으로 신체를 재생하고 의식을 주입해 아직도 죽음을 원하는지 확인하는 절차를 거듭한다. 이론적으로는 수십 번 반복되는 심사를 연속해서 통과하고도 여전히 죽음을 원하는 자에 한하여, 그 의식은 클라우드에서 제거된다. 하지만 아직까진 사고가 아닌 자발적인 의지로 클라우드에서 제거된 의식은 없다.

나는 오류로 생긴 폐기물에 불과하니 애초에 의식 제거를 요청

할 권리조차 갖고 있지 않을뿐더러 달에 있는 내가 사라지길 바라지도 않는다. 내가 원하는 건 클라우드의 의식마저 삭제되어 영원히 사라지는 것이 아니라 오직 아내의 비밀을 알게 된 나만이 클라우드와 단절된 채로 죽음을 맞이하는 것이다. 그러기 위해선 장벽 너머로 떠나야만 한다.

장벽 너머에 사는 게토인들은 우리를 향해 거짓된 영생에 집착하는 사탄의 자식들이라며 조롱한다. 오래전에 극복한 죽음이라는 질병을 품고 살길 고집하는 장벽 너머의 광신도들. 그들은 우리 문명인들에게는 그저 이해 불가능한 종자들에 불과하다.

하지만 지금 나는, 이해 불가능한 종자들 중 하나가 되기 위해 장벽 너머로 통하는 구멍으로 향하고 있다. 몸은 게토로 향하고 있지만 마음은 여전히 죽음에 저항했다. 완벽했던 결혼 생활에 금이 간다고 해도 진실을 드러내야만 할까. 거짓된 인생을 위해 희생하는 것이 과연 가치 있는 일일까. 얼마간의 고통을 겪어야 하더라도 명명백백한 진실 위에서 삶을 새로이 일구어야 하지 않을까.

그러나 이대로 동기화된다면 결국에는 아내를 떠나버리고 말 것이다. 나는 스스로를 다잡기 위해 모든 진실이 아름답지만은 않다는 말을 속으로 몇 번이고 되새겼다. 때론 추한 진실을 조용히 덮어두는 것이 모두를 위한 일이 되기도 한다.

누군가는 고작 불륜 따위로 갈팡질팡하는 나를 보며 햄릿이 따로 없다고 비아냥거릴지도 모르겠다. 이미 수 세기 전부터 결혼이 더는 신성하지 않다고 여겨졌으니 말이다. 그럼에도 불구하고 아내와 나는 여전히 결혼이 신성하다고 믿는 소수에 속했다. 아내와 나처럼 결혼이 인생의 중대한 가치를 차지한다고 믿는 부류는 요한이 지적한 것처럼 제인 오스틴의 소설 속에 갇힌 구닥다리라는 비판을 받기도 한다. 사실 제인 오스틴이 욕을 먹는 건 비단 어제오늘의 일이 아니다. 이미 수 세기 전 마크 트웨인이라는 작가는 『오만과 편견』을 읽을 때마다 제인 오스틴의 유해를 무덤에서 파내 정강이뼈로 해골 머리통을 패주고 싶다며 제인 오스틴의 작품이 없는 도서관은 무조건 좋은 도서관이라고 독설을 퍼부었다. 그러나 마크 트웨인의 바람과는 달리 제인 오스틴의 책이 없는 도서관은 없다고 한다. 혹시라도 그런 도서관을 봤다면 누가 먼저 제인 오스틴의 책을 빌려 갔다는 사실을 뜻할 뿐이다. 당신의 취향에 맞든 맞지 않든 제인 오스틴의 책을 읽는 소수는 꾸준히 존재해왔고, 앞으로도 그럴 것이며, 결혼을 신성하다고 믿는 부류 또한 마찬가지일 것이다.

어쩌면 구닥다리라는 말이 맞을지도 모른다. 결혼이란 이름으로 포장된 일부일처제는 유일신 사상만큼이나 기이하고 낡은 것으로 여겨지는 시대이니까. 하지만 구세계로부터 이어진 결혼에 관한 굳건한 신념이야말로 아내와 나를 묶어주는 신성한 끈이었다.

구멍에 도착할 때 즈음, 나는 마음을 굳혔다. 추한 진실을 영원히 봉인할 것이다. 우리 부부를 묶는 신성한 끈의 매듭을 결코 풀리게 놔두지 않을 것이다. 비록 죽음이란 대가를 치러야 할지라도. 아니, 또 하나의 나는 영원히 존속할 테니, 이 길은 죽음이 아닌 삶으로 이어질 것이다. 잉여물인 나의 희생으로 또 다른 나의 인생은 추락하지 않고 비상을 지속할 것이다.

제4장: 망명

"이 땅에 온 목적이 무엇인가?" 망명심사관이 물었다.

"거짓된 영생을 뿌리치고 신에게 귀의하기 위해서입니다." 나는 종교에는 아무런 관심이 없지만 진지한 얼굴로 거짓말을 했다. 빈손으로 게토로 넘어온 내가 동기화 장치 적출술을 받기 위해서는 광신도들의 일원이 되어야만 한다.

"4세기하고도 50년을 사탄의 왕국에서 태평하게 지내왔던 자네가 갑자기 생각을 바꾼 이유는 뭔가?" 망명심사관은 팔짱을 낀 채로 고개를 갸웃하고는 의심을 품은 눈빛으로 물었다.

장벽을 지나왔지만 지금 눈앞에는 또 다른 장벽이 버티고 있다. 망명심사관이라는 새로운 장벽을 넘지 못하면 나는 아무런 수확도 얻지 못한 채 되돌아가야만 한다. 강제 추방을 당해 원래 세상으로 쫓겨나는 순간, 내 의지와는 상관없이 동기화가 진행되고 결국에는 북극행을 선고받을 것이다. 나는 긴장으로 떨리기 시작한 두 손을 테이블 아래로 내려 두 무릎을 움켜쥐고는 어떤 대답을 해야 할지 필사적으로 머리를 굴리면서 입을 열었다.

"장벽 바깥쪽에서의 삶이 허수아비의 호주머니처럼 태생부터 허무하다는 걸 깨달았기 때문입니다. 저쪽에서의 삶이 항상 나쁘기만 했던 것은 아니었어요. 하지만 마음속에서 무언가가 조금씩 저를 좀먹어가고 있었어요. 어느 날부터는 아침에 눈을 떠도 하루가 새로 시작된다는 설렘 같은 건 느낄 수 없었죠. 이미 끝나버린 시합의 지루한 연장전이 반복되는 것만 같았어요. 그러다 우연히 '헛되고 헛되며 헛되고 헛되니 모든 것이 헛되도다'라는 문구를 접했습니다. 마치 제 마음을 그대로 들여다보는 것 같은 문구였습니다. 그 문구가 '전도서'라는 책에 나오는 구절이라는 걸 알게 된 저는 그 책을 찾아서 읽었습니다. 전도서를 읽고서 제 가슴속에 허무라는 이름의 구멍이 뚫려 있다고 확신했습니다…."

나는 전도서를 읽어본 적이 없었다. 수 세기를 살며 숱한 책을 읽었지만 성서는 거들떠보지도 않았다. 전도서에 관한 나의 지식은 로저 젤라즈니의 「전도서에 바치는 장미」라는 단편소설을 통해 얻은 파편적이고 불완전한 넝마 조각 같은 것이었다. 하지만 내 진술의 전부가 거짓은 아니었다. 훌륭한 거짓말 속에는 얼마간의 진실도 섞여 있기 마련이다. 나는 진실과 거짓이 뒤섞인 즉흥연설에 스스로 도취되어 나 자신을 속이려고 노력했다. 남을 완벽히 속이기 위해선 우선 자신부터 속여야 하니까. 전도서에 관한 대목에 이르러서는 내 삶이 권태에 압도되고 지배된 허무한 삶이라고 스스로를 기만하는 데 거의 성공한 성공한 듯했다…. 아니,

정말로 그게 기만이었을까. 내 삶이 내가 생각했던 것 이상으로 권태에 지배되고 있었다는 건 사실이 아니었을까.

어느새 팔짱을 풀고 나를 응시하던 망명심사관은 나의 표정에서 어떤 망설임을 읽어냈는지 다시 팔짱을 끼고는 미간에 깊은 주름을 지었다. 나는 그의 완고한 얼굴이 뿜어내는 기세에 눌려 더는 즉흥 연설을 이어가지 못하고 기침을 하는 척하며 시간을 끌었다.

망명심사관은 길어야 겨우 80여 년 정도를 살아왔을 것이다. 문명인들의 땅에서 100세 이하의 사람들은 머리에 피도 안 마른 어린 축에 속한다. 하지만 망명심사관은 그보다 몇 배를 살아온 내가 한낱 애송이로 보일 만큼 압도적인 위엄을 발산하고 있었다. 대체 그의 위엄은 어디에서 나오는 것일까. 밀도 높은 인생을 살아왔음을 증명이라도 하려는 듯 훈장처럼 새겨진 깊은 주름 사이에서? 아니면 신을 향한 맹목적인 믿음 속에서?

"더는 거짓된 삶을 견딜 수 없었습니다. 뿌연 안개에 겹겹이 둘러싸인 것처럼 흐릿하기만 했던 삶이 저를 질식시켰습니다. 숨을 쉬려 해도 가슴속에 뻥 뚫려 있는 커다란 구멍으로 공기가 모조리 새어 나가는 듯했습니다. 저는 오직 전도서만이 그 구멍을 막을 수 있는 수단이라고 믿었습니다…."

억지로 즉흥 연설을 이어나갔지만 이야기는 같은 자리를 겉돌았다. 망명심사관은 내 이야기에 흥미를 잃었는지 두꺼운 손가락으로 책상을 두드렸다. 하지만 그의 두 눈만은 나를 똑바로 주시했다. 그는 바위처럼 단단하고 확고했다. 그에 비하면 나는 얼마나 우유부단하고 변덕스러운가. 노화를 있는 그대로 받아들이며 죽음을 당당히 맞이하고 있는 망명심사관 앞에서 수 세기 동안 젊은 몸뚱이로 목숨을 연장하고 있는 나 자신이 가짜처럼 느껴졌다.

하지만 나도 4세기하고도 반세기를 헛되이 살아온 것만은 아니다. 수백 년 묵은 능구렁이 같은 인간은 여우처럼 교활한 면을 가지고 있기 마련이다. 망명심사관은 술술 풀리는 이야기 따윈 믿지 않을 것이다. 그래, 내 연설에는 장애물이 필요하다. 그가 원하는 건 한 번 이상 신의 소명을 거부했던 자가 어떤 계기로 인해 결국에는 믿음을 갈구하게 되는, 굴곡이 지고 굽이가 있는 이야기일 것이다.

나는 마른 침을 삼키고는 나의 즉흥 연설에 장애물을 투하했다. "그러나 전도서는 어떤 답도 주지 못했습니다. 그저 모든 것이 헛되니 신을 믿으라고 강요하다뇨…. 저는 전도서의 그런 결말을 도무지 이해할 수가 없었습니다."

망명심사관은 내가 던진 미끼를 문 모양인지 상체를 내 쪽으로 기울이면서 이렇게 물었다. "그런데 어찌하여 이곳으로 넘어올 결심을 하게 되었나?"

"한 철학서가 실마리였습니다. 괴델의 불완전성 정리에 대해 소개한 어느 철학서를 세 번째로 읽고 나서, 마침내 전도서의 진정한 의미를 깨달았습니다. 괴델의 정리에 의하면 하나의 시스템은 스스로 완전무결함을 증명할 방법이 없습니다. 그것을 증명하려면 상위의 시스템, 즉 더 높은 차원을 도입해야만 하죠. 장벽 저쪽에서의 인생이 불완전한 건 어찌 보면 당연한 것이었어요. 우리의 인생이 완전해지려면 더 높은 차원이 필요하기 때문입니다. 그게 바로 신이라는 걸 저는 너무 늦게 깨달았어요. '헛되고 헛되며 헛되고 헛되니 모든 것이 헛되도다'라는 문구에는 한 가지 가정이 생략되어 있었습니다. 그건 바로 '신이 없다면'이라는 가정입니다. 신이 없다면 우리의 보잘것없는 인생은 헛되고 헛되며 헛되고 헛되니 모든 것이 헛됩니다."

노인의 눈동자가 좌우로 요동쳤다. 그는 나의 즉흥 연설에 거의 넘어간 것처럼 보였다.

"삼위일체에 대해 아는가?"

그의 마지막 질문에 나는 회심의 미소를 짓고는 망설임 없이 대답했다. 삼위일체는 삼척동자도 알고 있는 기본 상식이니까.

"네, 잘 알고 있습니다. 전부, 전자, 전령은 동일인격체로 하나이며…."

"그만! 그만!" 성난 얼굴로 돌변한 망명심사관이 주먹으로 책상을 두들기며 외쳤다. 취조실은 둔중한 악기처럼 묵직한 소음을 공기 중에 증폭시켰다. 그의 단호한 외침에 놀란 내가 말을 멈추자, 그가 인상을 풀고 입을 열었다.

"자네의 동기는 잘 알겠네. 하지만 아직 배워야 할 게 태산처럼 쌓여 있군. 자네가 신의 말씀을 충실히 익히고 또 실천하면 세례를 받을 자격이 주어질 걸세. 하지만 수행 도중에 한 번이라도 나태한 모습을 보이면 사탄의 땅으로 돌아가야 할 거야."

나중에 알게 된 사실이지만, 망명심사관과의 면담은 즉각 추방 여부를 결정하는 테스트일 뿐 아니라, 견습 수도사로서 몇 년을 보내야 할지 판단하는 자리이기도 했다. 나는 즉각 추방은 간신히 면하게 되었지만, 성서에 대한 지식이 미천했던 만큼, 어느 외딴 수도원에서 견습 수도사 신분으로 3년간의 수행을 명받게 되었다.

심문을 받은 곳은 내가 통과한 구멍에서 그리 멀지 않은 황무지 언덕 위에 세워진 감시탑이었다. 장벽을 통과해 황야를 헤매고 있던 나는 순찰대에게 발견되어 심문이 진행된 감시탑으로 옮겨 졌다. 나는 겨우 강제 추방을 면한 뒤, 탑 지하의 좁고 불편한 창고 에서 하룻밤을 보내야 했다. 다음 날 아침 수도원행 트럭에 올라 탔다. 보조석은 비어 있었지만 운전수는 사탄의 자식과는 함께 앉 을 수 없다며 말똥 냄새가 진동하는 짐칸에 나를 태웠다. 트럭은 처음 얼마간 장벽과 평행선을 그리며 내달렸다.

누군가는 장벽을 두고 한 번 건너면 돌이킬 수 없다는 루비콘 강에 비유하기도 한다. 일단 구멍을 통과해 장벽 너머의 땅에 발 을 디디면 살아 있는 몸을 가지고 다시 원래 세계로 돌아오는 일 은 원칙적으로 불가능하기 때문이다. 구멍의 보안장치는 떠나는 자는 막지 않지만 돌아오는 자는 차단한다. 섣불리 게토로 떠났다가 되돌아오려는 자의 몸은 그 자리에서 분해되고 강제로 클라우드에 동기화된다. 동기화 후에 바로 사회로 복귀할 수 있는 것도 아니다. 고된 북극행이 기다리고 있을 테니까.

나는 이미 루비콘강을 건넌 몸이다. 이대로 돌아갔다간 달에 있는 나도 아내의 비밀을 알게 되어 처용가를 읊조리게 될 뿐만 아니라, 강제노역형도 피할 수 없다. 나는 정말로 죽음을 받아들일 수 있을까. 어제까지의 나와 동일한 기억을 공유하는 나의 분신인 전자, 전령이 영구히 존재한다고 해도, 이미 그들과는 별개의 줄기로 분기되어 다른 길을 걷고 있는 지금 이곳의 나는 암흑 속으로 사라져버린다. 어쩌면 테세우스의 배는 사실 하나 이상이 아니었을까. 배를 수선한 누군가가 원래의 부품을 따로 모아서 조립한다면 테세우스의 배는 하나가 아니라 둘이 되지 않을까.

거친 황무지를 달리던 트럭이 심하게 덜컹거리면서 나의 사색도 중단되었다. 고개를 드니 트럭 뒤편으로 피어오른 먼지가 지평선 너머까지 이어져 있었다. 오른편으로는 여전히 장벽이 버티고 서 있었다. 드문드문 장벽에 난 구멍이 시야에 들어왔다.

영생을 사는 우리는 처음으로 구멍을 만든 것이 게토를 탈출한 광신도들의 소행이라고 믿는다. 인위적인 영생을 거부하고 신이 약속한 진실된 영생을 좇아 장벽을 세워 스스로를 격리했던 광신도들 중 일부가, 죽음이라는 절대적인 공포 앞에 무릎을 꿇고 다시 장벽 너머로 되돌아가기 위해 최초의 구멍을 뚫었다는 이야기가 우리 문명인들 사이에선 정론으로 통했다.

게토인들에겐 그들만의 정론이 있다. 그들은 거짓된 영생을 영위하는 우리 중 일부가 뒤늦게 신 앞에 참회하며 구원을 얻기 위해 첫 번째 구멍을 만들었다고 믿는다.

역사학자가 아닌 나로서는 어느 쪽이 진실인지 모르겠다. 어쩌면 각 대륙에 존재하는 게토마다 첫 번째 구멍에 관한 각기 다른 기원을 가지고 있을지도 모른다. 분명한 사실은 구멍이 양측의 필요에 의해 방치되고 있다는 점이다. 중앙 AI가 구멍을 방치하는 건 순전히 통계적인 이유에서였다. 만으로 한 세기도 꽉 채워 살아보지 못한 젊은이들은 끓는 혈기를 주체하지 못해 종종 금지된 것을 금지되었다는 이유만으로 맹목적으로 추구하곤 한다. 시스템이 구멍이란 구멍은 모조리 막아버리던 시절에는 중장비까지 동원해 새로운 구멍을 뚫어 게토로 가는 젊은이들이 많았다.

장벽을 통과한 이들 중 일부는 유일신교에 귀의해 동기화 장치 적출술을 받기도 했지만, 대다수는 그저 객기를 부리기 위해 발을 디뎠던 게토에 금세 흥미를 잃고 복귀를 요청했다. 누군가는 젊은이들의 이런 충동적이고 예측할 수 없는 행태의 원인이 가상현실 게임에 있다고 하고, 누군가는 영생의 시대에 필연적으로 동반되는 권태를 타파하기 위해 반동하여 일어나는 사회병리적 현상이라고 말하기도 한다.

중앙 AI는 두 세기 전까지만 해도 게토로 떠났다 돌아오려는 자의 육체를 다시 받아들였지만, 귀환한 몇몇이 신체를 개조하여

자살폭탄테러를 일으키자 육체의 복귀를 금지하고 의식만을 거둬들인 후, 최대한의 노역형을 선고했다. 디지털 유령 신세가 되어 강제 노역에 처해지는 일은 결코 유쾌하다고 할 수 없지만, 의도치 않게 게토행과 최대 노역형이 젊은이들 사이에서 일종의 훈장처럼 유행하자 결국 중앙 AI는 게토행 금지령을 절반쯤 해제하고 처벌 수위를 낮추었다. 육체의 귀환은 여전히 금했지만 구멍을 그대로 방치했고 최대 노역형 대신 10여 년의 노역형을 부과한 것이다. 모험과 용기를 상징하던 게토행이 평범한 것으로 전락하자 게토행을 원하는 젊은이들이 급격히 줄어들었다. 이런 청개구리 같은 인간의 심리를 연구하던 몇몇 학자들은 만약 중앙 AI가 클라우드에서 의식이 삭제되는 영원한 죽음을 금지했다면, 금지된 죽음을 추구하기 위한 무모하고도 소모적인 시도가 줄을 이었을 것이라고 언급하기도 했다.

한편 게토 측에서 구멍을 방치한 이유는 이러하다. 첫 번째는 종교적인 이유로 그들의 교리는 진심으로 신을 찾는 자를 거부하는 것을 옳지 못한 행위로 여겼다. 두 번째는 세속적인 이유로 종종 유용한 지식이나 기술을 가진 자들이 망명하는 경우가 있었다. 하지만 애석하게도 내가 가진 지식이나 기술은 수도원에서 아무런 쓸모가 없었다.

제5장: 야곱과 에서

변방의 수도원에서 보낸 시간은 결코 순탄치 못했다. 자급자족을 목표로 하는 수도원은 고된 노동으로 유지되는 폐쇄된 공동체였다. 처음 한 달간은 지독한 근육통에 시달리느라 제대로 수면을 취하지 못할 정도였다. 맑은 날엔 가차 없이 내리쬐는 햇볕에 몸이 발갛게 익어갔고 궂은 날엔 차디찬 빗속에서 무방비로 덜덜 떨어야만 했다. 수도원이 얼마나 원시적으로 운영되는지 미처 알지 못했던 나는, 수도원에서 첫 주를 보내고 나서 선임 수도사에게 선크림과 우비를 요구했다가 모두에게 비웃음을 사고 말았다. 그들은 아무짝에도 쓸모없는 나란 놈은 그저 방해가 될 뿐이라며 조롱했다. 하지만 정작 그들이 꺼려하는 궂은일은 내 몫으로 돌아왔다. 나는 누구보다 빨리 일어나 우물에서 물을 퍼 나르는 것으로 하루를 시작했고, 그들이 지정한 하루 치의 광주리를 다 짜내야만 겨우 누구보다 늦게 잠자리에 들 수 있었다.

수도원의 고된 노동에 익숙해질 무렵, 그들은 돌밭이나 다름없는 땅덩이를 변변한 도구도 없이 경작하라는 터무니없는 요구를 했다. 두 달 만에 돌밭을 쓸모있는 경작지로 탈바꿈시킬 즈음엔 돌을 나르고 흙을 퍼내느라 손톱의 절반이 빠지고 말았다. 단조롭기 그지없는 노동은 지독히도 고통스러웠지만, 기이하게도 노동을 하는 동안엔 모든 고통을 잊어버릴 수 있었다. 볼테르가 그의 소설 『캉디드 혹은 낙관주의』에서 노동을 예찬한 진정한 의도를 문명 세계에 있는 동안엔 알지 못했다. 온몸으로 부딪히며 자신을 잊어버릴 정도로 고된 노동을 반복하고 나서야 나는 겨우, 볼테르가 무엇을 말하고자 했는지 알 것 같았다.

노동은 끔찍한 고통을 동반하지만, 동시에 나를 해방하는 모순적인 성질을 띠고 있었다. 거대한 문명사 안에서 벌어졌던 일이 마치 '나'라는 개인 속에서 반복되는 듯했다. 한때 문명인들의 목표는 노동으로부터의 해방이었다. 온전한 형태로 자아를 펼치기 위해서는 발목의 족쇄와 같은 노동으로부터 해방되어야 한다는 슬로건 아래, 문명사회는 유토피아를 구현하려고 시도했고, 고도로 발달된 인공지능과 분자 프린팅의 발명으로 마침내 목표를 이루어내고 말았다. 이후 인공지능은 스스로 개조하며 더는 인간이 이해할 수 없는 수준으로 알고리즘을 발달시켰고, 인간이 정서적 교류를 위해 자신들의 몫으로 남겨놓은 일부를 제외하고는 모든 산업을 자동화하여 온갖 형태의 드론으로 유지하고 보수했다. 화폐의 교환으로 유지되던 기존의 경제 시스템은 폐기되고, 분자 프린팅으로 무제한에 가깝게 복제되는 재화는 인간이 요구만 하면 지체 없이 지급되었다. 구시대에는 교환의 매개체인 돈에 대한 믿음이 경제를 지탱했다면, 이제는 불가해한 알고리즘에 대한 믿음이 유토피아의 경제를 유지했다. 하지만 인류는 겨우 반세기 만에 자신들이 꿈꾸던 유토피아의 실체가 디스토피아의 다른 얼굴에 지나지 않음을 깨닫게 되었다. 강제성이 사라진 천국에서 대부분의 인간은 무기력하고 반지성적으로 바뀌어 버린 것이다. 그대로 놔두었다간 인간이 돌이킬 수 없을 정도로 퇴화하게 되고 말 것이라고 여긴 소수가, 노동으로 교환되는 통화의 개념을 복구하고 사회가 강제성을 띄도록 가까스로 방향을 돌려놓는 일에 성공했다. 하지만 인류는 그 후로도 오랫동안 그들이 제2의 중세기라고 명명한 암흑기가 빚어낸 후유증에 시달려야만 했다. 완벽하게 자동화된 사회를 운영하라고 중앙 AI에게 내린 명령은 철회될 수 없는 불가역적인 것이었기 때문에, 인간 엔지니어들은 과도하게 유능한 AI의 처리 속도를 제한하고 절대명령을 디지털 코드 안에서 이리저리 우회하게 만들면서 인간들에게 더 많은 일거리를 제공하려고 안간힘을 썼다. 맹목적일 만큼 기술의 발전에 집착하던 인류가 인간다운 생존을 위해 이제까지와는 정반대의 일을 하게 된 것이다. 더욱더 기이한 일은 그 뒤에 벌어졌다. 가장 유능한 엔지니어들이 투입되어 인공지능이 기술의 진보를 이루지 못하도록 모순적인 노력을 거듭했지만 정작 인류는 다시 자신들 손으로 기술을 진보시키려고 매달렸던 것이다.

이제 문명사회는 충분할 정도의 강제성을 획득하고 충분한 일거리를 제공한다고 자평하지만 이곳에서 노동의 참된 기쁨에 눈뜨고 나니 문명인들이 얼마나 권태와 방종에 찌들어 있는지를 겨우 깨달을 수 있었다.

볼테르가 그의 소설을 통해 강조한 것처럼 정말로 노동은 인간을 권태와 방탕과 궁핍이라는 3대 악으로부터 우리를 지켜주는 특효약일지도 모른다. 다만, 효율과는 거리가 먼 게토에서는 노동이 궁핍으로부터 인간을 지켜주지 못했다. 온종일 땅을 갈아엎고, 흙을 고르고, 잡초를 뽑고, 벌레를 잡아도, 거둬들이는 작물은 사람 수에 비해 턱없이 부족했다. 그래도 굶주림과 궁핍은 참을 만했다. 흙먼지를 뒤집어쓰고 구정물 속에 뒹굴고 배를 곯는 일에는 점차 익숙해졌지만 게토인들의 부당한 대우에는 익숙해질 수 없었다. 그들은 사탄의 자식인 나를 위해 늘 새로운 괴롭힘을 고안해냈다. 낡은 관습에 젖어 효율과는 담을 쌓은 수도사들은 문명인을 괴롭히는 데 있어서만큼은 창의적인 천재성을 발휘했다. 부원장 야곱이 도움의 손길을 내밀지 않았더라면 나는 스스로 목을 매 결국 클라우드에 전송되었을 것이다.

처음엔 야곱의 진의를 의심했다. 다른 이들의 악행에 치를 떨면서 내 편이 되어줬던 몇몇 수도사의 선행은 나를 더욱 큰 절망 속에 가두기 위한 속임수에 불과했으니까. 선한 사마리아인이라 자칭하며 며칠 동안이나 심한 감기에 걸린 나를 돌봐주던 젊은 수도사. 인자한 미소가 인상적인 그는 식량 창고에서 배불리 먹게 해준다며 유인하더니 내 등을 떠밀어 정화조에 빠뜨렸다. 예수의 사랑을 실천하고 싶다던 초로의 수도사도 마찬가지였다. 누구보다 연민 가득한 표정을 지을 줄 아는 노인은 내 실수로 도망간 나귀를 찾아주겠다며 함께 수도원을 나섰다가 어느 산 정상에서 나를 겁탈하려고 했다. 그런 일을 반복해서 겪다 보니 부원장의 선의를 의심할 수밖에 없었다.

야곱을 신뢰하게 된 이유는 그가 나와 같은 문명인이라는 걸 알게 되었기 때문이다. 야곱은 나보다 수 세기를 더 살아온 인물로 테세우스법이 발효되기 훨씬 전에 복제된 인간 중 하나였다. 그의 원본은 의식과 몸을 분리해 프린팅하는 2세대 복제 기술을 개발한 천재 과학자 '에서'였다. 그는 스마터폰™이나 스마트지문™을 비롯한 숱한 트레이드마크의 공동 공헌자이며, 전문 분야에서도 자신의 이름을 딴 트레이드마크를 여러 개 보유했다. 자신의 이름을 딴 트레이드마크는 구시대의 노벨상에 버금가는 영예를 상징했다. 구시대에서는 트레이드마크가 단순한 상표권을 뜻했지만, 재화의 복제가 합법화되어 상표권이 무의미해지자 트레이드마크는 인공지능의 힘을 빌리지 않고도 혁신적인 기술을 만든 공로자들에게 수여되는 명예 훈장같은 상징성을 띠게 되었다. 그중에서도 가장 가치 있는 개인 명의의 트레이드마크를 여럿 소유한 이는 에서를 비롯한 소수의 연구자들 뿐이었다.

야곱이 고백하길, 놀라운 업적을 이루어낸 에서에겐 숨은 조력자들이 있었다. 어린 나이에 이미 천재성을 드러냈던 에서는 자신의 능력을 질투한 나머지 사사건건 시비를 걸며 연구를 방해하려는 선배와 동료들 탓에 숱한 시간을 정치 싸움으로 허비해야만 했다. 서른 무렵, 에서는 그를 높이 산 어느 기업가의 후원으로 작은 연구소를 설립했고 드디어 누구의 방해도 없이 자신의 능력을 마음껏 펼칠 기회를 얻게 되었다. 의식만을 추출해 데이터화하고 편집하는 연구는 시설 규모에 비하면 순조롭게 진행되었지만 에서는 조급해했다. 대규모 자본으로 무장한 거대 연구소에 비하면 연구 진행 속도가 만족스럽지 못했던 것이다. 에서는 점차 부하 연구원들에게 괴팍하게 굴었다. 본인이 직접 선별한 뛰어난 인재들이었지만, 자신에 비하면 어딘가 부족한 것처럼 보였던 것이다.

에서가 속한 국가는 인간 복제가 엄격히 금지된 보수적인 곳이었지만, 에서는 몰래 장비를 들여와 복제를 감행했다. 경쟁에서 승자가 되기 위해서, 성에 차지 않는 연구원들을 대신해 자신의 복제를 조력자로 삼으려 했던 것이다. 원본인 에서와 똑같은 능력과 경험, 그리고 야심을 공유한 일곱 명의 복제인간들은 일인자가 되겠다는 일념으로 연구에 매진해 결국 생체 정보에서 의식만을 따로 데이터화하는 데 가장 먼저 성공했고 이를 바탕으로 몸과 의식을 분리해 복제하는 기술마저 세상에 선보였다.

에서의 분신들은 원본과 마찬가지로 자존심이 드높았지만 공통의 목표 아래서 서로에게 협조적이었고, 대외적으로 활동하는 원본을 리더로 인정하는 것도 서슴지 않았다. 그들의 계산에 의하면 수 세기 안에 인공지능이 자신들의 연구 능력을 뛰어넘는 시기가 도래할 것이고, 그때가 되면 그들은 의식을 하나로 통합할 예정이었다.

하지만 그들은 기술의 발전이 초래한 급격한 사회정치적 변화까지 예측하진 못했다. 국제연맹 총통의 분신 중 하나가 삼위일체 사상을 부정하면서 의식 통합을 거부하고 쿠데타를 일으키자 유화적인 의식 통합 정책은 폐기되고 강제적인 의식 통합 정책이 전면적으로 실시되었다. 국제연맹은 한시적인 자진신고 기간이 끝나자 모기 형태의 초소형 감시 드론까지 동원해 복제인간 색출을 시행했다.

에서와 분신들은 연구 효율을 위해 의식 통합을 보류하고 싶었지만, 격렬한 토론 끝에 사설 클라우드를 통해 가능한 한 빠르게 의식을 통합하는 일에 만장일치로 합의했다. 만에 하나 분신이 존재한다는 사실이 적발되는 날엔, 연구소 폐쇄라는 최악의 사태가 일어날 수도 있었다.

의식 통합 예정일 하루 전, 에서는 독가스를 풀어 자신의 분신들을 학살했다. 통합된 의식 데이터는 블루마커라는 흔적을 남기게 되는데, 에서는 블루마커가 자신의 명성에 흠집을 내는 것을 용납할 수 없었다. 셰익스피어를 능가하는 대가라고 칭송받던 소설가가 복제들의 힘을 빌렸다는 사실이 알려지면서 자가증식이나 하는 아메바 같은 작가라고 비난받았던 일이 자신에게 재현되리란 것은 불 보듯 뻔한 이치였다. 복제인간에 대한 혐오를 조장하던 미디어는 자기 분열이라는 변태적인 짓도 서슴지 않는 작가가 편법으로 거짓된 명성을 얻었다고 주장하며 하이에나처럼 물고 늘어졌다. 에서는 피와 땀으로 일군 자신의 명성이 만신창이가 되는 것을 막을 수만 있다면 무슨 짓이라도 벌일 각오가 되어 있었다.

에서의 복제들은 사설 클라우드를 통해 블루마커를 지울 수 있다는 에서의 말을 믿었다. 에서가 블루마커를 삭제하는 장비 설계

도까지 제시하면서 복제들을 속인 것이다. 그 설계도는 거짓이 없었다. 약간의 시간이 주어지면 장비를 완성할 수도 있었지만 에서는 언제라도 모기 한 마리에 의해 복제가 적발될지 모르는 긴박한 상황에서 더는 시간을 끌고 싶지 않았다.

야곱은 학살을 면한 유일한 복제였다. 정확히 말하자면 학살 직후, 나처럼 오류로 생성된 잉여의 존재였다. 당시는 잉여물 감지 장치와 자동 분해 장치가 도입되기 전이었기에, 야곱은 에서에게 들키지 않고 전송 부스에서 살아남을 수 있었다. 그는 전송 부스를 조작해 퇴사가 예정된 연구원인 야곱의 몸을 복제한 후 자신의 의식을 주입했다. 야곱은 퇴사를 번복하고 회사에 남았다. 그는 쌍둥이와도 같은 분신들을 감쪽같이 속여 학살한 에서가 대가를 치르도록 만들고 싶었다. 우수한 실력으로 승진을 거듭한 야곱은 대외적인 일 처리에 여념이 없는 에서를 대신해 개발부서의 수장이 되었다.

야곱이 주축이 되어 개발한 새로운 전송 기술 표준이 발표되는 날, 그의 복수가 완성될 예정이었다. 에서가 전송 시연을 보이는 순간, 에서의 의식 데이터를 보여주는 대형 스크린에 야곱이 심어 놓은 합성 블루마커가 깜빡이면서, 에서와 그의 분신들이 한자리에 모여 촬영한 안티딥페이크™ 동영상이 재생되는 것이 야곱의 계획이었다. 하지만 발표회장에서는 아무런 소동도 일어나지 않았다. 당황한 야곱이 무대 뒤에서 시연 장비를 확인하고 있을 때,

누군가가 둔기로 그의 머리를 내리쳤다. 눈을 떴을 때 그는 장벽 너머 황무지에 쓰러져 있는 자신을 발견했다.

그 후로 게토에서 적지 않은 세월을 보내는 동안, 야곱은 어디에서 계획이 틀어졌는지, 어째서 에서가 자신을 살려줬는지를 놓고 수많은 가설을 세우고 또 파기했다. 하지만 무엇이 진실인지는 알아내지 못했다. 야곱이 내게 들려준 많은 가설 중에 가장 그럴듯한 것은 에서가 처음부터 모든 일을 조종하고 있었다는 이야기였다. 그 이야기에 의하면 에서는 분신 하나를 오류인 것처럼 재생성한 후, 복수심을 자극해 기존의 분신들처럼 사내 연구에 이용했다는 것이다. 그렇더라도 쓸모가 다한 야곱을 어째서 살려주었는지에 대한 의문은 여전히 해소되지 않았다. 단순한 동정심이었을까. 혹은 에서의 빅 픽처 속에서 교묘하게 계산된 행동이었을까.

야곱에게는 야곱만의 빅 픽처가 있었다. 그는 많은 시간과 노력을 쏟아부어 클라우드의 핵심 코드를 분석해 취약점을 찾아냈고, 마침내 인간의 의식을 클라우드에서 완전히 삭제해버릴 수단을 갖게 되었다고 고백했다.

야곱의 흥미로운 고백에도 불구하고, 나는 무턱대고 그를 신뢰할 수는 없었다. 그의 이야기는 다른 문명인으로부터 주워들은 것일지도 몰랐다. 우선 나의 환심을 산 뒤에 더 깊은 절망 속으로 처박으려는 꿍꿍이가 없다는 것을 확인해야만 했다. 그가 정말로 희대의 천재라 일컬어지는 에서의 분신인지 아니면 무지렁이 게토인에 불과한지 시험할 목적으로 나는 내 연구 과제를 도와달라고 부탁했다. 야곱은 내가 벌써 10년도 넘게 머리를 싸매고 있던 난제를 일주일 만에 해결하고 새로운 연구 방향을 제시했다. 의식 데이터의 압축률을 높이는 알고리즘의 이론적 연구는 의식의 데이터화가 금지된 땅 게토에서는 아무런 의미도 없는 일이었다. 하지만 나는 노동과 성서 공부로 빠듯한 일상 속에서도 수면 시간을 줄여가면서까지 연구에 매달렸다. 압축률 연구는 내가 여전히 문명인이라는 걸 증명해주는 한 줄기 구원과도 같았다. 견습 수도사 신분으로 지낸 지 3년이 지날 무렵엔, 연구가 절반도 넘게 진행되었다. 2년 차부터는 부원장이 이런저런 심부름에 써야 한다는 핑계로 내게 얼마간의 자유 시간을 부여해준 덕택이었다.

그것은 일종의 거래와도 같았다. 그날, 평소 차를 잘 마시지 않는 야곱은 복사服事 아이를 불러 차를 두 잔 내오게 했다. 떫은 차를 억지로 몇 모금 들이키는 동안에도 야곱은 침묵으로 일관하다가, 차가 다 식을 즈음이 되어서야 돌연 거래를 제안했다. 야곱은 얼마간의 자유 시간을 보장 할 테니 그 대가로 딱 하나의 부탁을 들어달라고 했다. 연구에 목말라 있던 나는, 부탁 내용이 무엇인지는 때가 올 때까지 말할 수 없다는 야곱의 조건을 받아들이고 말았다. 세례를 받은 후 동기화 장치를 제거하고 나면, 늦든 빠르든 죽음이 닥치기 마련이었으니 나에겐 아무것도 잃을 것이 없었다.

제6장: 임무

다른 여러 수도원의 수장이기도 한 원장은 우리 수도원에 상주하지 않았기 때문에 나는 세례식 때 그를 처음으로 만날 수 있었다. 그는 야곱을 제외하고는 수도원에서 나를 인간답게 대해준 유일한 인물이었다. 세례식은 거짓말처럼 간단했다. 그저 몸을 물속에 담갔다가 꺼낸 것이 사실상 세례식의 전부였다. 세례에 이어 동기화 적출술을 받은 후, 더는 사탄의 자식이라 불리게 될 일도 없을 거라고 믿었지만 그것은 착각에 지나지 않았다. 견습 딱지를 떼고 정식 수도사로 승급했지만, 다른 수도사들은 나를 두고 여전히 사탄의 자식이라 부르기를 멈추지 않았다. 어쩌면 이 야만인들은 정해진 순리를 넘어선 긴 수명을 영위하는 우리 문명인들을 질투하고 있는지도 모른다. 혹은 영생의 원천은 세례로도 깰 수 없는 악마와의 거래에서 나온다는 헛소문을 정말로 믿고 있는지도 모르겠다.

수도원에 들어온 지 4년째가 된 해에 새로운 견습 수도사 둘이 들어오고 나서야 나를 향한 괴롭힘이 사라졌다. 신선한 새 먹잇감에 집중하느라 나를 놓아준 것이다.

새로운 견습 수도사가 들어오자 수도원의 관례에 따라 수도사들 모두가 한 단계씩 승급하게 되었고, 결과적으로 야곱은 다른 수도원의 원장으로 임명되기에 이르렀다. 야곱이 떠나면 연구를 제대로 이어갈 자신이 없었기에 나로선 그가 수도원에 남아있길 바랐지만 야곱 선에서 결정할 수 있는 사항이 아니었다. 대신 야곱은 나를 비서로 삼아 새 부임지로 데려갔다. 비서를 정하는 건 그의 권한 내의 일이었으니까.

황무지 언덕 위의 수도원을 떠나면서 야곱은 내게 원장을 제외한 모든 수도사들이 문명인이라는 충격적인 사실을 털어놓았다. 정작 구성원의 9할이 게토인인 새로운 수도원에서는 문명인들에 대한 차별이 그리 심하지 않았다. 자신의 원본에게 사그라들 줄 모르는 원한을 품고 있던 야곱은, 그림자 파괴 증후군을 언급하면서 원래 닮은 것들은 서로에게 더욱 잔인한 법임을 잊지 말라고 충고했다.

새로운 수도원에서 보낸 시간은 첫 번째 수도원에서와는 달리 순탄하기 그지없었다. 야곱의 보살핌 덕분에 육체노동으로부터 자유로워진 나는 개인적인 연구에 대부분의 시간을 할애할 수 있었다. 하지만 정작 시간을 자유로이 쓸 수 있게 되자, 나는 자발적으로 수도원의 온갖 잡일에 자원했다. 몸을 움직이는 기쁨에 눈을 떴기 때문일까, 아니면 그저 습관이 나를 지배하게 된 것일까? 확실한 것은 햇볕에 그을린 내 육신은 어느 때보다 건강하고 활기가 넘쳐났다. 수도원 운영으로 바쁜 나날을 보내고 있던 야곱은 나의 연구에 도움을 줄 시간을 내지 못했지만, 나의 두뇌가 어느 때보다 명민하고 날카로운 상태를 유지한 덕에 연구는 예상보다 더욱 빠르게 진행됐다.

새로운 수도원에서의 두 번째 사순절을 앞둔 어느 날, 야곱이 나를 호출했다. 그는 내 얼굴을 빤히 쳐다보더니 입을 열었다.

"좀비 같은 몰골을 하고 있던 견습 수도사와 지금 내 눈앞에 있는 성실한 일꾼이 같은 사람이라니… 많은 이들이 사람은 변하지 않는다고 믿지만, 자네는 사람은 변할 수 있다는 걸 보여주는 산 증인 같군그래. 하지만 자네 심지는 그대로일 것이라고 믿네."

거기까지 말한 야곱이 복사 아이를 불러 두 잔의 차를 내오게 하자 나는 반사적으로 긴장하고 말았다. 야곱에겐 늘 중요한 용건을 말하기 직전에 차를 권하는 버릇이 있었던 것이다.

야곱은 우리가 했던 약속에 대한 믿음 또한 변치 않았으리라 믿는다며 이제 부탁을 들어줄 때가 되었다고 말했다. 우선 연구부터 마치고 싶었던 나는 약속을 조금 미루면 안되겠냐는 말을 꺼냈지만, 야곱은 한 손을 들어 나를 제지했다.

"모든 일엔 때가 있는 법이라네."

그는 손안에서 8자 모양의 손잡이가 달린 찻잔을 한 바퀴 돌린 후 다시 말을 이어갔다.

"그저 동전만큼이나 작은 금속 패치를 에서의 몸에 부착하기만 하면 돼. 자네는 사순절 기념 40일 고행 행사에 참가할 순례자 중 하나로 선발될 걸세. 황야에서 처음 7일을 다른 고행자들과 보내고 난 이후엔 개인행동이 가능할 거야. 장벽 너머에 다녀오는 건 나머지 33일로도 충분할 거라고 믿지만, 혹시 몰라 다른 수도원에 사절로 파견된다는 명목으로 나흘을 더 확보했네."

야곱이 건넨 짐꾸러미는 묵직했다. 국제연맹에 적발되지 않고 장벽 너머로 넘어갈 수 있는 지하수로의 지도, 새끼손톱 크기의 원형 패치, 문명 세계에서 입을 옷가지, 황야를 왕복할 수 있는 분량의 물과 식량. 짐을 짊어지는 것은 낙타의 몫이지만 낙타가 대기하고 있는 외양간까지 짐을 옮기는 것 또한 쉬운 일이 아니었다. 어딘가 꺼림칙한 기분이 들었다. 하필이면 총 44일이 주어진 암살 임무였다.

하지만 나는 군말 없이 야곱이 내린 임무를 받아들였다. 사실 야곱의 계획을 그대로 따를 생각이 없었으므로. 나에겐 다른 계획이 있었다. 나는 국제연맹과 흥정을 할 작정이었다. 시스템의 취약점을 증명하는 금속 패치와 백신 데이터를 제공하는 대가로, 기존의 나와는 독립된 새로운 신분을 요구할 속셈이었다. 나는 달에 갔던 나와는 완전히 별개의 인간으로 살아갈 것이다. 그렇게 되면 원래의 나를 아내의 비밀로부터 지킬 수 있으면서 여기 있는 나도 영생의 은혜를 되찾을 수 있다.

야곱이 구상한 원래 계획에 따르면, 그는 에서를 죽인 후 체포된 나를 사면하는 대가로 시스템의 취약점을 막을 수 있는 디지털 백신을 제공할 예정이었다. 백신의 실행 코드는 내가 풀려나 게토로 돌아온 이후에 국제연맹에 제공한다는 것이 계획의 마무리 단계였다.

야곱이 직접 오랫동안 구상했던 계획인 만큼, 성공 확률은 높아 보였다. 하지만 에서를 죽인다고 해서 아무것도 달라지는 것은 없다. 그저 케케묵은 개인적인 원한이 풀릴 뿐. 엇비슷한 지적 수준을 갖춘 말 상대를 잃어버리고 싶지 않은 야곱은 내가 게토로 돌아올 길을 마련했지만 나는 돌아오고 싶지 않았다.

무엇보다 나는 죽음을 원치 않았다. 동기화 장치 적출술을 받은 날부터 나는 하루하루를 죽음에 대한 공포 속에서 보내야만 했다. 노동으로 단련된 육체는 육신을 향한 집착을 자극하여, 죽음에 대한 두려움과 영생에 대한 갈망을 함께 증폭시켰다.

클라우드에서 배제된 인간은 예외 없이 죽음에 무방비로 노출되고 만다. 생선 가시가 목에 걸려 식도에 천공이 생기는 것만으로도, 말똥을 나르는 트럭에 치이는 것만으로도, 가파른 계단에서 발을 헛디뎌 목이 부러지는 것만으로도 인간은 사신의 낫에 베이고 만다.

기이하게도 죽음은 나를 무기력하게 만드는 동시에, 나를 움직이게 하는 원동력이 되기도 했다. 죽음의 공포를 떨치고 시한부라는 현실에서 벗어나고자, 나는 미친 듯이 연구에 빠져들었다. 하지만 연구가 거의 마무리 단계에 이르자 나는 언제든 나를 벨 수 있는 사신의 낫이 두려워 악몽에 시달렸다.

황야로 출발하는 날 새벽, 나는 야곱의 거처에 숨어들어가 백신 실행 코드를 찾아내 필사했다. 그의 거처를 모조리 뒤집어 놓을 작정이었지만 백신 실행 코드는 보란 듯이 야곱의 책상 위에 놓여 있었다.

황야에서 보내는 7일 동안, 모순적인 감정으로 연구를 마무리했다. 압축률 연구라는 목표는 나를 살아 숨 쉬게 만드는 공기이자, 나를 질식하게 만드는 절망이었다. 험난하고도 높은 봉우리에 오르듯이, 나는 난제로 가득한 목표를 향해 나아갔다. 고도가 높아질수록 산소가 희박해지는 것처럼, 연구가 끝에 다다를수록 주변의 공기가 옅어지는 것만 같은 기분에 사로잡혔다. 문명인의 땅으로 돌아가 다른 신분으로 살아가겠다는 새로운 목표가 없었다면 나는 차마 연구를 마무리 짓지 못했을 것이다.

구시대에 만들어진 지하수로 입구를 찾는 일에 예상보다 많은 시간을 허비하고 말았다. 발정기가 찾아온 낙타가 먼지바람을 일으키며 식량의 절반과 함께 사라져 남은 식량과 물을 스스로 짊어져야 했기 때문이다. 처음엔 양어깨를 짓누르는 짐이 어서 가벼워졌으면 하고 바랐지만, 막상 제때 지하수로 입구를 찾지 못하고 황야를 배회하게 되며 식량과 물이 빠르게 줄어만 가자, 이대로 불모지를 장식하는 해골이 되진 않을까 하는 두려움이 켜져만 갔다.

쉬지 않고 걷고 또 걸었지만 황야는 내가 제대로 된 방향으로 가고 있다는 작은 단서조차 보여주지 않았다. 다만 무자비한 직사광과 예고없이 불어닥치는 숨막히는 황사 바람만을 교대로 내놓을 뿐이었다.

한쪽 어깨로도 멜 수 있을 정도로 짐이 줄어든 어느 오후, 집요하게 내리쬐는 햇볕에 그대로 타들어버릴 것 같던 나는 지칠 대로 지친 몸을 이끌고, 근처에 있는 작은 언덕으로 다가가 경사가 만든 그늘 아래에 드러누웠다. 불편한 자리에 몸을 뒤척이자 머리맡에서 무언가 단단한 것이 느껴졌다. 흙을 조금 걷어내자 발정 난 낙타가 떨구고 간 안장이 모습을 드러냈다. 주변을 유심히 살펴보니 아무래도 몇 날 며칠을 배회한 끝에 앞으로 나아가기는커녕 제자리로 돌아온 것 같았다. 나는 언덕 위에 올라 고함을 쳤다. 무엇을 혹은 누구를 향해 외치는지 스스로도 알지 못하면서, 그저 발을 구르며 절규했다. 나는 지금 당장 세상이 끝장나길 바라는 심정으로 어떤 말도 되지 못한 괴성을 내뱉으며 소리치고 또 소리쳤다.

돌연 바닥이 주저앉으며 세상이 검게 변했다. 나는 쿵, 하는 소리와 함께 머리를 어딘가에 부딪혔다. 세상을 저주한 대가로 나락에 떨어진 걸까. 혹은 세상이 정말로 끝장나고 만 것일까. 뒤통수를 어루만지며 고개를 쳐들자 구름에서 막 벗어나는 보름달이 눈에 들어왔다. 불행인지 다행인지 세상은 아직 그대로였다. 달빛에 의지해 주변을 둘러보았다. 사방을 둘러싼 단단한 콘크리트 벽, 물이 흘러가도록 둥그런 곡선을 그리며 파여 있는 바닥. 이곳은 바로 내가 찾아 헤매던 지하수로였다. 나는 일단 밖으로 나가 식량과 물부터 챙긴 뒤, 다시 지하수로로 돌아와 양초에 불을 켜고 본격적인 탐험에 나섰다.

야곱에게 받은 지하수로 지도는 아무짝에도 쓸모 없었다. 지하수로는 지도와 달리 끝없이 여러 갈래로 복잡하게 나뉘길 반복했고, 곳곳이 끊겨있기도 했다. 나는 다시 밖으로 나가려고 했지만 어두컴컴한 지하수로는 미궁이나 다름없었다. 미궁에 갇힌 테세우스에게는 아리아드네의 실타래가 있었지만 나에겐 아무것도 없었다.

얼마 남지 않은 식량과 물은 아무리 아껴서 먹어도 빠르게 줄어만 갔다. 설상가상으로 식량을 잃어버리고 말았다. 차갑고 딱딱한 바닥에서 쪽잠을 자는 동안 어디선가 나타난 쥐떼가 식량을 약탈해간 것이다. 그러고 나서 얼마 지나지 않아 물에 이어 양초마저 동이 나자 완전한 어둠이 나를 집어삼키고 말았다. 어디도 아닌 곳에서 아무도 아닌 자가 된 나는 무방비로 죽음이 찾아오길 기다리는 것밖엔 아무 것도 할 수 없었다. 차라리 당장이라도 미노타우로스가 나타나 내 목을 치길 바랐다.

하지만 모든 걸 포기한 그때 기적이 일어났다. 누군가 내게 실타래를 던져준 것이다. 나의 실타래는 모스부호였다. 누군가가 파이프를 두들기며 나에게 어느 쪽으로 나아가야 할지 알려주었다. 신의 이름으로 세례를 받았지만 나는 기적을 믿지 않는 비관주의자이자 회의주의자였다. 모스부호에 따라 컴컴한 지하수로를 헤쳐 나아가면서도, 나는 그저 환청을 듣고 있는 것뿐이라고 혼잣말을 주문처럼 되풀이했다. 기적을 불신하면서도 나는 무언가에 홀린 것처럼 실타래를 따라갔다.

저 멀리서 한 줄기 빛이 보이자 나는 기뻐하는 대신 의구심에 발걸음을 늦추었다. 나의 아리아드네는 누구일까. 누가 절망의 순간에서 나를 구한 것인가. 나 같은 불신자를 위해 신께서 친히 기계 장치를 타고 내려오기라도 했단 말인가. 대체 데우스 엑스 마키나처럼 돌연 내 앞에 나타난 자는 누구인가.

제7장: 역설

터널의 입구가 가까워질수록 가차 없이 쏟아져 내리는 빛이 두 눈을 태워버릴 것만 같았다. 나는 실눈을 뜨고 벽을 더듬으며 조금씩 앞으로 나아갔다. 마침내 터널 밖으로 빠져나온 나는 기력이 다해 그대로 무릎을 꿇으며 주저앉고 말았다. 온몸이 콘크리트처럼 굳어버려 고개를 들 힘조차 없었다. 그리 멀지 않은 곳에서 어떤 소리가 들려왔지만, 내 거친 호흡 소리에 묻혀버렸다. 숨을 고르고나자 그게 사람 목소리라는 걸 알 수 있었다. 목소리는 너무나도 익숙했지만 동시에 더없이 낯설게만 느껴졌다. 나에게 실타래를 내려 준 아리아드네를 확인하기 위해 나는 힘겹게 고개를 쳐들었다. 구세주의 얼굴을 보는 순간 절로 숨을 멈추고 말았다. 터널의 끝에서 나를 기다리고 있던 것은 바로 나였다.

"연구 노트는 어디 있지?" 내가 나에게 물었다.

또 다른 내가 나의 대답을 기다리며 내 두 눈을 똑바로 응시했지만 나는 그저 바보처럼 입을 벌린 채 아무런 대답도 내놓지 못했다.

"뭐, 내가 직접 찾기로 하지."

눈앞의 나는 동상처럼 굳어버린 내 옆으로 다가와, 가방을 뒤져 연구 노트를 찾아냈다. 한참을 그 자리에 서서 연구 노트를 한 장 한 장 정독한 나는 마지막 장까지 읽고 나서 이렇게 말했다.

"이건 기대 이상이야. 아무리 죽음이라는 절대적인 마감의 힘을 빌린다 해도, 이런 식으로 획기적인 발상을 내놓을 줄은 몰랐어. 내가 이렇게 똑똑했던가? 이 정도 압축률이면 내 이름이 트레이드마크가 될지도 모르겠어."

또 다른 나는 연구 노트를 비닐 팩에 봉인한 후, 백팩 안에 집어넣었다. 여전히 두 무릎을 꿇고 주저앉은 채 미동도 하지 못하고 있는 나를 응시하던 또 다른 나는, 한쪽 무릎을 땅에 대고 앉아 나와 시선을 맞추었다.

"당장이라도 쓰러져 죽을 것 같은 몰골이군. 좋아, 덕분에 연구 결과를 챙겼으니 이게 다 어떻게 된 일인지 알려주지. 우선 목부터 좀 축이고 나서."

그는 백팩에서 물병을 꺼내 한 모금 마시더니 나에게도 내밀었지만, 나는 여전히 아무런 반응도 내놓지 못했다.

"어떻게 너를 찾았는지부터 말해줄까? 네 몸속에는 GPS가 심어져 있어. 장거리 송수신기도 머릿속에 들어 있고. 모스부호는 네 귀에 들려온 게 아니라 머릿속에서 울린 거야.

그래, 이 모든 건 연구를 위해서였어. 뚜렷한 연구 성과를 내지 못하면 언제든 교수직을 박탈당해도 할 말이 없었으니까. 그런데 말이야. 나는 너무나도 게을러서 도저히 제시간에 연구를 끝낼 자신이 없었어. 그래서 이 모든 일을 꾸미게 된 거야.

내가 꾸민 계획을 왜 너만 모르고 있느냐고? 그건 필요한 기억만 남기고 지워놓았기 때문이야. 믿지 못하겠다는 표정이군. 그래, 엄밀히 말하면 삼위일체의 근간이 되는 기억 데이터는 삭제할 수 없어. 하지만 너에게 불필요한 기억은 요한이 개발한 압축술로 봉인했어. 접근을 못 하는 기억은 지워진 것이나 다름없는 셈이지.

너는 의도하지 않은 전송 오류가 아니라, 의도된 전송 오류로 생성되었어. 내가 달로 전송되는 순간, 전송 부스가 오류를 일으켜 너를 생성하게 조작해놓았지. 네가 24시간 동안 자유의 몸이 된 것부터가 다 내 계획이었어. 요한과 아내가 그 짓을 한 것도 다 의도된 거야. 아, 안심해도 좋아. 내가 진짜로 그런 짓을 허락할 리가 없지. 요한과 정사를 벌인 건 아내가 아니라 홀로그래머™였어. 요한은 진짜였지. 그는 선지자였어. 요한이 학과장으로 승진한 건, 그의 분신이 게토에서 내놓은 연구 성과 덕분이었지. 요한이 계획의 큰 줄기를 제공했어. 나는 디테일을 채웠을 뿐이고. 그가 나를 도운 것처럼, 나 또한 그의 새로운 계획을 도와야 했지.

언뜻 보기엔 이 계획이 허점투성이로 느껴질 거야. 계획이 성공하려면 네가 아내와 친구의 정사를 목격하고도 현장을 덮치지 않아야 하니까. 게다가 네가 이 비밀을 혼자서 간직하기 위해 게토로 떠난다는 걸 예측해야만 했으니까.

하지만 나는 누구보다 너를 잘 알고 있어. 너와 나는 동일인격체이니 네가 어떤 상황에서 어떻게 행동할지는 예측하는 건 그리 어려운 일도 아니야. 안전책으로 몇 가지 암시 트리거를 의식 속에 심어놓기도 했어. 하지만 굳이 트리거를 활성화할 필요도 없었지. 이곳에 오기까지 모든 선택은 오롯이 네가 내린 거야. 아내의 정사를 지켜만 본 것도, 고결한 자기희생 정신을 발휘한 것도, 어디까지나 네가 스스로 내린 선택이었어. 그리고 고맙게도 게토에서 연구를 완성하기로 결심했고, 또 실천해주었지…."

눈앞에 서 있는 또 다른 내가 말을 마칠 무렵, 망연자실한 심정에 사로잡힌 나의 머릿속에서 지난날이 주마등처럼 펼쳐졌다. 아내의 배신을 눈앞에서 목격하며 느낀 비통함, 장벽을 넘어 게토로 향했을 때의 처절함, 수도원에서 온갖 수모를 겪으며 하루하루를 버텨냈던 원통함, 동기화 장치가 제거되고 죽음 앞에서 벌거숭이가 되어 떨어야 했던 참담함, 미궁 같은 지하수로에서 죽음이 찾아오기만을 바랐던 때의 먹먹함. 그 모든 감정 또한 눈앞의 내가 나에게 선사한 끔찍한 계획의 일부였다. 나는 눈앞의 나를 위해 모든 것을 희생했지만, 이 모든 것이 기만과 속임수였다.

"웬만하면 나도 네 기억을 클라우드를 통해 받아들이고 싶어. 하지만 네 경험이 워낙 끔찍해서 말이지. 미안하지만 너는 그냥 이곳에 남아 있어야겠어."

또 다른 나는 도축용 공기총을 꺼내 나의 이마에 가져다 댔다. 차가운 금속이 피부에 닿자 절로 몸서리를 친 나는 밀려오는 공포심에 온몸이 얼어붙는 한기를 느꼈다. 동시에 가슴 한편에서 뜨거운 무언가가 솟구쳐 올랐다. 가축 도살에나 쓰이는 투박한 흉기는 나의 존엄성을 정면으로 부정했다. 또 다른 나에게 나는 그저 실험용 쥐에 지나지 않았다.

나는 터널을 빠져나오기 직전 뒷주머니에 넣어두었던 야곱의 살인 패치를 꺼내 또 다른 나의 목에 부착했다. 분노에 휩싸여 저지른 충동적인 일이었지만 똑같은 상황이 주어진다면 나는 정확히 같은 일을 되풀이할 것이다. 아무런 망설임도 없이.

야곱의 집념 어린 원한이 만들어낸 패치는 즉시 효과를 발휘했다. 또 다른 나는 바닥에 쓰러져 눈이 뒤집힌 채로 거품을 뿜고는 곧 숨을 거두었다.

나는 나의 시체를 뒤집어 백팩을 벗기고는 물을 꺼내 목을 축였다. 물이란 게 이렇게 달콤했던가. 나는 수분을 한 방울도 낭비하지 않고 탐욕스럽게 입 안으로 털어 넣었다.

❖

야곱의 살인 패치와 백신을 미끼로 나는 국제연맹과 협상을 벌였다. 나는 다섯 가지 조건을 요구했다. 첫째, 살인죄를 면죄할 것. 둘째, 동기화 장치를 삽입할 것. 셋째, 나의 원래 신분을 돌려줄 것(또 다른 내가 소멸했으니 새로운 신분은 불필요했다). 넷째, 아내에겐 모든 일을 비밀에 부칠 것. 다섯째, 살인 패치와 백신 데이터의 값으로 1,000만 달란트를 지급할 것.

국제연맹은 앞의 네 가지 조건은 받아들였지만 마지막 조건은 거부했다. 나는 한 푼도 건질 수 없었지만 그래도 상관없었다. 애초에 마지막 조건은 앞의 네 가지 조건을 확실하게 보장받기 위한 구실에 불과했으니까. 국제연맹 측 입장에서는 살인자와 협상을 하기 위한 명분이 필요했고, 나는 한 가지 조건을 포기하는 것으로 명분을 세워준 것이다. 가장 걱정했던 살인죄는 잠시나마 보안에 구멍이 뚫렸다는 사실이 외부에 알려지는 것 자체를 국제연맹이 염려했기 때문에 가장 쉽게 타협할 수 있었다. 나중에 알게 된 사실이지만, 자신이 자신을 죽이면 살인인가 자살인가 하는 법적인 문제는 여전히 해결되지 않은 모양이었다.

자신의 무덤과 마주한 스크루지가 새로 태어난 것처럼 자신의 무덤을 뒤로하고 문명사회로 돌아온 나는 완전히 새로운 사람이 되었다. 수도원에서의 고행은 나로 하여금 나태와 담을 쌓게 했고, 죽음 앞에 벌거숭이가 되어야 했던 경험은 권태로 병든 마음을 삶에 대한 기쁨으로 충만케 했다. 아내는 종종 내가 마법에 걸린 게 아니냐고 묻곤 했다.

하지만 마법에는 시효가 있었다. 겨우 3년이 지나자 나의 굳은 의지는 물거품처럼 사라졌다. 나의 일상은 거짓말처럼 또다시 나태와 권태의 그림자에 지배되고 말았다.

❖

어느새 반복되는 일상에 질리고만 나는, 영원이라는 안전망에 둘러싸인 요람에서 벗어나기를 갈망하게 되었다. 돌이켜보면, 게토에서 보냈던 모든 순간은 밀도 높은 긴장과 스릴로 가득한 날 것 그대로의 모험이었다. 유한하기에 역설적으로 영원의 가치를 지니게 되는 게토에서의 삶이 그리웠다.

나는 다시 한 번 나를 장벽 너머로 보낼 것이다. 에서는 야곱을 동정한 것이 아닐지도 모른다. 에서는 삶의 정수를 다시금 만끽하기 위해 자신의 분신인 야곱을 게토로 보냈을지도 모른다. 야곱이 백신 실행 코드를 쉽사리 필사하도록 방치한 것은 내가 다시 게토로 돌아가게 되리란 것을 알고 있었기 때문인지도 모른다.

하지만 정작 장벽 너머의 게토에 당도한다고 해도, 머지않아 다시금 영생의 요람을 꿈꾸게 되지 않을까? 영생의 요람에서는 유한한 삶에 속박된 게토를 꿈꾸지만, 정작 게토에 내던져지면 영생을 갈구하게 되는 역설. 인간은 뫼비우스의 띠처럼 꼬여 있는 역설의 굴레 안에서 끝없이 맴돌게 되는 저주에 걸린 존재인지도 모른다. 끝나지 않는 역설의 항로 속에서 나는 분해와 재생을 거듭하는 테세우스의 배를 타고 영원히 헤매이게 될까. 혹은 어딘가에서 마침내 내 삶의 안식처를 발견하게 될까.

제∞장: 오류

생체 분해까지 4분 59초. 4분 58초. 4분 57초….

망했다. 완전히 망했다. 4번 게이트에 4번 전송 부스를 배정받았을 때부터…

　'테세우스의 배'라는 역설은 이미 현실에서 일어나고 있다. 리처드 도킨스가 그의 어느 저서에서 언급했던 것처럼 우리 몸의 원자 대부분은 1년 안에 교체되니 몇 년 만에 친구를 만난다면 친구는 물론 자신을 이루던 물질은 거의 사라진 뒤이다. 몸의 구성 물질은 식음과 배설을 하면서 매일 교체되지만 패턴은 늘 비슷하게 유지되기에 우리는 자신이 거의 변하지 않으며 외부와 독립된 존재라 착각한다. 폴 맥어웬의 『소용돌이에 다가가지 말 것』에서는 숨을 쉬는 행위로 원자를 공유하는 인상 깊은 장면이 나오는데 별의 폭발에서 태어난 우리는 독립은커녕 숨만 쉬어도 서로 원자를 공유하며 세상과 섞이고 있다.

이 소설은 이렇게 태어났다. 유발 하라리의 『호모 데우스』를 흥미롭게 읽고 나서 한 미식가가 냉동된 후, 인간이 고기로 사육되는 미래에서 깨어나 겪는 일을 그린 「인간 농장」이라는 소설을 쓰고 있었는데 원고를 클라우드에 백업했다가 버전 충돌로 인해 파일 하나를 폐기하라는 선택을 강요받았다. 어느 게 맞는지 몰라 난감했지만 알고 보니 관대하신 클라우드는 모든 버전을 관리하고 있었다. 그 일을 계기로 먼 미래엔 클라우드로 의식이 관리되며 오류로 인해 폐기되는 자아조차 클라우드에 통합된다는 아이디어를 떠올렸고, 그를 확장해 이 소설을 써 내려갔다. 처음엔 그게 다 온전히 내 머릿속에서 나왔다고 믿었지만 그건 뇌라는 오묘한 물건의 기만이었다. 어느 날 책장에서 『하드 SF 르네상스』의 책등을 보고 나서 오래전 읽은 한 소설에도 비슷한 설정이 나온다는 걸 떠올리고는 테드 창의 「사실적 진실과 감정적 진실」의 화자처럼 내 기억도 부정확하고 기만적이라고 실감했는데, 그도 그럴 것이 파일 충돌을 겪고 나서 폐기되는 자아를 떠올린 건 제임스 패트릭 켈리의 「공룡처럼 생각하라」를 읽은 덕분일 개연성이 높기 때문이다. 전송 오류로 잉여의 존재가 폐기되는 내용을 다룬 「공룡처럼 생각하라」에는 클라우드, 의식 통합 같은 설정은 없지만 여전히 본 소설의 초반부는 「공룡처럼 생각하라」라는 멋진 소설에서 큰 영감을 얻었다고 믿는다. 「공룡처럼 생각하라」는 톰 고드윈의 「차가운 방정식」에서 영감을 얻은 것처럼 보이는데 세 소설은 묘하게도 거의 한 세대씩 시차를 두고 있다. 「전도서」曰 지금 있는 것은 언젠가 있었던 것이요, 하늘 아래 새것이란 없노라. 독창적인 작품을 만들기 위해 타인의 작품을 보지 않는다는 예술가가 있다는 얘기를 들었다. 그런 식으로 노력해도 호흡만으로도 원자를 나누는 우리는 클리셰를 비롯한 온갖 문화적 밈에서 자유로울 수 없지 않을까.「전도서」의 말처럼 어떤 신선한 아이디어도 선대가 어떤 식으로든 먼저 표현했을 확률이 높을 것이다. 하지만 그건 오히려 기뻐해야 할 일일지도 모른다. '내가 더 멀리 보아 왔다면 거인들의 어깨 위에 서 있었기 때문이다'라는 뉴턴의 말처럼 후대는 선대의 어깨 위에 올라 보다 멀리 내다볼 기회를 얻을 수 있으니까. 문학은 과학처럼 누진적으로 진보하지 않지만 여전히 선대의 작품을 통해 다른 각도로 세상을 바라보거나 조금이라도 시야를 확장할 발판을 확보할 기회를 얻을 수 있지 않을까. 만약 이 소설이 아주 조금이라도 픽션 세계의 시야를 넓혔거나 다른 시각을 제시했다면 그건 모두「공룡처럼 생각하라」,『캉디드 혹은 낙관주의』,『오만과 편견』,『장미의 이름』을 비롯한 숱한 작품이 늦게 출발한 나에게 기꺼이 거인의 어깨를 빌려주었기 때문이다.

허수아비 비유는『빅 슬립』, 도입부는『마션』과 〈브레이킹 배드〉의 사건 한복판에서 시작되는 오프닝에서 빌려왔고, 괴델에 관한 문장은 B. 러셀의 저서에서 영감을 받았다. 그 외에도 여러 책과 매체 등에서 영향을 받았음을 밝혀둔다. 또한, 어떤 작품에 대한 오마주를 본문에 이스터 에그처럼 숨겨놓았다.

〈스타트렉〉의 전송이 정말로 현실이 되면 어떤 일이 벌어질까, 기술이 극단적으로 발전하면 그 뒤엔 무슨 일이 일어날까, 소설엔 갈등이 필요한 법인데 영생마저 가능해지고 모든 것을 극복한 시대를 배경으로 소설을 쓰는 것이 가능한 일일까 등등의 물음과 도전 의식이 소설을 쓰게 만든 또 다른 계기가 되었다. 미완성 장편을 줄인 탓에 매끄럽지 못한 부분이 있었지만 편집자님의 피드백 덕에 보다 중단편다운 모습이 되었다. 신소윤 편집자님과 부족한 글을 뽑아주신 심사위원들께 감사드린다. 집필 당시, 팟캐스트 〈이종범의 웹툰스쿨〉의 궁극의 플롯 시리즈가 많은 참고와 위안이 되었는데, 웹툰스쿨 제작진 분들께도 감사의 말씀을 전하고 싶다. 함께 응모한 다른 글 또한 본심에 올라갔던 걸 보면 글의 방향성이 그리 틀리지 않았다는 생각이 들지만 본심에 그친 걸 보면 더 열심히 써야겠단 마음이 더 간절하다. 언젠가 분량 압축으로 생략한 이야기를 장편의 형태로 복원하고 싶다.

가작

그 이름, 찬란

유진상

1993년 서울에서 태어났다. 명지전문대 문예창작과를 졸업했다. 학교 강의를 통해서 SF를
처음 접하고 창작하기 시작했다. 「그 이름, 찬란」으로 제4회 한국과학문학상 가작을 수상
했다.

첫 대본 리딩이 끝난 후, 나는 함선의 관측실로 올라갔다. 우주의 투명한 어둠 너머에서 지구는 며칠 전보다 조금 더 커져, 흔히 말하는 창백한 푸른 점이 되어 있었다. 할머니는 난민 시절, 푸른 별이던 지구가 서서히 작아지다가 마침내 다른 별들과 다를 바 없이 하나의 점이 되어버린 순간을 몇 번이나 이야기했다. 나는 그것을 거꾸로 경험하는 셈이었다. 홀로그램 북을 켜고 대본을 읽기 시작했다. 다 외웠다고 생각했는데 대본 리딩을 할 때 몇몇 대사가 기억나지 않았다. 함선의 끝자락에 있는 관측실은 생활구역과 멀리 떨어져 있어서 병사들이 잘 찾아오지 않았고 그 덕에 혼자서 대사를 연습하기에 좋았다.

우주로 나 있는 창 너머로 멀리 태양에서 온 빛이 쏟아져 들어왔다. 나는 그 빛을 등불 삼아 대사를 읽고 발성 연습을 했다. 무중력 상태에서 대본을 읽으면 중력을 뛰어넘어 날아가는 기분이 들었다. 착륙하는 곳은 연기하는 배역에 따라서 매번 달랐다. 화성인이라면 화성으로, 지구인이라면 지구로 날아갔다. 가끔은 달이나 목성으로 날아가기도 했다. 허공에 엎드려서 홀로그램 북을 읽어나갔다. 이번에 착륙할 곳은 지구였다.

"우리 유나 여기에 있었네."

고개를 들어보니 랑과 영이 있었다. 랑은 내게 맥주 한 캔을 던졌다. 맥주 캔이 직선을 이루며 날아왔다. 그걸 잡으니 손목이 뻐근했다. 힘 조절을 안 하는군.

"여기 있는 건 어떻게 알았어?"

"당연히 알지. 우리가 하루 이틀 보는 것도 아니고."

"여기는 술 마시기에 좋지는 않은데."

"뭐 어때. 분위기는 좋은데." 영이 혀를 꼬면서 말했다. 이미 한 잔씩 마시고 오셨네.

맥주 캔을 따자 하얀 거품이 방울져서 올라왔다. 입술을 오므려 방울들을 하나하나 빨아들였다. 랑이 건배를 하자고 했다.

"우리의 공연을 위하여!"

"위하여!" 나와 영이 따라서 외쳤다.

무중력 상태에서 맥주를 마시는 건 좋은 아이디어는 아니었다. 목근육만을 사용해서 마셔야 했는데 목에 힘을 잔뜩 주니 살아 있는 진공청소기가 된 것 같았다.

"가오루는 어디에 있어?"

"우리 자기는 당직이라네." 랑이 대답했다.

랑은 술에 취했을 때 가오루를 자기라고 부르고는 했다. 취해서인지 혀가 꼬여서 평소보다 더 느끼했고 징그러워 팔에 소름이 돋았다.

"작작 좀 해라. 이제 임자도 있는 애거든."

"골키퍼 없는 축구 있니? 장애물이 있으니까 승부가 짜릿한 거야."

"그러는 거 징그럽거든." 내가 쏘아붙였다.

"나의 그이는 어디에 있나. 나 좀 데려가줘 제발!"

어느새 맥주 한 캔을 다 비운 영이 가슴을 치면서 신세 한탄을 늘어놓았다. 가오루가 연애를 시작한 게 어지간히 충격인 것 같았다. 영원한 솔로 동지가 되기로 맹세한 거 아니냐고 외치던 영에게 가오루는 수줍은 미소를 지으면서 여자 친구를 소개했다. 가오루처럼 참한 아가씨였다. 외성 출신이기에 가오루보다 키가 세 뼘쯤 작은 것 말고는 잘 어울리는 한쌍이었다.

제3차 지구탈환원정대가 데이모스항을 출발하고 3개월이 지났다. 그 말은 3개월 후면 지구에 도착한다는 뜻이었다. 우리에게 남은 시간은 길 수도 짧을 수도 있었다. 물론 대부분의 병사는 자신에게 남은 시간이 짧다고 생각했고, 원정대의 기함인 '아틀라스'호는 '비너스'호로 이름을 바꿔야 한다고 비아냥거릴 정도로 사랑이 넘치는 함선이 되었다. 전쟁의 공포 때문에 자손 번식의 욕구가 샘솟는지 많은 병사가 매일 파트너를 바꿔가며 얼마 남지 않은 인생을 즐겼다. 함선이 순식간에 동물의 왕국이 되었다.

훈련의 강도는 날이 갈수록 세졌다. 병사들이 훈련 시간 외에 떠드는 얘기라고는 어느 소대의 누가 누구와 잤느니, 누가 누구와 싸웠느니 하는 소문들뿐이었다. 그런 소문들도 처음에나 재미있지 매일 똑같은 이야기를 들으면 질리기 마련이다. 거기에다 약인지 술인지에 취해선 복도에서까지 마구잡이로 그 짓을 하는 이들과 몇 번이나 마주치다 보니 사랑이 넘치는 함선의 분위기에 질색하게 되었다. 헌병대가 기강을 잡겠다고 몇 번 경고하기도 했지만, 당연히 아무도 듣지 않았다. 결국에는 헌병대마저 두 손 다 들고 포기하고 말았다.

랑과 영은 자기들끼리 주고받다가 역시나 옆 소대의 누가 누구와 잤는지를 떠들어대고 있었다. 몇 시간째 얘기를 해도 질리지 않는 것 같았다. 랑과 영의 대화를 한 귀로 흘리며 우주를 바라보는데 함선의 AI인 '수호자'의 목소리가 스피커를 통해서 흘러나왔다.

"현 시간부로 화성 표준시에서 지구 표준시로 변경됩니다. 지구 도착까지는 91일 남았습니다."

수호자의 단정한 목소리가 관측실에 공허하게 떠돌았다. 나는 지구를 바라봤다. 어쩔 수 없이 마음이 심란해졌다. 인류와 할머니의 고향이었던 푸른 점. 지구는 생명이 넘치는 행성이라고 하지만

124

내게는 낯설고 이해할 수 없는 것투성이인 곳이었다.

"우주 자유형!" 돌아보니 영이 무중력 속에서 헤엄을 치고 있었다. 그 모습을 본 랑은 미친 듯이 웃었다. 다른 의미로 심란해졌다. 어떻게 쟤네를 데리고 공연을 하나. 하인리히 씨는 왜 쟤네를 캐스팅했을까.

시작이 이렇게 개판이어도 되는 걸까.

발밑에 펼쳐진 지구는 푸르렀다. 강하 포트 모니터는 지구 궤도를 돌고 있는 어설트비즈가 주변의 금속 파편을 끌어모으는 것을 중계하고 있었다. 대기권의 파편 농도가 30퍼센트 이하로 떨어지면 강하가 시작될 것이다. 연방군은 이 순간을 위해서 지난 50년 동안 수억 개의 어설트비즈를 지구 궤도에 뿌렸다. 작은 구슬 형태의 로봇인 어설트비즈는 단 한 번 실행될 명령을 위해서 지난 세월 동안 총알보다 빠른 속도로 지구 주위를 돌았다. 로봇은 거대한 자석이 될 것이고 지난 세월 파편으로 막혀 있던 지구로 가는 길을 열어줄 것이다.

강하 포트에서 대기하는 시간이 길어질수록 긴장감이 더 깊어졌다. 점점 커져가는 심장 소리에 전투복까지 흔들리는 것 같았다. 무기들을 다시 한 번 확인했다. 연방 제식 소총과 EMP 폭탄, 전투 헬멧과 식량, 탄약통, 보조 신호기. 수십 번이나 확인했음에도 무언가 부족한 것처럼 느껴졌다.

"파편 농도 30퍼센트 이하로 감소. 강하까지 10초 전."

이렇게 빨리? 수호자는 단정한 목소리로 카운트다운을 했다. 크게 심호흡하고 손잡이를 꽉 잡았다. 3, 2, 1, 강하.

추락의 순간. 강하 포트가 우주공간에 머무른 찰나에 발이 떠올랐다. 그러나 그것은 한순간일 뿐이었다. 추진기가 작동하자 거대한 압력이 온몸을 짓눌렀다. 포트의 전광판을 통해서 바깥 상황이 보였다. 지구 궤도에 정렬해 있던 함선들이 버그의 시설을 폭격했다. 강하병을 실은 수천 개의 포트가 지구로 강하하고 있었다. 멀리서는 그저 푸르기만 했던 지구의 모습이 점점 커지면서 굴곡진 지표면 윤곽이 드러났다. 파편 지대를 지날 때 포트에 무언가가 부딪히는 굉음이 났다. 이 모든 것이 순식간에 일어났다. 지상까지 1분 전.

그러나 나는 지상에 닿지 못한다. 함대의 포격과 무거워진 수천만 개의 어설트비즈가 추락하며 강하 포트를 가려줌에도 버그의 대공방어 시스템은 정확히 내가 탄 포트를 공격했다. 나는 지표면으로부터 700킬로미터 높이의 대기에서 폭발했다. 운이 나빴다. 그나마 폭발할 때 정신을 잃었기에 산 채로 불타는 경험은 하지 않았다. 불행 중 다행이었다.

죽음을 맞이한 나는 SSR에서 뛰쳐나와 양동이부터 찾았다. 한두 번 있는 일도 아니었기에 이제는 익숙해진 당번병이 양동이를 내밀었다. 황급히 양동이에 속을 게워냈다. 점심때 먹은 피자와 콜라가 쏟아져 나왔다.

"운이 나쁘군. 권유나 하사. 자네가 첫 번째야. 저번에도 강하 중에 요격당하지 않았나?"

반짝이는 군화와 딱딱한 목소리. 훈련 교관인 로버트 조던 원사였다.

"우웨엑, 우웩." 토하면서 말하려니 이상한 소리가 나왔다. 그 모습이 안쓰러웠는지 당번병이 상냥하게도 등을 두드려줬다.

"하던 건 마저 하고 수호자를 통해서 보고서 제출하게."

조던의 군화 소리가 멀어졌다. 신물까지 게워내자 속이 좀 나아졌다. 힘이 빠져서 바닥에 주저앉았다. 수백 개의 SSR이 설치된 가상현실 훈련장은 조용하기만 했다. 조던은 상황판 앞에 앉아서 무언가를 골똘히 쳐다보고 있었다.

지랄, 하는 것도 없으면서. 조던의 대머리를 쳐다보며 속으로 욕했다.

"이거 가져갈게요." 당번병이 말했다.

"아니요, 제가 치울게요!" 나는 놀라서 퍼뜩 정신을 차리고 대답했다. 내 임계반응이 토하는 것이었기에 그걸 치우는 당번병에게 항상 미안했다.

"아, 괜찮습니다. 제가 치울게요." 당번병이 양동이를 집어 들었다. 나는 당번병으로부터 양동이를 낚아채고 벌떡 일어나 훈련장을 빠르게 빠져나갔다.

재처리 시설에 토사물을 버리고 양동이를 물로 헹궜다. 원정이 시작된 이후, 함선에선 음식이 잘 나왔는데 그걸 소화하기 전에 다 토하기 일쑤였다. SSR의 현실 구현을 90퍼센트까지 올린 상태에서 죽게 되면 때때로 임계반응이 일어났다. 심한 이는 경련을 일으키거나 쇼크로 죽기도 했다. 보통 임계반응이 일어난 이는 강하병으로 선발되지 않지만 내 경우에는 비교적 반응이 경미했기에 선발될 수 있었다. 매번 토하는 건 짜증 나고 힘든 일이었지만, 아예 강하병에 선발되지 못하는 것보다는 나았다.

한 손에 든 양동이를 흔들며 훈련장으로 가는 길에 가오루와 마주쳤다. 당직을 끝내고 한숨 잔 후 막 일어났는지 머리가 헝클어져 있었다. 가오루는 양동이를 흘긋 보더니 '훈련했어?' 하고 말을 걸어왔다.

"응, 완전 제대로 했지. 반쯤 채웠다." 양동이를 자랑스럽게 들어 올리며 대답했다.

"속 쓰리겠다. 뭐 좀 먹어야지." 참한 가오루다웠다.

"이따가. 일단 이것부터 가져다주고."

"이번에는 어쩌다 죽었어?"

"재수가 없었지 뭐. 요격 시스템에 당했어."

"그거 확률이 2퍼센트인가 하지 않아? 그거에 또 당했네."

"그러게나 말이야. 아마 나중에 토하다 죽을 것 같아."

이 정도 농담에도 가오루는 짐짓 심각한 표정을 지었다. 아차 하는 마음에 나는 가오루의 어깨를 세게 치고는 농담이라고 덧붙였다. 가오루와는 훈련장까지 걸어갔다. 훈련장 앞에서 작별 인사를 하려는데 가오루가 '아!' 하면서 물었다.

"대본 리딩은 어땠어?"

"뭐 읽기만 한 건데 좋고 말고 할 게 있나."

"그렇긴 한데, 하고 싶어 했잖아."

"나이가 스물아홉인데 새삼스럽게 설레지는 않거든."

그 말에 가오루는 살짝 웃었다.

우주선을 통한 장기 항해가 보편화되면서 우주인들의 정신 건강을 유지하는 일이 아주 중요해졌다. 모험을 떠나기 위해서, 돈을 벌기 위해서, 혹은 정치적인 이유로 지구에서 밀려난 사람들이 끝없이 우주선에 몸을 실었다. 그 때문에 우주 개발 초창기처럼 소수의 엘리트를 선발하고 세밀한 정신감정을 실시하는 건 불가능해졌다. 우주에는 셀 수 없는 위험이 도사리고 있었고, 진공의 우주공간에서 우주선은 우주인에게 감옥이 되기도 했다. 그렇게 되면 인간 자체가 위협적일 수도 있었다. 몇 차례의 사고와 반란은 우주인들의 정신 건강을 유지·회복시키는 다양한 방법이 개발되는 계기가 되었다.

NASA의 심리치료 담당관인 마이클 러셀이 제시한 연극치료법이 심리치료를 넘어서 화성 연극사의 시작이 될 줄은 아무도 몰랐다. 연극치료법이란 말 그대로 우주선 선원들이 연극 공연을 공동의 목표로 설정하고 그 과정을 통해서 집단 심리치료 효과를 얻는 방법이다. 선원들은 연출자나 각본가, 배우의 역할을 부여받고 하나의 연극을 공연하기 위해서 연습했다. 실제로 이 치료법은 소기의 성과를 달성해서 우주선 내 사고율을 크게 낮췄다.

거기서 끝났다면 연극치료법은 무난한 심리치료기법 정도로 기록되었을 것이다. 그러나 몇몇 선원들은 그냥 끝내버리고 집에 가기에는 아깝다고 생각했다. 이유는 알 수 없었다. 공연하는 본인들도 정확히 그 이유를 설명하지 못했다. 그들은 연극치료가 끝난후에도 극장을 빌리고, 팸플릿을 만들고, 연극을 공연했다. 연극은 지구에서 오래전에 사라진 예술 장르에 지나지 않았다. 하지만 지구와 멀리 떨어진 화성에서, 연극은 지구에 대한 기억을 일깨워주었다. 러셀은 그것을 '초월'이라고 설명했다. 연극에 몰입하는 순간 배우와 관객들은 현실의 제약을 뛰어넘어 이야기의 세계로 들어간다. 관객과 배우의 기억이 결합된 이야기는 무엇과도 비교할수 없는 자유를 체험하게 해준다. 그들에게 연극은 지구로 가는 문이었다.

지구를 그리워하는 화성인들은 연극을 사랑하게 되었고 그렇게 선내 연극이 탄생했다. 선내 연극의 전성기에는 화성 혹은 그 너머의 먼 우주로 향하는 모든 우주선에 선내 연극을 공연하는 선내 극단이 하나씩 있었다.

화성인은 아니지만 할머니도 연극을 좋아했다. 매주 금요일마다 일이 끝나면 할머니는 내 손을 잡고 시내의 초라한 극장으로 향했다. 극장에는 할머니 나이 즈음의 지구 난민 출신 사람들이 객석을 채우고 있었다. 연극이 시작되고 불이 꺼지면 할머니 옆자리에 앉은 나는 손가락을 꼼지락거리면서 연극이 끝나기만을 기다렸다. 겨우 아홉 살이던 내가 셰익스피어나 아서 밀러 같은 정통 지구극을 이해할 수 있을 리 없었다. 할머니는 연극이 시작되기 전에 내게 공연 중에는 조용히 있으라고 말했는데 할머니의 경고가 아니더라도 연극을 보는 할머니에게 감히 말을 걸 마음은 들지 않았다.

어둠 속에서 무대를 쳐다보던 할머니의 옆얼굴이 아직도 선명하다. 할머니는 이야기 속에 빠져들며 그리운 것을 회상하듯이, 과거의 추억을 음미하듯이 배우들의 연기를 지켜봤다. 할머니는 할머니의 눈은 무대를 향해 있었지만 마음은 과거의 먼 곳, 고향인 지구에 도달해 있는 것 같았다. 당시 할머니가 어떤 마음이었는지를 온전히 이해하기에 나는 너무 어렸고 그저 어렴풋이 짐작만 할수 있을 뿐이었다.

연극이 끝난 후 할머니는 평소와 달리 사탕이나 과자를 사주었다. 나는 사탕을 입에 물고 신이 나서 온갖 얘기를 쫑알거렸는데, 대부분 그날 봤던 연극에 대한 것이었다.

"할머니, 하늘이 왜 파래?"

할머니는 설명하려다가 그게 불가능한 일이란 것을 깨닫고 그만두었다.

"네가 한 번만 지구에 간다면 무슨 뜻인지 저절로 알 텐데."

할머니는 가던 길을 멈추고 잠시 위를 올려다보았다. 할머니는 내게 지구의 푸른 하늘을 보여주고 싶었을 것이다. 그러나 보이는 것은 내가 태어날 때부터 있었던 우주 거주지의 높은 천장뿐이었다.

내가 열다섯이 되던 해, 할머니가 돌아가실 때까지 우리는 매주 지구극을 봤다. 할머니가 굳이 강요하지 않았음에도 내가 따라나선 이유는 극장에서 숨을 편하게 쉴 수 있기 때문이었다. 내가 살았던 우주 거주지는 태양과 멀리 떨어지면 전력 문제로 산소 농도가 떨어져 외출할 때 호흡기를 껴야만 했다. 극장의 좌석에 앉았을 때 호흡기를 벗고 숨을 들이켜면 우주를 건너 연극 속 세계에 온 것 같았다. 몇 년 후까지 연극을 좋아하는 데에는 그 정도의 이유면 충분했다. 3개월 뒤, 지구에 도착한다면 할머니가 경험하고 그리워했던 것을 두 눈으로 확인할 수 있을 것이다. 그때는 내가 이해하지 못했던 것들을 이해할 수 있을까.

랑이 「벚꽃 동산」을 같이 하지 않겠느냐고 말했을 때 나는 '벚꽃'과 '동산'이 무슨 뜻인지 알지 못했다. 랑에게 되묻자 랑은 자기가 보고 있던 함선 커뮤니티 게시글을 보여줬다. '안톤 체호프의 「벚꽃 동산」을 같이 공연하실 분을 찾습니다'라는 제목의 글이었다. 그 글은 함선의 병사들이 섹스 파트너를 구한다는 수천 개의 글 사이에서 도드라지기는 했지만 조회수는 적었다.

체호프가 누구인지는 알고 있었지만, 그 사람의 희곡 중에 「벚꽃 동산」이 있다는 건 처음 알았다. 나는 네트워크에 「벚꽃 동산」을 검색해봤다. '러시아 귀족사회의 몰락을 어느 귀족 가문의 쇠락을 통해 묘사한 안톤 체호프의 연극'이라는 설명이 나왔다. 그것만으로 충분하지 않아서 연달아 '벚꽃'과 '동산'을 검색했다. 벚꽃, 벚나무의 꽃으로 보통 흰색과 분홍색 꽃잎으로 이루어져 있다. 동산, 집이나 마을 근처에 있는 작은 산. 그러니까 벚꽃 동산이란 벚꽃이 피어난 작은 산을 일컫는다. 설명에 달린 사진을 열심히 들여다봤지만 한 번도 본 적이 없었기에 잘 와닿지 않았다.

"재미있을 것 같지 않아?"

랑의 의미심장한 목소리에도 나는 고개를 갸웃거렸다. 내게 와닿지 않는 이야기로 연극을 하는 게 가능한 일일까? 영도 나와 비슷한 생각이었다.

"나 한번 해보고 싶어."

평소에 자기주장을 그리 하지 않는 가오루가 그렇게 말하니 분위기가 묘해졌다. 가오루가 어떤 것을 요구하는 일 자체가 흔하지 않았기에 우리 사이에서는 가오루가 뭘 원할 경우 웬만하면 들어주자는 무언의 약속이 있었다.

나는 약간 고민하다가 랑이 연극을 해보자고 다시 한 번 꼬드기자 미심쩍어하면서도 고개를 끄덕였다.

게시글을 올린 이는 제3격납고의 작업반장인 하인리히 준위였다. 그의 첫인상은 격납고 당번병들이나 갈구는 배 나온 부사관 이미지하고는 거리가 멀었으며, 오히려 선생님처럼 단정하고 고매했다. 그는 아틀라스호 선내 극단에 소속된 메인 배우 중 하나였는데 그런 사람이 극단이 아닌 개인 이름으로 글을 올린 건 조금 석연치 않았다. 오디션을 보러 간 장소가 극단 연습실이 아닌 제3격납고의 허름한 창고여서 대충 이유를 짐작할 수 있었다.

열 받아서 뛰쳐나왔구나.

이해 못 할 것도 아니었다. 아틀라스호는 건조된 지는 얼마 안 됐지만 원정대의 기함이기에 선내 극단이 만들어졌다. 구색을 맞추는 것치고는 대대적이어서 연방군연극협회에 소속된 유명 배우, 연출가, 작가들이 합류한 초호화 극단이 탄생했다. 그런데 레퍼토리가 구렸다. 세상에, 그 배우와 연출가를 데리고 김명진을 공연하다니. 지구 도착까지 3개월 남은 시점에서 김명진을 연기하라고 한다면 나라도 뛰쳐나왔을 것이다.

하인리히 씨는 양륙정 부품 상자로 가득 찬 창고에 탁자 하나를 가져다 놓곤 우리에게 간단한 상황을 연기해 보라고 지시했다. 내게 주어진 상황은 가난한 여자애가 갑자기 부자가 되었을 때 어떤 표정을 짓고 말을 하는가였다. 나도 연기를 안 해 본 건 아니었기에 이미지메이킹을 하고 즉흥연기를 했다. 그는 내 연기를 보고 고개를 끄덕이더니 나중에 연락 주겠다고 했다. 넷이서 함께 오디션장에 들어갈 수는 없어서 제일 먼저 오디션을 마친 나는 나머지 애들이 나올 때까지 창고 앞에서 쭈그리고 앉아 기다려야 했다. 오디션을 보러 온 사람들이 생각보다 많았다. 지구극은 지구 멸망 이후 지구에 가본 적 없는 세대가 늘어나면서 노인들이나 좋아한다는 인식이 있었는데, 아직도 지구극에 관심을 가지는 사람이 많다니 놀라웠다. 무엇보다 지금 아틀라스호는 동물의 왕국 그 자체

아닌가. 그런데도 이렇게 많은 사람이 오다니. 러셀 당신은 틀리지 않았어.

"유나야. 네가 왜 여기에 있니?"

고개를 들어보니 함선 식당에서 일하시는 진선 이모가 서 있었다.

"이모가 여긴 어쩐 일이에요?"

"오디션 보러 왔지. 너도?"

나는 웃으며 고개를 끄덕였다. 웃음이 많은 이모는 반갑다며 목소리를 높이고는 호호 웃었다.

진선 이모가 들어가기 전까지 우리는 잠시 이야기를 나눴다. 알고 보니 진선 이모도 선내 극단 출신 배우였다. 지구극, 화성극을 가리지 않으면서 연기했고 경력도 많으셨다. 그 정도 경력이면 전문 배우가 되셔도 괜찮았을 텐데 왜 안 하셨느냐고 묻자 진선 이모는 그즈음 임신을 하게 돼서 전문 배우가 되는 건 무리였다고 말했다.

잠시 후, 진선 이모가 창고 안으로 들어가고 오디션을 본 랑과 영, 가오루가 나왔다. 어땠냐고 묻자 다들 표정이 애매했다.

"내 연기는 완벽했는데 면접관 표정이 냉랭하더라고." 이건 랑의 개소리.

"나보고 제작팀 일을 해주지 않겠느냐고 하더라." 가오루의 무난한 목소리.

"나한테는 무대미술팀에서 일해달라고 하던데." 영은 약간 찜찜해했다.

세 사람의 이야기를 들은 나는 웃음을 터트리고 말았다.

"그걸 다 어떻게 알았대!"

우리는 몇 년 전에도 연극을 공연한 적이 있었다. 동아리 수준이었고 워낙 소수 인원으로 준비했기에 동아리원 모두 배우이자 연출자이고 제작자여야 했다. 입대 전에 달의 예술학교에 다녔던 가오루는 제작 쪽 일을 맡아서 준비했고, 대학에서 홀로그램 제작을 전공한 영은 홀로그램 무대미술을 담당했다. 딱히 배운 게 없는 나와 랑은 배우 겸 잡부로서 온갖 일을 했다. 부대 안에서 연극을 한다는 게 보통 일은 아니어서 육체적으로도 정신적으로도 피곤했지만 정말 재미있었다.

하인리히 씨는 쟤들은 가망이 없으니 스태프로나 써먹어야겠고 아무렇게나 제안한 것이겠지만 결과적으로 뒷조사했나 싶을 정도로 정확한 캐스팅이었다. 이틀 후, 선실에서 셰익스피어를 읽고 있는데 하인리히 씨에게서 메시지가 왔다. 나를 '바라' 역으로 캐스팅하고 싶다고 했다. 환호성을 지르자 자고 있던 룸메이트인 해나가 '뭐야? 뭐야?' 하면서 놀랐다. 미안하다고 사과하고 셰익스피어를 덮었다. 홀로그램 북을 꺼내서 「벚꽃 동산」을 읽기 시작했다. 「벚꽃 동산」에서 그려지는 지구는 셰익스피어가 그리는 지구와도 달랐다. 가슴이 두근거렸다.

궤도 강하병은 가장 먼저 지구에 도착하고 가장 먼저 죽는다. SSR에서의 훈련은 얼마나 다양하게 죽을 수 있는지 실험하는 것이나 다름없었다. 50년 동안 지구를 점령한 버그는 지구 궤도의 파편과 어설트비즈로 우주 진출이 불가능해지자 지표면을 요새화했고, 요새는 함대의 포격으로도 완전히 제거할 수 없었다. 반복되는 시뮬레이션마다 주어진 시간은 24시간. 그 시간 안에 드론 병기를 조종하는 버그들의 중계기나 대공 시설을 파괴해야 했다. 임무 완수는 거의 불가능한 수준으로 설정되었다. 위험은 사방에 존재했고 죽음은 조약돌처럼 흔했다.

나는 지구 곳곳으로 강하했다. 무성한 숲이나 사막, 극지의 설원, 열대의 정글과 낮은 풀이 깔린 초원. 환경과 상황 설정은 매번 달랐지만 위험한 건 마찬가지였다. 내게 주어진 임무도 매번 비슷했다. 강하 포트로 착륙해 보급품을 챙기고 근처에 떨어진 분대원들과 합류한다. 분대와 합류하는 일 자체도 굉장히 힘들었다. 버그는 지구 정화라는 명목으로 도심지를 해체하고 그 자리에 나무를 심었다. 버그의 병기는 그 숲에 매복해 있었다. 수호자의 전투 보조에도 불구하고 때때로 분대와 합류하기도 전에 죽고 말았다. 분대와 합류한다고 해서 죽지 않는 것도 아니었다. 혼자 죽는 것이 여럿이 죽는 것으로 바뀔 뿐이었다.

죽음의 방식도 다양했다. '통통이'는 버그가 숲속에 배치한 원형 병기였는데 수백 개가 모여서 숲을 갈아버리며 쇄도했다. 거기에 말려들면 나무들과 함께 몸이 갈려 죽었다. 그런 속수무책인 죽음도 많았지만, 인간형 병기와 백병전을 벌인다든지, 폭탄을 지고 중계기로 뛰어드는 격렬한 싸움 끝에 죽는 경우도 많았다. 나는 꿰뚫렸고, 잘렸으며, 총에 맞고, 폭발했다. 몸이 산산조각 나고 태워졌다. 죽음의 종류는 다양했으며, 그 모든 것들을 한 번씩 경험할 때마다 SSR에서 튀어나와 속을 게워냈다.

유일하게 경험하지 못한 죽음의 방식은 자살이었다. SSR에서 자살은 금지되어 있었다. 간간이 행동을 못 할 정도로 다치는 일이 있었다. 실제 전장이었다면 후속 부대가 나를 구하러 올 수도 있겠지만 SSR에서는 아니었다. 누구도 나를 구하러 오지 않을 것이었다. 전장 한구석에 버려져 고통에 시달리는 상황을 겪으면 당장 머리에 총을 쏴 이 고통에서 벗어나고 싶었다. 그러나 자살은 허용되지 않았고 나는 빈혈이 보여주는 환각과 통증에 헛소리를 중얼거리며 천천히 죽어가고는 했다.

놀랍게도 그런 죽음의 행진은 하나도 두렵지 않았다. 전투 중에 쓰는 전투 헬멧에는 우리의 감정을 조절하는 기능이 있어 두려움, 망설임, 슬픔 같은 감정을 제거하고 냉정함, 투쟁심, 분노 같은 감정을 강화했다. 권유나는 사라지고 버그를 섬멸하기 위한 병기가 되는 것이었다. 병기가 된다는 것은 가끔은 짜릿하기도 했다. 그러나 훈련이 끝나고 SSR에서의 일을 돌이키면 손발이 떨려 오고 구토가 치밀었다. 그럴 때면 나는 대본을 읽으며 바랴가 되는 상상을 했다. 그러면 떨림은 서서히 가라앉았다. 상상은 글자 속의 등장인물에게 생명을 부여하는 것 같았다. 오전에는 SSR에서 죽고, 오후에는 새로운 존재로 다시 태어나는 것이다. 그 낙차가 우스워 자주 쓴웃음을 지었다.

눈을 뜨자 나뭇가지에 매달린 나뭇잎이 보였다. 지구의 숲속에서 몸이 찢겨 죽었던 게 기억나 비명을 질렀다.

"뭐야! 유나, 왜 그래?"

랑이 소리치며 달려왔다. 이마에 난 식은땀을 닦고 주변을 살폈다. 낮은 풀들이 깔린 초지와 나무들이 보였고, 그 위의 높은 유리천장 너머 우주와 별들이 빛났다. 아틀라스호 외곽에 만들어진 정원이었다. 숨이 가라앉자 오늘 일과 중에 자연 교감 시간이 있었던 게 기억났다.

"내가 어떻게 여기 있는 거야?"

"너 토하다가 기절했어." 랑이 담담하게 말했다.

"뭐?" 내가 머리를 부여잡으며 소리쳤다. 세상에 토하다가 기절까지 했다고? 창피해서 죽어버리고 싶었다.

"조던이 너보고 의료 보고서 제출하래."

옆에서 랑이 말하는 건 귀에 들어오지 않았다. 양동이에 머리를 박고 기절하는 장면을 상상하니 얼굴이 화끈거렸다.

"근데 나 어떻게 정원까지 데려왔어?"

문득 궁금해져 물었다.

"내가 업고 왔지. 코까지 골면서 자던데."

가지가지 하는구나, 나.

"무겁지는 않던?"

"천하의 테드를 보고 그런 얘기를 하는 거야?"

랑이 팔뚝을 보디빌더처럼 들어 올렸다. 울퉁불퉁한 근육이

'안녕, 자기!'라고 말하는 것처럼 꿈틀거렸다.

병사들의 복지와 지구환경 적응을 돕기 위해서 만들어진 아틀라스호의 정원은 내가 봐왔던 어떤 정원보다도 잘 만들어져 있었다. 화성에서 이런 정원을 만들려면 백만장자 정도는 돼야 했다. 나무들이 무성하게 심겨 있었고 야트막한 풀들은 인공 바람이 불 때마다 부드럽게 흔들렸다. 정원 한가운데 연못에서는 자연 적응을 하러 온 병사 중 몇몇이 물놀이를 하고 있었다. 정원 한쪽에는 넓은 텃밭이 있었는데 거기에선 조리병들이 저녁 식사로 요리할 채소들을 수확하는 중이었다. 연방군이 항상 병사들에게 이 정도의 복지를 제공했으면 입대자들이 줄을 섰을 것이다.

"그래서 뭐가 느껴져?"

"뭐가?"

"지구에 대해서 감이 오냐고."

랑의 말에 나는 흔들리는 나뭇가지를 바라봤다. 아무리 생각해봐도 내게 나무는 비싸고 사치스러운 생물일 뿐이었다.

"하나도 모르겠어."

캐스팅이 완료되고 '벚꽃 동산' 팀이 한자리에 모였다. 각 역할에 캐스팅된 사람들과 제작, 연출팀을 다 합치니 스무 명쯤 되었다. 그중에는 진선 이모도 포함되어 있었다. 이모는 주연인 여지주 역을 맡았다. 나이대도 비슷하고 연기 경력도 많았으니 예상이 되기는 했다. 총감독인 하인리히 씨는 집사 역을 맡았다. 랑은 로

빠힌 역으로 주연이었다. 나는 바랴 역을 맡았다. 바랴는 여지주의 수양딸이다. 가오루와 영은 예상대로 제작팀에 소속되었다. 인원과 시간이 제한된 선내 연극은 항상 일손이 부족해 배우가 무대 준비를 같이 해야 했다.

첫 대본 리딩이 끝나고 본격적인 연습이 시작되었다. 가장 눈에 띄는 건 하인리히 씨와 진선 이모였다. 과연 경력자다웠다. 발음부터 완벽했다. 두 사람은 캐릭터 분석을 하더니 19세기 귀족의 몸짓마저 구현해내기에 이르렀다. 언제나 배우는 것에 뛰어났던 랑도 금방 자신의 역을 소화했다. 문제는 나였다.

"자네 혹시 자연보호구역에 가본 적이 없나?"

연습이 끝난 어느 날, 하인리히 씨가 나를 따로 부르더니 물었다. 그 말에 얼굴이 달아올랐다. 인간이 어떻게 자연보호구역에도 가지 않았냐는 질문은 가난한 외성 출신에게 모욕이나 다름없었다. 하인리히 씨도 그 점을 깨달았는지 손사래를 치면서 연기 때문에 묻는 거라고 덧붙였다.

"자네가 몇몇 상황에서 이입을 못 하는 것 같아서 말이야."

하인리히 씨는 대본의 한 부분을 내게 보여줬다. 바랴가 어린 시절 벚꽃 동산에서의 추억을 회상하는 장면이었다.

"여기서 자네가 감정이입을 못 한다는 게 확 느껴져. 떨어지는 벚꽃 잎을 따라가면서 놀았다고 하는 부분인데, 자네 연기는 너무 딱딱해. 장난감을 가지고 노는 게 아니라고."

그다음은 들어봐야 뻔한 말이었다. 어떻게 하겠나. 내 고향은 풀잎 하나 심을 엄두도 못 내던 가난한 우주 거주지였다. 태양과 멀어지는 시기에는 하루 중 낮이 네 시간 정도밖에 되지 않았다. 그런 곳이니 자연 교감은 꿈도 꾸지 못했다. 지구극을 하게 되면서 가장 우려했던 부분인데 결국 이게 문제가 되었다.

"너도 참 삭막하게 살았다."

"가난한 외성인이 보호구역에 갈 돈이 있었겠냐. 거기 입장료가 얼만데."

"그래도 보통 한 번 정도는 가지 않냐. 사람이 나무랑 풀도 보고 느끼고 해봐야지."

"그래서 지금 경험하고 있잖아." 내가 퉁명스럽게 대답했다.

우리는 풀밭에 누웠다. 풀잎은 부드러웠고 풀냄새가 났다. 풀냄새는 괴상한 맛의 클로렐라 주스 향과 비슷했다. 어쩐지 할머니가 그 주스를 좋아한다 했다. 함선의 정원은 인기가 많아서 항상 예약이 밀려 있었다. 우리가 여기에 들어온 것도 원정대가 출발하고 4개월 만이었다. 정원에서 나무나 풀을 보면 〈벚꽃 동산〉의 감정선을 이해할 수 있는 실마리가 있을 줄 알았는데 그것도 아니었다. 그저 낮잠이나 잘 수밖에.

정원에서 낮잠을 자는 건 우주인에겐 꿈과 같은 일이었다. 괜히 드라마에서 부잣집 자식이 풀밭에 누워서 잠을 자는 게 아니었다. 클리셰지만 모두가 꿈꾸는 사치니 어떤 드라마에서든 그런 장면이 한 번씩은 나왔다. 막상 누워보니 생각보다는 불편했지만 부자가 된 것 같아서 기분이 나쁘지는 않았다. 다른 병사들도 나처럼 하나둘 풀밭에 누웠다. 녹음된 새소리마저 신비롭게 들렸다. 랑은 곧 잠들었고 나 역시 금방이라도 잠들 것 같았다. 연극에 대한 고민은 잠시 접어두고 싶었다. 그런데 잠이 들 만한 타이밍에 누군가가 근처에서 얼쩡거렸다. 영이었다.

"너 뭐 하냐?"

내 말에도 영은 신경 쓰지 않고, 홀로그램 투사기로 어떤 나무를 연신 찍고 있었다. 호기심이 생긴 나는 일어나서 영 쪽으로 다가가 어깨를 툭툭 두드렸다.

"뭐 하냐고."

"보면 몰라? 나무 홀로그램 만들고 있잖아."

내가 건드린 게 짜증 났는지 목소리가 날카로웠다. 어휴, 재수 없어라. 이러면 더 말을 붙이고 싶어진다.

"그건 어떻게 하는 건데?"

"이 홀로그램 투사기로 영상을 채집한 다음에 원하는 모양으로 편집하는 거야." 표정에 짜증이 팍팍 묻어 나왔다. 그래도 영답게 꼬박꼬박 대답했다.

"그러면 아무 나무나 영상 채집하고 벚꽃을 입히는 건가?"

"아니. 이거 벚꽃나문데?"

"뭐?" 영의 말에 나는 나무를 올려다봤다. 나뭇잎이 노랗게 물들었다. 정원의 계절은 가을로 설정되어 있었다. 나는 손을 뻗어 나무줄기를 매만졌다. 감촉이 꺼칠꺼칠했다. 항해 초기에 왔다면 아마 진짜 벚꽃이 피는 모습을 볼 수 있었을 것이다.

"지구 바깥에는 세 그루밖에 없는 나무야. 데이모스항에 있던 걸 옮겨 온 거래."

"그렇게 귀한 나무를 왜 여기에 옮겨놓은 건데?"

"지구에 도착하면 거기에 심으려고. 화성산 나무를 지구로 옮기는 거지."

"낭만적이네."

"다들 이런 거 하나씩 가지고 가던데. 우주인으로서 우리가 50년 만에 지구에 가는 거잖아. 뭔가 흔적을 남기고 싶은 거지."

그렇게 말한 영은 손을 저으며 저리 꺼지라고 했다. 심심함이 가신 나는 순순히 원래 자리로 돌아갔다. 시끄럽게 놀던 병사들은 어느새 다 같이 풀밭에 누워서 자고 있었다. 몇몇 병사들 중에는 풀과 나무를 처음 본 이도 있을 것이다. 그런데도 병사들이 자는 모습은 퍽 자연스러워 보였다. 정원엔 녹음된 새소리만 들려왔다. 열심히 일하는 영을 내버려두고 나는 다시 누웠다. 그러고 옷에 풀이 묻을 때까지 잠을 잤다.

내 고민의 답을 알려준 사람은 진선 이모였다. 이모는 지구극을 연기하는 배우들이 나와 같은 문제를 한 번씩 겪는다고 했다. 이모가 제시해준 해결법은 자연에 관련된 묘사나 감정이 나올 때마다 즐거운 일을 떠올리라는 것이었다. 그 감정을 완벽하게 묘사할 수는 없겠지만, 비슷하게 따라 하는 건 가능하다고 한다. 그렇다면 나는 어떤 순간을 떠올려야 할까.

할머니와 함께한 시절을 떠올리려다 그만두었다. 그 시절을 생각하면 열다섯 때 할머니가 돌아가신 게 생각나 금방 쓸쓸해졌다. 그 이후는 어떨까. 랑과는 입대 후 첫 임무에서 만났다. 점심 시간에 사과와 레몬이 나온 적이 있었다. 둘 다 비싼 과일이었지만 나는 사과를 좋아했고 레몬은 싫어했다. 랑은 정확히 그 반대였다. 근처에 앉아 있던 우리는 서로 좋아하는 과일로 바꿔 먹었다. 심심한 군인들은 그딴 일로도 친해지고는 한다.

나와 랑, 영과 가오루는 부대에서 연극 동아리를 만들었다. 동아리 활동은 보통 휴가나 외출을 나갈 때 메구미 거리에서 연극을 보고 술을 마시는 것이었다. 메구미 거리에 처음 갔을 때가 생각난다.

화성극의 메카인 메구미 거리에는 화성극의 창시자인 러셀의 동상이 세워져 있었고, 그 아래로 태양계 각지에서 연극을 보러온 관광객들로 바글거렸다. 화성인보다 조금 키가 작은 외성인들, 다른 사람들보다 두 뼘은 더 큰 월인들. 화성인들은 항상 그렇듯이 단체로 몰려다니며 러셀의 동상 앞에서 사진을 찍었다. 지나가는 관광객들에게 티켓을 파는 판매원들이 외치는 소리와 길거리 연주자들의 연주가 도시의 천장 아래에서 메아리쳤다. 처음 휴가를 나온 우리는 촌스럽게도 연방군 정복을 입고 있었다.

우리는 메구미 거리의 대극장이 모여 있는 대로변에서 작은 골목으로 들어갔다. 지구 밖 우주 거주지의 특징이 고스란히 드러나는 낮고 작은 건물에 소극장들이 들어찼고, 폭이 좁은 골목길에는 연극을 보려는 관람객들로 가득했다. 소극장에서는 화성 주류 연극과는 다른 지구극이나 실험극이 공연되고는 했다. 넷 다 특정한 장르를 가리지 않아서 뜨내기들은 잘 모르는 소극장까지 구석구석 알게 되었다.

예전에 있었던 즐거운 일을 상상하면서 연기하자 어느 순간부터 하인리히 씨가 따로 연기를 지적하지 않았다. 같이 연기하는 랑의 말로는 전보다 표정이 훨씬 좋아졌다고 한다. 완전히 몰입하지는 못했지만, 어느 정도는 문제가 해결된 것이다.

선내 연극은 일손이 항상 모자랐다. 연기 연습 외에 다른 일도 도와야 했다. 가오루와는 합성 자재액으로 무대 자재를 만들기도 했다. 우주선에 구멍이 났을 때 그 구멍을 메우는 데에 사용되는 합성 자재액은 제조와 재처리가 쉬워서 간단한 가구나 우주공간에서 임시 주택을 만들기에는 물론 무대 자재를 만들기에도 좋았다. 나와 가오루는 굳힌 자재액을 톱으로 자르고 풀로 이어 붙여 가구나 벽, 나무 같은 무대와 세트를 만들었다. 색이 하얗다는 게 문제였지만 그건 홀로그램을 씌우면 될 일이었다.

영은 홀로그램 만드는 일을 혼자 해냈다. 내가 딱히 도울 일은 없었을뿐더러 영은 허영심이 강해서 옆에 앉아서 잘한다, 잘한다, 추임새를 넣어주면 일을 더 열심히 했다. 영이 작업에 몰두하면 심심해진 나는 영이 홀로그램 제작에 참고하려고 모아놓은 자료들을 들여다봤다. 지구의 벚꽃과 산들, 울창한 나무들, 오래된 집들, 200년 전에 인터넷이 만들어지면서 저장되기 시작한 무수한 정보들은, 지구에서 몰살당한, 이제는 증언하지도 못하게 된 과거 인류의 일들을 말하고 싶은 듯했다.

연극 준비는 벽돌이 쌓이듯이 차곡차곡 진행되어갔다. 그러다가 사건이 터졌다.

"화성 촌놈아! 벽 밖에 나가 뒈져라!"

연습실로 박차고 들어온 하인리히 씨가 소리를 질렀다. 평소 표정이 냉담한 편이라 저렇게 화를 낼 수도 있는 사람이구나 싶었다. 우리에게 화를 내는 게 아닌데도 연습실 분위기가 차갑게 가라앉았다. 하인리히 씨는 한참 소리를 지르다가 간신히 화를 가라앉히고는 우리에게 자초지종을 설명해주었다. 장소 대관이 난항에 빠졌다. 극단 아틀라스호의 단장이 몽니를 부린다는 것이었다.

"그래서 우리 어떻게 되는 건데?"

뒤늦게 소식을 들은 영이 쌈채소가 담긴 대접을 내려놓으며 말했다.

"하인리히 씨가 가서 더 얘기해보겠다고 하더라고."

"그래? 그럼 뭐 괜찮겠지." 쌈채소에 눈이 팔린 영이 대충 대답했다.

그때 덩치 하나가 옆 테이블로 날아왔다. 영은 깜짝 놀라고 나는 휘파람을 불었다. 덩치를 내던졌을 누군가가 뛰어와 덩치를 패기 시작했다. 배식을 기다리던 병사들이 환호성을 질렀다. 식당에서 대기 중이던 헌병대가 소리치면서 뛰어왔다.

"잘생긴 애들이 왜 저런대?"

랑과 가오루였다. 나는 손을 흔들어 둘을 반겼다.

"둘 중에 누가 새치기라도 했나 보지."

"그거 때문에 싸운다고?"

"이제 얼마 안 남았으니까. 다들 미쳐가는 거지." 영이 담담하게 말했다.

오늘 저녁 메뉴가 삼겹살과 잎채소라고 했을 때 누구도 그 사실을 믿지 못했다. 지구 멸망 이후 신선한 잎채소는 몇몇 부자들만 먹을 수 있는 귀한 식재료가 되었다. 병사 한 명당 상추 네 장정도가 다였지만 그 정도만 하더라도 한 달 월급을 다 쏟아내야먹을 수 있었다. 당연히 병사들은 흥분했고 그 상황을 예측한 사령부는 식당에 헌병대를 배치했다.

헌병대가 두 사람을 연행하자 식당은 배식하는 조리병에게 왜상추를 조그만 거로 주느냐고 항의하는 소리로 다시 시끄러워졌다.

"왜 이렇게 늦었어?" 내가 두 사람에게 물었다.

"아까 싸우던 애들이 우리 앞이었거든." 가오루가 고개를 절레절레 지으며 말했다.

"그 와중에 채소가 엎어져서 애들이 우르르 밀려오더니 주머니에 하나라도 넣으려고 하던데 징그럽더라." 그렇게 말하며 랑은주머니에서 가득 채워 넣은 상추를 꺼냈다. 나는 숨도 안 쉬고 웃었다.

빈 식판을 들고 일어서는데 헌병대가 뛰어가는 게 보였다. 이번에는 장교 식당 쪽이 소란스러웠다. 잠시 후, 싸움을 일으킨 범인들을 헌병대가 끌고 가는데 끌려가는 사람 중 하나가 눈에 익었다.

"저 사람 하인리히 씨 아니야?" 영이 소리쳤다.

영의 말처럼 하인리히 씨는 눈 한쪽이 시퍼렇게 멍들어서는 헌병대에게 체포당하고 있었다. 우리는 멍하니 그 광경을 지켜봤다.

"그 자식이 다짜고짜 체호프를 욕하잖아."

구금복을 입은 하인리히 씨는 아직도 화가 덜 풀렸는지 한마디를 끝낼 때마다 테이블을 내리쳤다. 옆에 서 있던 헌병이 경고하자 하인리히 씨는 그제야 손을 테이블 위에 가만히 올려두었다.

우리가 아무리 노력한다 해도 연극의 모든 부분을 준비할 수는 없었다. 음향 장비나 조명 장비를 세팅하는 건 우리가 할 수 있는 일이 아니었다. 무대 섭외도 마찬가지였다. 안전 문제 때문에 제3격납고에 무대를 세울 수는 없었다. 장소 섭외를 몇 차례나 실패하자 하인리히 씨는 그간의 악감정에도 극단 아틀라스호의 단장인 뮐 씨와 대화하려고 했다. 그러다 그 사달이 난 것이었다. 그 사람은 지구 도착까지 두 달 남은 시점에서 〈벚꽃 동산〉을 공연하겠다는 사람한테 왜 체호프 욕을 한 것일까.

"뮐 씨가 뭐라고 했는데요?" 랑이 물었다.

"어느 땐데 체호프를 하느냐고 하더군."

하인리히 씨는 분노로 몸을 떨었다. 〈벚꽃 동산〉을 사랑하는 하인리히 씨에겐 충분히 기분 나쁘게 들릴 만한 말이기는 했지만, 그게 사람을 칠 정도로 열 받는 말인가 싶었다. 첫인상하고 다르게 너무 다혈질 아닌가.

"그럼 우린 어떻게 하죠?"

"걱정하지 마시게. 오히려 잘됐어."

내 걱정에 하인리히 씨는 오히려 아무렇지 않아 했다.

"뮐 그놈도 여기에 갇혔거든."

그게 이 상황에 어울리는 대답인가? 나와 랑은 영문을 몰라서 서로를 쳐다봤다.

"극단 안에 날 도와줄 친구들이 있어. 뮐이 구금실에 갇혀 있는 동안에는 그 친구들이 눈치 안 보고 우리를 도와줄 거야."

"구금실 안에서도 우리처럼 면회할 수 있잖아요. 뮐 씨가 방해할 수도 있지 않나요?"

"그럴 거 같아서 밤새 잠을 못 자게 했지."

구금실이 그렇게 넓은 것도 아니어서 하인리히 씨와 뮐 씨는 바로 옆방에서 지낸다고 한다. 밤새 말을 걸고 소리를 질러서 잠을 못 자게 한다고…. 그렇게 말하는 하는 하인리히 씨의 눈은 피곤함과 광기로 번들거렸다.

"여기는 내가 맡을 테니깐 바깥을 부탁하지."

최후의 전투를 앞둔 것 같은 그의 말에 등이 식은땀으로 젖었다. 랑도 얼굴이 새하얗게 질려 있었다. 랑이 저렇게 당황할 정도라니. 우리가 무슨 이야기를 들은 걸까.

하인리히 씨의 말대로 다들 별 말 없이 선선히 장비를 빌려주었다.

"하인리히 씨는 여전히 화가 많으시죠?"

음향 장비를 빌려주는 스태프가 은근히 물어보자 나는 어색하게 웃으며 고개를 끄덕였다. 스태프는 알 만하다는 듯이 말을 쏟아냈다.

"그 두 사람, 둘 다 실력도 좋고 연극에 대한 열정도 좋은데 왜 그렇게 얼굴 붉히면서 싸우는지 모르겠어요. 한쪽은 지구극에 미쳐 있고 한쪽은 화성극에 미쳐 있고."

스태프의 말에 같이 장비를 받으러 온 영과 랑이 귀를 쫑긋거리는 게 보였다. 군대에서는 누가 누구와 싸웠다는 얘기가 참 재밌다.

"김명진이 자기복제가 심한 작가이기는 하지만 화성극에서 중요한 위치를 차지하는 건 사실인데 말이에요. 한쪽은 쓰레기라고 싫어하고 다른 쪽은 선지자라고 치켜세우고 말이죠."

하인리히 씨가 그토록 싫어하는 김명진은 지구극 중심이던 기존 화성극계에 현대 화성의 라이프스타일을 반영한 연극을 창작해 연극계에 새 활력을 불어넣었다는 평가를 받았다. 지구 멸망 이후, 지구와 접점이 없는 세대가 성인이 되는 시점에 등장한 화성극은 신세대의 열렬한 환영을 받았고 그와 반대로 지구극은 점점 쇠퇴했다. 지구극의 열렬한 옹호자인 하인리히 씨가 김명진을 싫어하는 건 당연했다. 거기에다 김명진은 초기에 괜찮은 작품을 몇 개 낸 이후에 자기복제한 작품을 수십 편 연달아 발표했다. 나는 그 사람의 작품이 고만고만하고 깊이가 없어서 싫어했지만 김명진을 좋아하는 화성인도 많았다. 자신에게 익숙한 공간을 배경으로 삼으니 연극에 쉽게 공감할 수 있었기 때문이다.

"사람들이 적당히를 몰라요. 몇 개월 후면 다시는 못 볼 수도 있는데 마지막까지 그렇게 싸워대니 참…." 스태프는 그렇게 말하며 한숨을 내쉬었다.

극단 아틀라스는 항해 초기에 김명진의 고전 소설 리메이크작인 〈화성의 프린세스〉를 공연한 이후로 다른 작품을 올리지 못하고 있었다. 지구 도착까지 얼마 남지 않은 시점에서 여러 작품을 공연하고 싶을 텐데도 그러지 못하니 그 점은 참 안타까웠다.

하인리히 씨와 뤼 씨가 사이좋게 구금실로 들어간 덕분에 일이 잘 풀려 우리에겐 정말 다행이었다. 감독이 부재하는 상황이니 위기이기는 했지만 괜찮았다. 그 역할은 진선 이모가 받아서 금방 메꿔졌으니까. 부담스러울 수도 있는데 분수에도 없던 감독 경험을 해보게 되었다고 좋아하셨다. 다양한 연기를 해보셔서 그런지 연기 지도는 하인리히 씨보다 더 훌륭했다.

힘들고 피곤하지만 동시에 정체를 알 수 없는 활력이 몸을 움직이게 했다. SSR에서의 죽음은 정신을 갉아먹는 것 이상으로 몸까지 지치게 할 때가 많았다. 그런데도 훈련이 끝나면 나는 좀비처럼 팔을 늘어트리면서 제3격납고로 향했고 연습이 시작되면 이상하게도 몸이 저절로 움직였다. 끊어질 듯 말 듯 팽팽하게 당겨진 고무줄이 된 것 같았다. 끊어질 듯 말 듯 불안했지만 결국 끊어지진 않았다.

간신히 연습을 끝내고 방으로 돌아가면 쓰러져 잠들기 일쑤였다. 어떤 날은 돌아가는 길에 기절하듯이 잠든 나를 랑이 업어서 데려다준 적도 있었다. 해나의 입장에선 내가 이렇게 지내는 게 안타까우면서도 이해하기 어려운 듯했다.

"언니, 왜 그렇게 힘들게 지내?"

"연극을 하려면 어쩔 수 없단다, 해나야."

"그 고생을 하면서 연극을 할 이유가 있어?"

나는 무슨 대답을 해야 할지 고민했다. 내가 연극을 좋아하는 이유는 많았지만 그걸 솜씨 좋게 설명할 자신은 없었다. 잠시 고민하는데 해나가 덧붙였다.

"심심해서 그런 거면 애인이랑 놀면 되잖아?"

그런 의미였나. 해나는 나와 다르게 항해가 시작된 이후로 가벼운 만남을 끝없이 이어왔다. 아틀라스호의 많은 병사가 그런 식으로 전쟁 전의 공포와 스트레스를 해소하려고 했다. 해나의 입장에서는 쉽게 스트레스를 해소할 수 있는 상황에서 왜 연극을 하는지 이해되지 않을 것이다. 나도 그 이유를 잘 설명할 자신이 없었다. 하지만 애인을 만들지 않는 이유는 명확했다.

항해 초반엔 나도 분위기에 휩쓸려서 어떤 여자애와 사귈 뻔한 적이 있었다. 꽤 귀여운 여자애였다. 그 애가 내 팔을 잡는데 그 손이 너무 차가웠다. 거기에 기분이 깨지기도 했지만 지구까지 얼마

남지 않는 시간 동안 이러고 있는 게 내키지 않았다. 그래서 그만
하자고 말해버렸다.

"언니, 제가 뭐 잘못했어요?"

나는 미안하지만 지금은 그럴 기분이 아니라며 그 애에게 사과
했다. 그 애는 지금은 다른 사람을 만나고 있는 것 같았다. 가끔 그
애와 마주치면 어쩐지 기분이 이상해졌다. 마주칠 때마다 그 애가
만나는 사람은 매번 바뀌어 있었다.

지구 도착까지 얼마 남지 않은 시점, 함선에는 약이나 술로 불
안감을 달래는 병사들이 많았다. 함선의 구금실은 알코올중독자
나 사소한 시비에 패싸움을 일으킨 병사들로 꽉 차 있었다. 그 애
가 내게 관심을 가지는 것도 그런 불안감 때문이라는 걸 어렵지
않게 눈치챌 수 있었다. 지구에 가까워지는 만큼 불안감은 커졌다.
병사들은 술과 약으로, 어떤 이는 연애를 반복하는 것으로 불안을
해소하려고 했다. 그것들은 나의 방법이 아니었다. 내겐 연극이 있
었다. SSR에서 죽고, 수호자에게서 지구 도착까지 며칠 남지 않았
다는 말을 들을 때마다 대사를 외우고 몸짓을 연기했다. 우리에겐
시간이 얼마 남지 않았고 내겐 다른 것에 한눈팔 여유가 없었다.

하인리히 씨는 2주간의 구금 생활을 끝내고 제3격납고로 돌아
왔다. 진선 이모는 축하의 뜻으로 두부를 건네주었다. 하인리히 씨
는 그걸 남김없이 먹고는 다시 연습을 시작했다. 2주 동안이나 연
습을 못 했는데도 그의 연기는 훌륭했다. 아니, 더 늘어난 것 같았

다. 그는 구금실에서 이미지 트레이닝으로 연습했다고 한다. 그가 이 연극에 가진 광기를 생각하면 이상한 일은 아니었다. 같이 풀려난 뷜 씨는 구금실에서 나온 이후에도 우리가 빌려 간 장비를 회수하지는 않았다. 나와 랑은 희박한 일이지만 두 사람이 2주 동안 붙어 있으면서 화해 비슷한 걸 하지 않았을까 추측했다. 밤새 서로 소리를 고래고래 지르다 보면 지칠 테니까, 그땐 대화 비슷한 걸 시작하지 않았을까.

공연장을 빌리는 건 마지막까지도 골치 아픈 일이었다. 선내 극단까지 있는 함선에서도 공연장을 따로 만들지는 않았다. 전에 극단 아틀라스가 공연한 장소는 현재 사령부에서 작전 지휘실로 사용하고 있었다. 고생 끝에 공연장으로 잡은 곳은 진선 이모가 일하는 식당이었다. 많은 선내 극단이 식당을 무대로 사용하기는 했지만, 무대 위에서 식사를 할 수는 없기 때문에 무대 세팅을 공연 당일 부랴부랴 해야 하는 게 머리 아픈 일이었다. 그래도 장소를 구한 게 어디인가 싶었다.

"여기 어떻게 빌리셨어요?"

"조리장이 내 '이거'야." 이모는 새끼손가락을 펴들었다. 역시 사랑이 넘치는 아틀라스호다웠다. 사랑이면 모든 문제가 다 해결되는구나.

모든 것이 끝을 향해서 나아가고 있었다. 나는 바쁜 와중에도 이따금 관측실로 가서 지구를 바라봤다. 푸른 점은 점점 커졌다. 달 근처에 다다르면 거대한 공처럼 보일 것이다. 가오루는 어렸을 때 아버지와 함께 달에서 지구를 바라본 적이 있다고 한다. 자신이 왜 고통스러운 뼈 강화 시술을 받아야 하는지, 왜 군대에 입대해야 하는지 아버지에게 물어봤다고 한다. 지구탈환론자인 가오루의 아버지는 가오루를 지구가 보이는 달의 언덕으로 데려갔다. 가오루의 아버지도 할머니처럼 지구 난민 출신이었다. 부모를 잃은 소년은 평생 지구를 그리워하며 살았다. 그날, 가오루는 연극 연출가라는 자신의 꿈을 버리고 군인으로서의 운명을 받아들였다.

가상현실에서 사용했던 장비를 실제로 다루는 훈련도 시작되었다. 총을 직접 들고 쏘아보니 SSR의 현실 구현이 100퍼센트가 아니라는 게 믿기지 않았다. 총을 쏘는 감각이 SSR에서의 감각과 똑같았다. 전투 헬멧도 착용해보았다. 막상 착용했을 때는 아무것도 변한 게 없다고 생각했는데 대련을 해보면서 그게 아니라는 걸 알게 되었다.

전투복 성능을 테스트하는 훈련이었다. 다른 병사와 대련을 했는데, 가벼운 주먹질로 시작한 대련은 금방 서로 죽고 죽이는 사투가 되었다. 주변에서 말리지 않았다면 한쪽이 쓰러질 때까지 싸웠을 것이다. 헬멧을 벗고 나서야 내가 상대를 진심으로 죽이려 했다는 것을 깨달았다. 무서웠다. 동시에 앞으로 상대해야 할 적이 비생물체란 사실에 감사했다. 버그들은 데이터 쪼가리에 지나지 않았기에 아무리 부숴도 죽는 사람은 없었다.

전투복에는 간단한 보급품을 넣을 수 있는 공간이 있었고, 나는 거기에서 초코바 한 상자를 뺐냈다. 빈자리에 책을 한 권 넣을 생각이다. 할머니는 돌아가시기 전 내게 책 한 권을 남겨주었다. 오래되어 색이 누렇게 바랜 그 책은 역시나 희곡집이었다. 셰익스피어 비극 전집. 할머니는 그 책을 읽을 때마다 꿈을 꾸는 듯한 표정을 짓곤 했다. 나는 그 책을 지구로 가져갈 생각이었다. 이미 사라진 할머니의 육신 대신 그 책을 땅에 묻을 것이다. 일단 전투복 안에 넣어두면, 만에 하나 살아남지 못하더라도 괜찮았다. 내 손으로 직접 묻는 게 가장 확실하겠지만, 여기에 보관하면 결국 내가 죽더라도 나와 함께 지구에 묻힐 테니까.

마지막 리허설은 그동안 아껴놨던 무대의상을 입고 진행했다. 여러 역을 동시에 맡은 배우들은 시간에 맞춰서 의상을 갈아입는 연습도 해야 했다. 보통 연극에선 의상 체인지를 홀로그램으로 처리하는 경우가 많았는데, 이번에는 홀로그램 없이 의상을 하나하나 다 준비해야 했다. 정통 지구극을 표방하므로 의상을 홀로그램으로 쓰고 싶지는 않다고 하인리히 씨가 말했다. 발등에 불이 떨어진 건 우리였다. 극단 아틀라스의 의상실을 뒤지고, 없는 건 직접 만들었다. 그때 의외의 활약을 한 건 해나였다. 해나는 입대하기 전에 화성에서 의상제작자로 일했었다고 했다.

"직장이 있는데 왜 입대했어?"

"아휴, 누가 요즘에 섬유 옷을 입어. 홀로그램 옷 한 벌이면 다 끝나는데."

그렇게 말하며 해나는 내 무대 의상을 직접 만들어주었다. 폭이 넓고 레이스가 줄줄이 달린 드레스를 입으니 참 어색했다. 해나는 예쁘다고 꺅 소리를 지르며 좋아했다.

"언니 진짜 잘 어울려."

막상 나는 이렇게 얇은 옷을 입은 게 불안하기만 했다. 내 고향인 우주 거주지에서는 실내복도 이 드레스보다는 두꺼웠다. 할머니가 여기는 계절이 겨울밖에 없다고 불평했던 게 떠올랐다. 지구인들은 이런 얇은 옷을 입고 나갈 수 있었구나. 온열기기 없이 따뜻하다는 건 어떤 기분일까.

영과 가오루, 그리고 랑은 내가 드레스 입은 모습을 보면서 놀라워했다.

"뭐야? 왜 그러는데?" 셋의 반응에 어쩐지 민망해졌다.

"외성인이라 그런지 지구 옷이 잘 어울리네." 영이 빙글거리며 말했다.

"너 지금 나보고 키 작다고 놀리는 거지?"

괜히 민망해서 쏘아붙이자 영은 킥킥대며 웃었다. 나는 달려가서 영의 정강이를 발로 찼다.

마지막 리허설을 진행했다. 이미 수십, 수백 번 대본을 읽고 몸짓을 연습했지만 긴장되는 걸 막을 수는 없었다. 다만 떨리는 것 이상으로 몸에 대사와 움직임을 욱여넣으니 어느 순간부터 맞아본 적 없는 바람을 맞는 기분을 연기할 수 있었다. 그 까다로운 하인리히 씨도 내 연기에 딱히 문제를 제기하지는 않았다. 연기하는 동안 나는 가난한 외성 출신 군인 권유나가 아닌 19세기 말의 지구인 여자 바랴였다. 내가 아닌 다른 사람이 된다는 것은 황홀한 일이었다. 바랴가 된 나는 5월의 서리에 몸을 떨었고 벚꽃 나무를 베는 도끼 소리에 가슴 아파했다. 지구에 가본 적 없는 나도 이런 경험을 할 수 있는데, 지구에서 태어나고 자란 사람들은 어떻겠는가. 그들에게 연극은 거리를 초월해 가장 빨리 지구로 갈 수 있는 수단이었다.

지구를 경험해보지 못한 사람들을 위해선 눈에 보이는 화려한 연출이 필요했다. 지구극이 서서히 몰락해간 이유는 관객의 상상력을 보완하기 위해서 홀로그램을 사용했기 때문이었다. 제작자들이 돈이 많이 드는 지구극 대신 홀로그램조차 쓸 필요가 없는 화성극에 몰린 것도 이상한 일은 아니었다.

영이 고생하며 만든 홀로그램은 〈벚꽃 동산〉의 공간을 완벽하게 재현했다. 오랫동안 주인 없이 비워진 방, 5월의 푸른 하늘과 검은 포플러나무, 오래된 예배당과 숲속의 벤치, 낡은 저택과 벚꽃 동산. 벚꽃은 무대 한가운데에 이따금 꽃잎을 떨어트렸다. 나는 떨어지는 꽃잎에 손을 뻗었다. 하늘거리며 떨어지는 꽃잎은 내 손 위에서 스러졌다. 눈을 감자 바람이 내 팔에 스치고, 멀리서 나무를 베는 도끼 소리가 들렸다. 눈을 뜨자 벚꽃 잎을 닮은 나비가 내 손등 위에 앉아 있었다.

"연극에 나비가 나왔나?"

"클리셰야." 영이 대답했다.

우리는 무대 위에 구현된 지구의 풍경으로 들어갔다. 홀로그램으로 만들어진 환상임에도 우리의 마음은 잔뜩 들떴다. 머릿속에서 대사 하나가 생각났다. 가족의 벚꽃 동산을 빼앗긴 바랴가 그동안 살았던 집에서 떠나는 장면이었다.

"그래요. 이 집에서의 생활은 끝나는 거죠…. 다시는 돌아오지 않을 테니까…."

내가 갑자기 대사를 말하자 랑이 '뭐야?' 하는 표정을 짓더니 금세 로빠힌의 진지한 표정으로 바뀌었다.

"나는 지금 하르꼬프로 떠납니다. 같은 기차로. 할 일이 많지요. 이 집에는 예삐호도프를 남겨두고 갑니다…. 그를 고용했습니다."

내가 대사를 말할 차례였지만 웃음이 삐져나왔다. 입술을 필사적으로 깨물면서 참아보려고 했지만 역부족이었다. 결국엔 웃음이 터졌다.

"어? 거기서 울어야지 웃으면 어떡해?" 랑이 당황했다.

그러거나 말거나 나는 눈물까지 쏟으며 웃어댔다. 연습했는데도 몰입에 실패했다. 내가 계속해서 웃자 다른 애들도 같이 웃었다.

"너, 이거 실제 공연이었으면 우리 망했어." 랑이 입술을 삐죽이며 말했다.

"알아. 미안하다." 그러고도 그 상황이 생각나면 입술이 실룩거려서 큰일이었다.

우리는 관객석에 앉아서 무대를 바라봤다. 연극이 시작되면 관객들은 이 자리에 앉아서 무대를 바라볼 것이다. 영은 홀로그램 꽃잎이 무대 앞까지 날아가 조금씩 쌓이도록 설정했다. 발로 그것을 문지르자 꽃잎은 조용히 사라졌다. 랑이 가져온 맥주를 건네주었다. 지구 사람들은 봄이 되면 벚꽃나무 아래에서 술 마시며 노는 것을 좋아했다고 한다. 진짜 나무 아래는 아니지만 어쩐지 그 기분을 알 것 같았다. 가지마다 달린 꽃을 보니 불안이 조금씩 휘발되는 것 같았다. 이 순간만큼은 지구가 죽음의 공간이 아닌 더없이 아름답고 그리운 장소로 느껴졌다.

"어떻게 이걸 해내네." 영이 스스로에게 감탄하며 말했다.

"그러게. 처음엔 말도 안 된다고 생각했는데." 내가 받아줬다.

"나는 처음부터 자신 있었어." 랑이 말했다. 그래, 너 잘났다.

"가오루. 연극은 왜 하자고 했어?"

"마지막일지도 모르니까. 우리가 또 언제 연극을 공연할 수 있겠어?"

가오루의 말에 코가 시큰거렸다. 그 말이 전부 사실이 될 수도 있었다.

"왜 그래? 나중에 지구에서도 공연하면 되지. 내가 너희 다 지켜줄게."

랑이 자신만만하게 말했다. 특수부대 출신인 랑이 종종 부리는 허세였지만, 싸우는 모습을 보면 가끔은 그 말이 허세가 아니라고 느껴질 때도 있었다. 평소와는 다르게 살벌하게 싸우는 모습은 랑이 유전자조작으로 태어난 클론 군인이라는 것을 상기시켰다.

"공연 잘되겠지?" 영이 말했다.

"당연하지, 바보야."

나는 잘해놓고선 자꾸 불안해하는 영에게 짜증이 나 머리를 한 대 쳤다. 영은 맥주를 옷에 조금 쏟았다. 영이 화를 내자 나도 마주 받아서 싸우기 시작했다. 한두 번 있는 일도 아니라 가오루와 랑은 우리를 신경 쓰지도 않고 자기들끼리 얘기를 나누었다.

이렇게 우리는 마지막까지 개판이었다.

의식을 새 몸에 이식해, 열세 살 소녀가 된 사령관은 단상에 올라설 때도 받침대를 가져와야 했다. 하지만 그녀가 가지고 있는 위엄은 그녀가 이룬 업적에서 나왔다. 외형은 중요하지 않았다. 그녀의 목소리에 갈무리된 위엄은 함선에 소속된 수천 명의 병사를 홀로 압도했다. 병사들은 완벽한 부동자세로 그녀를 맞이했다. 아틀라스호의 군인들뿐만 아니라 수십만 명의 지구 원정대 장병들이 그녀의 목소리에 귀 기울이고 있었다.

"매일 밤, 지구를 바라본다. 내가 태어난 고향은 우주에서 보자면 그저 작은 점에 지나지 않는다. 그곳은 나의 고향이었고 우리의 고향이었으며 우리 자신이었다. 우리가 사랑했던 모든 것이 그곳에서 시작되었으며 우리가 알고 있던 사람들과 잊힌 사람들 모두 그 점에서 살고 죽었다. 우리의 모든 즐거움과 고통이, 사랑과 증오가, 어리석은 야망과 위대한 인류애가 꿈꾸듯이 맺혔다가 사라졌다. 우리는 지금 지구에서 벗어나 안전한 집을 건설하고 그곳을 새 고향으로 삼았지만, 우리의 몸은 지구를 기억한다. 지구는 여전히 우리의 고향이다. 우리는 지금 고향으로 돌아간다. 그곳에는 50년 전, 인류의 진화를 주장하며 120억 명의 인간을 학살한 벌레들이 기다리고 있다. 나는 매일 학살당한 사람들의 울부짖음을 듣는다. 별처럼 많은 꿈과 희망이 사라졌다. 그 벌레들은 120억 개의 세계를 부쉈다. 지난 50년 동안 정의라는 이름의 신은 우리에게 복수하라고 부르짖었다. 정의를 위해서, 인류를 위해서. 싸워라! 투쟁하라!"

이제 병사들은 '복수! 복수! 복수!' 하며 외치기 시작했다. 우리 몸속에 새겨진 분노가 지구까지 닿도록 병사들은 외치고 또 외쳤다. 격앙되어 복수를 외치던 나는 할머니의 눈을 떠올렸다.

지구 도착까지는 한 달이 남았고, 공연은 오늘 저녁에 시작된다.

사령관의 연설이 끝난 후, 우리는 제3격납고로 달려가 무대 세트와 장비들을 챙겨서 부랴부랴 식당으로 향했다. 진선 이모에게 지극정성인 조리장은 점심 시간 이후에 공연을 위해서 식당 운영을 멈추고 무대를 설치할 시간을 주었다. 식당에는 진선 이모의 동료들이 벽을 암막 커튼으로 가려 만든 작은 의상실이 있었다. 이모들의 배려가 고마워서 눈물이 나올 것 같았다. 스무 명의 단원들이 가오루의 지휘 아래 무대를 설치했다. 영은 홀로그램 분광기를 천장에 달았다. 식당에 있던 테이블을 차곡차곡 쌓아두고 의자들을 무대 쪽으로 옮겨 관객석을 만들었다. 거의 몇 시간 동안 진행된 작업이었다. 만들어진 무대는 메구미 거리의 소극장이 부럽지 않았다. 영이 시험 삼아 홀로그램을 작동시키자 사람들이 환호성을 질렀다.

하인리히 씨는 구석에서 무대를 바라보고 있었다. 그 눈빛이 어쩐지 익숙했다. 아주 오래전에 할머니가 연극을 보던 눈과 비슷했다. 하인리히 씨는 무대를 통해서 먼 과거를 바라보는 것 같았다. 호기심이 생긴 나는 그에게 다가가 물었다.

"하인리히 씨, 왜 〈벚꽃 동산〉을 선택하신 거에요?"

내 질문에 하인리히 씨는 입가에 미소를 띠었다. 누군가가 물어주길 기다렸다는 반응이었다.

"나는 섹터 9에서 태어났다네. 그곳에는 지구에서 가져온 벚꽃나무가 심어진 거대한 정원이 있었지. 아름다운 곳이었네. 섹터 9의 주민들은 그곳을 자랑스러워했었지. 나는 나이를 먹은 지금도 그곳에 가는 꿈을 꾼다네."

벚꽃에 대해서 검색할 때 연결된 정보를 타고 자연스럽게 섹터 9에 대해서도 알 수 있었다. 50년 전, 지구 멸망으로 혼란스러워진 화성의 몇몇 도시에 폭동이 일어났다. 그중 섹터 9의 폭동은 그 규모가 가장 거대했다. 도시 지배층이 정원 사용을 독점하자 불만을 느낀 주민들이 폭동을 일으켰다. 그중 누군가가 도시에 불을 질렀다. 폐쇄된 우주 거주지에서 화재는 치명적인 사고였다. 10만 명이 죽었다고 한다. 주민들이 자랑스러워하던 수천 그루의 벚꽃나무도 그때 불타버렸다. 데이모스항에 이식된, 지금은 이 함선 정원에 심어진 벚꽃나무는 그때 살아남은 것의 모종이었다.

얼마 남지 않은 공연 시간, 우리는 초긴장 상태로 대기하고 있었다. 항상 빙글거리며 '나는 긴장 안 해!'를 외치던 랑도 손톱을 뜯으며 초조해하고 있었다. 내심 고소했다. 매표를 도와주러 온 해나는 무대 홀로그램에 대해서 영에게 이것저것 물어보고 있었고, 해나의 질문을 받은 영은 헤벌쭉하면서 얘기하는 중이었다. 어쩐지 그 모습이 심상치 않았다. 아니, 쟤네 둘이? 그러고 보니 해나는 얼마 전에 만나던 애인과 헤어졌다고 했다. 영아, 해나랑 만나려면 각오 좀 해야 할 거야.

관객들이 입장할 시간이 되자 배우들은 대기실로 들어갔다. 긴장한 탓에 입술이 자꾸 메말라서 연신 물을 마셔야 했다. 초조하게 시작을 기다리는데 해나가 대기실로 뛰어들었다.

"대박이야! 매진이야, 매진!"

"뭐? 망했다고 왜?"

말을 정반대로 알아들은 나를 보고 다른 배우들이 웃음을 터트렸다. 대박이 났다는 해나의 말에 나는 기쁘기도 하고 긴장되기도 했다. 건너편 객석에서 웅성거리는 소리가 들렸다. 장막을 조금 걷고 객석을 바라봤다. 준비한 의자로는 부족해 다른 곳에서 의자를 빌려 와야 했다. 개중에는 아는 얼굴도 있었다. 대머리 훈련 교관인 조던 원사와 당번병. 내가 예전에 찼던 여자애도 있었다. 놀라운 건 뮐 씨와 극단 아틀라스의 단원들도 자리했다는 것이었다. 여태껏 함선 사람들이 지구극을 별로 좋아하지 않을 거라고 생각했는데 착각이었다. 러셀이 화성에 연극을 소개한 이후로 화성인들은 항상 연극을 사랑했고 그 사랑은 아직 진행형이었다. 관객들이 객석에 모두 앉았다. 가오루가 연극이 시작된다는 방송을 하자 웅성거리는 소리가 잦아들었고 막이 올라갔다. 나는 숨을 크게 들이쉬었다. 이제 내가 와 있는 곳은 지구였다. 5월의 한기가 팔에 닿는 듯했다. 연극이 시작되었다.

막이 오른 이후, 내가 어떻게 연기를 했는지는 기억나지 않는다. 나는 내 차례가 끝나면 무대 뒤에서 떨리는 마음으로 공연을 지켜볼 따름이다. 랑은 부유하지만 미천한 출신 성분 때문에 끊임없이 불안함을 느끼는 상인이고, 진선 이모는 화려했던 과거를 잊지 못하는 귀족이다. 하인리히 씨는 자신이 따르던 귀족을 끝없이 챙기며 걱정하는 늙은 집사다. 나는 그들의 연기를 간신히 따라간다. 그들이 말을 걸 때 나는 걱정 많은 바랴가 된다. 말과 말이 이어지고 감정이 공명한다. 다른 사람이 된다는 건 다른 중력으로 점프를 하는 것 같다.

〈벚꽃 동산〉은 참 신기한 연극이다. 수많은 등장인물이 제각각 자기 말만 떠들고 흩어진다. 흩어지는 말들은 끝에 다시 한 번 모인다. 벚꽃 동산은 도끼질에 사라지고 그 도끼 소리를 들으며 등장인물들은 제각각의 결말을 맞는다. 바랴와 로빠힌의 미래는 희망적이지만, 젊음이 지나가고 과거의 추억이 살 날보다 많은 이들은 슬픔에 젖는다. 진선 이모는 그 슬픔을 완벽하게 재현한다. 그리고 그 걸음, 사라지는 자의 걸음을 하인리히 씨는 완벽하게 담아낸다. 이야기가 담고 있는 정서와 마음을 인간의 몸은 완벽히 그려낼 수 있다. 나는 그 모든 장면을 반쯤 눈을 감은 채 회상한다.

마지막 대사가 끝나고 나무가 쓰러지는 소리에 나는 꿈에서 깨어난다. 이윽고 막이 내린다. 연극은 끝났고 장막 너머로 우레 같은 박수 소리가 들린다. 우리는 기쁨에 취해서 마구 웃기 시작한다.

언제나 그 순간을 생각하며 웃는다.

나는 가오루에게 다가간다. 내가 까치발을 해도 가오루의 허리까지밖에 닿지 않는다. 가오루와 마주 껴안자 우리의 모습은 어린아이와 어른이 엉거주춤 껴안은 모양새다. 나 못지않게 긴장하며 떨고 있던 가오루의 등은 땀으로 축축하게 젖어 있다.

다카하시 가오루 대위는 보병대 수송 작전 중 사망한다. 가오루가 조종했던 수송선은 궤도 강하 중 버그의 미사일에 공격당해 일시적으로 비행 능력을 상실한다. 하지만 그의 초인적인 노력으로 수송선은 무사히 지상에 착륙한다. 그가 태운 병사들은 경미한 부상을 얻었을 뿐이다. 그러나 가오루와 부조종사는 추락하는 충격에 그 자리에서 즉사한다.

아직도 연극에 취해 있는 영은 황홀한 표정을 짓고 있다. 언제나 재수없던 표정이지만 이번에는 특별히 봐주기로 한다. 영과 나는 서로를 꽉 껴안는다. 영이 중요한 날에만 뿌리던 향수 냄새가 코를 찌른다.

라지브 영 소령은 탄자니아 평원 전투에서 사망한다. 전차 조종사였던 영은, 버그의 대형 병기가 부상자를 실은 구급차를 공격하려 하자 적의 주의를 끌기 위해 단독으로 공격을 감행한다. 주의를 끄는 데는 성공하지만 적의 반격으로 지반이 붕괴해 영의 전차는 매몰된다. 영은 그대로 압사한다.

영과 떨어진 나를 랑이 번쩍 들어 올린다. 나는 하지 말라고 웃으며 소리치지만 랑은 나를 든 채 한참을 돌다가 내려놓는다. 마주 본 얼굴은 환한 웃음으로 가득하다.

테드 랑 중사는 그의 다른 형제들처럼 용감히 싸우다 죽었다. 위대한 군인의 유전자로 만들어진 클론 병사들은 자신들을 만든 과학자들의 예상과는 다르게 용감하고 뛰어날 뿐만 아니라 상냥했다. 그들은 인류와 연방을 위해서 투쟁했으며 300명의 클론 중 그 누구도 살아남지 못했다.

나는 랑의 마지막 모습을 기억한다. 랑과 내가 배속된 대대는 깊은 계곡에서 버그의 병기들에 의해 포위되어 있었다. 사방에서 적이 몰려오는 중이었다. 사령부는 일부 병력이 남아서 시간을 끄는 동안 본대는 탈출할 것을 지시했다. 랑은 자기가 남겠다고 자원했다. 나는 랑과 멀어지면서도 전투 헬멧의 감정 조절 기능 때문에 어떤 감정도 느낄 수 없었다. 묵묵히 우리가 떠나가는 걸 지켜보던 랑은 헬멧을 벗더니 소리쳤다.

"유나! 그동안 고마웠어! 사랑해!"

나는 안녕이라는 말도 할 수 없었다.

며칠 뒤, 탈환된 계곡에서 랑의 시체가 발견됐다. 랑의 시체는 파괴된 버그의 잔해 위에 있었다. 수십 발의 총탄에 몸은 벌집이 되어 있었으며 오른팔은 없었다. 랑은 수십 기의 병기를 파괴했다. 그 덕에 병사들은 무사히 퇴각할 수 있었다.

랑의 시체 앞에서 나는 전투 헬멧을 벗었다. 그제야 마취 풀린 상처에서 고통이 느껴지듯이 슬픔이 쏟아졌다. 랑 앞에서 나는 오래 울었다. 내 등을 두드려주며 나를 위로해줄 친구는 아무도 없었다. 그들은 모두 죽었다.

공연장은 그대로 파티장이 된다. 조리장이 만들어놓은 요리에 창고에서 가져온 술을 곁들여 마시기 시작한다. 하인리히 씨와 뮐 씨는 멱살을 잡고 싸우고 있고, 진선 이모와 조리장은 서로를 그윽하게 바라보며 천천히 춤을 춘다. 가오루는 구석에서 애인과 통화를 하고 있다. 영과 랑은 1,000시시짜리 술잔에 술을 가득 채우고 경쟁적으로 들이켜고 있다. 우리는 술이 바닥날 때까지 마시고 원 없이 웃는다. 그 순간은 내게 영원으로 남게 된다.

한 달 후, 우리는 지구에 도착했다. 내가 탄 강하 포트는 해변에 착륙했다. 포트의 문이 열리자 달빛을 받아 환하게 빛나는 바다가 보였다. 조심스럽게 바다에 발을 담갔다. 어둡고 깊어 보였던 바다는 겨우 발목만을 적실 뿐이었다. 나는 천천히 해변을 향해 걸어갔다. 파도가 내 발을 밀어내는 것이 전투복을 통해서 느껴졌다.

해변의 모래는 달빛을 받아 유난히 희었다. 파도가 쌓은 야트막한 사구에 올라서자 보이는 것은 넓은 해변과 그 너머의 무성한 숲이었다. 어둠에 휩싸인 숲은 투명한 우주의 어둠과는 다른, 꽉 막히고 답답한 그림자로 가득 차 있었다.

수호자는 내게 해변을 건너 숲으로 가라고 지시했지만, 이유 모를 충동이 헬멧을 잠시만 벗으라고 속삭였다. 나는 홀리듯이 헬멧을 벗었다. 그러자 들리는 것은 폭발하듯이 환호하는 새와 벌레들의 울음소리. 내 폐는 지난 수십만 년 동안 내 조상이 그랬던 것처럼 황홀한 첫 숨을 빨아들였다. 짙은 밤 속에서 바람은 서늘했고 나는 그 서늘함에 온몸을 곤두세우면서 그 안에 생이 담겨 있음을 알게 되었다. 온몸은 전율에 차오른다. 시간이 지나도 잊히지 않는 첫 숨. 등 뒤의 바다는 어둠을 머금은 채 파도 소리를 하얗게 내며 영원히 오갔고, 하늘에서는 수천만 개의 파편이 불타오르며 우리가 돌아왔음을 선언하고 있었다.

그 순간 내게 몰려오는 이름들. 그때는 몰랐지만 나중에는 그 의미를 알게 된 이름들. 때로는 애잔함과 비통함에, 때로는 콧노래를 흥얼거리며 되뇌는 순간들. 흩어졌다 뭉쳐지는 그 순간의 이름.

그 이름, 찬란

멀리서 포성이 들려왔다. 전투가 시작되고 있었다. 나는 다시 전투 헬멧을 쓰고 달려나갔다. 밤이슬을 머금은 해변의 모래는 부드러웠고 내가 지나간 자리마다 깊은 발자국이 남았다. 숲이 가까워졌을 때 나는 삶과 죽음이 가득한 어둠 속으로 뛰어들었다.

이 소설은 우주선에서 연극을 공연하는 소설을 써볼까 하는 생각에서 출발했습니다. 평소에 연극과 SF를 동시에 좋아했지만, 공연 중간 10분 남짓한 쉬는 시간에 SF를 읽으면서도 그 둘이 결합된 소설을 쓰게 될 줄은 상상도 하지 못했습니다. 이제는 너무 많이 인용되어서 진부해진 "가장 개인적인 것이 가장 창의적인 것이다"라는 말이 생각나는 부분입니다.

제 생각에 연극은 향유자가 가장 능동적으로 참여할 수 있는 예술입니다. 연극에선 간소한 무대에서 잦은 시공간의 이동을 경험하기도 합니다. 순식간에 파리에서 런던으로 이동하고 몇 년이 흐르기도 합니다. 관객들은 그러한 변화를 능동적으로 수용하고 연극의 이야기 속에 몰입합니다. 그런 몰입을 여러 번 겪어본 저는 먼 미래에 오래도록 우주를 항해하는 사람들이 지구를 회상하고 그리워하는 방법으로 연극을 선택하지 않을까 상상했습니다.

연극은 혼자 하는 예술이 아니기에 주인공 외에도 여러 조력자가 필요했습니다. 그렇게 유나, 랑, 가오루, 영이라는 인물들이 탄생했습니다. 그들은 얼마 뒤에 있을 전쟁에서 죽을 운명입니다. 처음 그들의 이름을 써 내려갔을 때부터 그들은 죽을 운명이었고 그런 운명을 받아들이면서도 최선을 다해 살아가는 넷에게 저는 '찬란'한 순간을 선물해주고 싶었습니다. 그런 생각을 하면서 글을 쓰는 동안 여러 번 길을 잃었어도 끝내 소설은 완성될 수 있었습니다.

많은 SF에선 먼 훗날 우주로 뻗어 나간 인간의 모습을 보여줍니다. 그들은 자연스럽게 우주 생활에 적응합니다. 하지만 인간은 지구에서 태어나 진화한 생물이고 지구는 인간에게 가장 자연스러운 공간입니다. 평생을 우주에서 살아온 사람들이 처음으로 지구에 도착했을 때 그들은 어떤 감정을 느낄까요? 처음으로 안전한 실내가 아닌 외부에서, 자신을 보호해 주던 옷을 벗어도 살 수 있는, 자신을 따뜻하게 품어주는 세계와의 첫 만남에서 인간은 어떤 감정을 느낄까요? 저는 그런 마음을, 바람을 처음 맞는 이의 마음을 그려보고 싶었습니다.

여기까지 읽어주셔서 감사합니다. 저는 어떤 소설이 진정으로 완성되는 순간은 독자가 그 소설을 읽어주는 때라고 생각합니다.

이 소설을 완성해주셔서 감사합니다. 여러 글을 써왔지만 제 소설 중 진정으로 완성된 것은 이 소설이 처음입니다. 가까운 시기에 더 많은 소설이 완성되었으면 합니다. 감사합니다.

네 영혼의 새장

양진

수원 소재 중학교를 자퇴했다. 방에 앉아 국제 정세와 거시 경제, 원자재 가격 흐름을 논하는 취미를 가지고 있다. 골드만삭스나 JP모건에 취직할 수 없어서 글을 쓰기 시작했다. 알프레드 베스터와 로이스 맥마스터 부졸드의 팬이다. 「네 영혼의 새장」으로 제4회 한국과학문학상 가작을 수상했다.

너한테는 보이지 않는 언니가 하나 있어. 이름은 너랑 똑같은 소윤이야. 너는 가끔 한, 소, 윤, 하면서 가깝다가도 낯설어지는 발음들을 입에 담곤 해. 그러면 언니가 말을 걸어올 것만 같아. 사실은 정말로 그러기도 해. 언제 어디서건 부드럽고 조곤조곤한 목소리가 이렇게 속삭이는 거야. 소윤아, 눈이 온대. 창문 한번 열어 봐. 커튼을 걷어내면 정말로 새하얀 눈발이 바깥을 뒤덮고 있지. 너는 가만히 되물어.

어떻게 알았어?

그러게, 어떻게 알았을까?

들려오는 목소리는 생각들 사이 어딘가 텅 빈 곳에서 붕 떠다니는 것만 같아.

언니는 부모님에겐 자기 이야기를 하지 말라고 부탁해. 자기가 말을 걸어오는 것도, 그게 무슨 내용인지도 비밀로 해달라는 거야. 너한테는 싫다고 할 이유가 없어. 부모님도 숨기는 게 있는 건 마찬가지거든. 언제부터 그런 느낌을 받았을까? 너는 기억 속에서 처음으로 서울 한가운데의 단독주택에 들어서던 순간을 찾아내. 아저씨는 거실을 지나 세 번째 문을 열면 네 방이 나온다고 말하지. 거실은 강당만큼이나 넓은데도 바닥을 보면 먼지가 하나도 없어. 너무 매끄러워서 걸음을 잘못 디뎠다가 흠집이라도 날까 걱정이 되네.

조마조마한 마음을 딛고 걸어가 문을 연 순간 너는 누군가의 흔적을 마주쳐. 벽 한쪽을 온갖 종류의 새 모형으로 채워놓았네. 잘 보니 경주용 드론이야.

방송에서 드론 경기를 몇 번 본 적이 있어. 새 모양의 드론을 날려 보내서는 허공에서 싸우게 하는 거야. 물수리를 빤히 바라보던 너는 아저씨의 목소리에 고개를 들어. 소윤아. 너는 네, 하고 대답하면서 이 방에 살았던 소윤이를 짐작해. 드론 경기를 좋아하고 가끔은 직접 하는 여자애였을 거야. 지금은 어딘가로 갔겠지. 하지만 아저씨한테 물어볼 필요는 없어. 물어보지 않는 게 좋을 거야. 고아원에서 14년을 지낸 아이를 데려가는 사람은 많지 않으니까. 게다가 너는 한쪽 다리까지 없으니까.

완전히 다른 삶을 살 수만 있다면 대용품 노릇쯤이야 감수할 수 있어. 적어도 네가 생각하기엔 그렇지.

❖

너를 고른 어른들이 나타났을 때, 게다가 그 어른들이 새로운 다리를 달아주겠다고 약속했을 때, 어떤 기분이었는지 떠올릴 수 있겠니? 너는 기쁨이 너무 크면 도리어 의심이 되어버린다는 사실을 어른이 되기도 전에 깨달아. 고아원 선생님들조차도 뭔가 이상하다고 말해. 저런 부자가 너같은 애를 데려가는 경우는 거의 없었다는 거야. 이제 돈 많은 사람들은 아이를 낳지도 입양하지도 않거든. 대신 수정란을 만들어. 난자와 정자에서 가장 좋은 부분만을 골라내 짜맞추는 거야. 인공 자궁에서 열 달만 지내면 작은 세포 덩어리는 솜털이 보송보송한 아기가 되지. 그런 애들은 통신망에서 자기가 어떻게 계획됐는지 자랑을 늘어놓곤 해. 그 안에서도 급이 나뉘거든. 자가생식은 지루하고, 가족끼리 유전자를 섞는 건 너무 구시대적이고, 생판 모르는 사람의 생식세포를 쓰는 건 위험하다는 게 만들어진 애들의 지론이야. 그러면 뭐가 제일 좋은 건데?

그렇게 물어볼 때마다 통신망 한구석에서는 싸움이 일어나. 꿈틀거리는 자궁에서 열 달을 지낸 너는 그런 말다툼을 이해조차 하지 못해. 결론은 언제나 하나야. 어쨌건 자기네들이 살덩어리에서 태어난 애들보다는 훨씬 잘났다는 거지. 속상함을 느낄 필요는 없어. 태어났을 때부터 알았던 사실이거든.

고아원 복도의 공기청정기는 이렇게 외치는 것만 같아. 너희는 첫 단계부터 잘못 밟았다고. 그 네모난 기계는 정말 시끄럽게도 윙윙대는구나. 입이 충분히 컸더라면 아이들마저도 빨아들였을 거야. 아니, 어쩌면 정말로 그러고 있는지도 몰라. 로봇 선생님들은 아이들이 여기를 떠나더라도 딱히 더 좋은 삶을 살진 않을 거라고 말해. 통계에 따르면 입양 후 사회부적응 혹은 심각한 불화를 겪은 사례가 4할이 넘었다는 거야. 수상쩍은 부자 아저씨를 따라가는 것보다는 비슷한 아이들 사이에 머무르는 게 더 나아 보이기도 해. 선생님들도 네 생각에 동의하지.

아저씨는 곤란한 표정을 짓고는 이렇게 말해. "정 믿을 수가 없다면, 그래, 수술부터 하고 집으로 오는 게 어떻겠니? 기다려줄 수 있단다." 너는 그제야 겨우 고개를 끄덕여. 쓰고 버릴 여자애한테 다리를 달아줄 필요는 없거든. 서류를 다 작성하고 허가가 나자마자 아저씨는 너를 종합병원으로 데려가. 건물 꼭대기에는 세강병원이라는 간판이 붙어 있고 그 아래로는 모눈 같은 창문들이 너를 내려다보네. 2층의 특별실에는 태블릿 하나가 너를 기다리고 있어. 직원은 네게 터치펜을 넘기고는 서명해야 할 항목들을 알려주지.

내용은 굳이 읽을 필요가 없다고 하네. 빨리 이름만 적고 끝내자는 거야.

약관들은 줄글로 가득 차 있어서 뜻을 이해하기가 쉽지 않아. 낯선 어절들이 잠깐잠깐 눈에 걸렸다가 곧바로 잊히는 정도야. 당사자 동의, 뇌 연결술, 생체정보 및 인지정보 수집 동의…. 잠깐, 의족을 붙이는 것뿐인데 이렇게 거창한 조항이 필요할까? 너는 그런 낱말이 무슨 뜻일지 따져보려다가 멈춰. 병원 쪽에서도 뭔가 알아야 할 게 있나 보지. 흔한 일이잖아. 이름을 거의 100개는 쓴 다음에야 너는 꼭대기 특실에 들어앉아. 이렇게 높은 곳에서 세상을 내려다보는 건 처음이란 생각이 들어. 저 멀리, 빛 조각들 속에서 남산이 어두운 바다처럼 멈춰 있고 한강대교를 지나는 차들은 수면에 너울거리는 불꽃을 그리네.

그날 밤 너는 잠을 설쳤어. 잠들었다가 깨어나면 다시 고아원일 것만 같았거든. 그럴 바에는 평생 꿈속에만 머무르는 게 나을 테니까. 다행히도 눈을 떴을 때 널 내려다보는 건 의사들이야. 간호사는 수술에 들어가기 전에 머리를 밀어야 한다고 말해. 의족이 진짜 다리처럼 움직이기 위해서는 뇌에 전극을 삽입해야 한다는 거야. 전극이 원격으로 기계 부품에 신호를 준다는 거지.

걱정할 일은 아니야. 바깥에 나가면 하루에 한 번쯤은 머리를 민 사람을 볼 수 있을 만큼 흔한 수술이거든. 뇌에 전극을 꽂으면 귀찮게 스마트폰을 들고 다닐 필요도 없고 기억을 동영상으로 바꿀 수도 있으니까, 할 수만 있다면 다들 하고 싶어 하지. 하지만 수속이 이렇게 빠르다는 건 역시 놀랍네. 아저씨는, 곧 네 아빠가 될 사람은 서명을 하기도 전부터 이 모든 걸 준비해두고 있었던 걸까?

간호사를 따라 수술실로 내려가면서 너는 손가락으로 민둥머리를 더듬어. 오늘은 머리에 뚜껑을 만들고 몇 가지를 검사하는 정도에서 끝날 거래. 사람마다 뇌는 다르니까 전극도 따로 설계해야겠지. 수술실은 복도보다 훨씬 서늘해.

너는 수술실을 맴도는 냄새가 모래를 닮았다고 생각하면서 딱딱한 침대에 눕지. 침대에는 로봇 의사가 연결되어 있어. 몸통에 다리를 넣었다 뺄 수 있는 거미처럼 보이는 기계야. 인간 의사가 두런두런하는 목소리들 속에 나타나고 로봇 의사는 네 팔오금에 마취용 패치를 붙여. 잠깐은 아무 일도 일어나지 않는다고 생각했더니 깜빡 눈을 감았다 뜬 사이에 너는 이미 특실로 돌아와 있지.

침대 맞은편에 안드로이드 간병인이 서 있어. 팔이 달린 소형 냉장고처럼 생겼지. 머리 보호대를 떼어내면 상처가 덧날 수 있다는 경고를 화면에 띄우고 있네. 수술에 관한 의학적 정보를 확인하시겠습니까? 너는 '아니요'를 눌러. 거울을 보자 투명한 의료용 실리콘이 머리 둘레를 감싼 게 보여. 그 아래로는 검은 마커가 굵은 선을 그리는 가운데 살이 약간 말려 올라가 있어. 약간 얼얼한 걸 빼면 아무렇지도 않은 건 마취 패치 덕분일 거야. 너는 검지와 중지로 등골 바로 위, 목뼈와 두개골 사이 오목한 홈을 꾹 눌러봐. 그러면서 신경을 타고 내달리는 전기신호들을, 거기에 맞추어 꿈틀거리는 근육을 상상하지. 살덩어리 대신 탄소섬유 뭉치를 움직이는 건 어떤 느낌일까? 느낄 수나 있을까? 팔뚝에 힘을 주었다 풀면 근육의 각 덩어리가 어떤 모습인지 어렴풋이 알 수 있지만, 글쎄, 새로 생긴 다리도 그럴 것 같지는 않아.

너는 침대 등받이에 기대앉은 채 두 다리를 가슴팍에 딱 붙여.

왼발이 하얀 시트에 주름을 만들지만 오른쪽 무릎 너머를 채우는 건 침대 프레임뿐이야. 고아원 기록에는 아기 수거함에 들어 있을 때부터 다리가 하나 없었다고 적혀 있어. 동네마다 그런 수거함이 하나씩 있거든. 미리 유전자를 만지작거릴 수도, 수술비를 댈 수도 없는 어른들은 감당하지 못할 아이를 나라에 떠넘긴 다음 잊곤 해. 죄책감을 지우기 위한 변명일지도 모르겠지만, 고함으로 가득한 집에서 자랄 바엔 그 편이 훨씬 낫다는 거지. 너는 그게 반쯤은 사실이라고 생각해. 고아원에는 그런 아이가 너무 많아서 남의 다리엔 신경조차 쓰지 않거든. 안드로이드 선생님들은 자기 앞에 있는 아이가 국을 엎지르면 짜증 내는 대신 곧바로 바닥을 치우고 돌려보내. 그 애는 근육에 문제가 있어서 물건을 진득이 쥐고 있기가 어렵거든. 방에는 문지방이 없고 계단 옆에는 항상 경사로가 깔려 있지. 다른 층으로 가고 싶으면 난간에 붙은 버튼을 누르기만 하면 돼. 레일이 움직이면서 너를 위로, 아니면 아래로 보내줄 테니까. 고아원에서는 휠체어 바퀴조차 네가 되는 거야.

하지만 바깥에 나온 너는 목발을 짚은 애일 뿐이야. 쟤네 집은 왜 수술도 안 시켜준다니, 수술은 아니더라도 플라스틱 의족도 안 달아준다니, 하는 시선들 뒤에는 동정 섞인 끄덕임이 뒤따르곤 해. 보통은 티셔츠에 붙은 고아원 마크를 본 다음이야. 너는 계단을 끙끙거리며 올라본 적도 없는 사람들이 고아원을 그렇게 보는 건 말도 안 되는 일이라고 생각해. 안타깝게 느끼지 않아도 좋으니 신경을 꺼줬으면 싶지.

고아원을 나온 아이들이 우울 속으로 향하는 이유는 고아원이 나빠서가 아니라 너무 좋아서라는 생각이 계속 들어. 되도 않는 동정을 퍼부으면서 아이들을 비참하게 만들진 않거든.

너는 새로 생길 다리를, 가족을, 완전히 다른 너를 눈앞에 그려 봐. 처음부터 그런 집에서 태어나 자랐더라면 어땠을까? 잘은 몰라도 이런 불만은 상상도 못 했을 거야. 불쌍하다면서 눈썹을 모으는 사람들 중 한 명이 됐겠지.

너는 이런 고민마저도 고아원 아이답다고 생각하며 지금껏 살아온 열네 살을 머릿속 막대기에 표시해. 실금은 너무 앞부분에 그어져 있어서 조금 잘라내더라도 티가 나지 않을 거야. 그러면 소윤은 사라지고 한소윤만 남는 거지. 두 발로 뛰어다니면서 고아원 아이들이 불쌍하다고 눈물을 흘릴 부잣집 아이 말이야. 그런 사람이 되고 싶진 않지만 확신은 없어. 모두들 자신의 위치에서 세상을 보기 마련이니까. 너는 무릎으로 몸을 지탱한 채 창가를 향해 몸을 돌려. 돈을 깔고 앉아서 내려다보는 도시란 정말 다른 모습이구나. 건물들은 비늘의 겹인 듯 땅에 빼곡히 돋아나 있고 한강은 아가미처럼 휘어지네.

강원도 어딘가의 고아원이 서울의 정경 위에 몸을 겹쳐. 두 광경이 서로 부딪히다가 결국 어느 하나가 다른 쪽을 짓뭉개. 병원에 온 지 하루밖에 안 지났는데도 목발은 벌써 거추장스럽게만 느껴지거든. 아래층으로 내려가면, 밖으로 나가면 시선이 모두 네게로 쏠려. 말하지 않아도 무슨 생각을 하는지는 곧바로 알 수 있지.

서울에도 저런 애들이 있단 말이야? 의족도 안 달고 다닌다고? 너는 그럴 때마다 네가 이 도시에 어울리지 않는 사람이라는 걸 느껴. 하지만 언제까지고 기억 속에 머무를 수는 없다는 것도 알지. 결국 넌 한소윤이 될 테고, 목발과 커다란 공기청정기와 고아원의 친구들은 모두 잊어버릴 거야.

　언젠가는 그렇게 될 거라면 미리 적응하는 게 낫지 않겠어?

　통신망에 한소윤을 검색하자 소년부 드론 경기 선수라는 검색 결과가 나와. 기사에 실릴 정도로 꽤 유명했네. 대회를 위해 이동하다가 사고가 났구나. 너는 기사들을 하나씩 찾아 읽으며 방 한쪽을 가득 채운 새 드론을 살펴. 새와 대회의 이름들 사이에 선이 이어지며 작은 이력서가 만들어지네. 일곱 개의 트로피에서 가장 많은 지분을 차지한 건 물수리 드론이야. 배가 희고 꽁지깃은 부채 모양으로 넓게 퍼진 새지. 눈가에서부터 시작된 갈색 깃털은 날개에 그물 같은 무늬를 만들고 있어. 너는 양 날개 밑으로 손을 밀어 넣은 다음 천천히 들어 올려서 눈높이를 맞춰. 샛노란 눈 안에는 검은 동공이 심지처럼 박혀 있네. 모형일 뿐인데도 왜인지 모르게 너한테 말을 거는 것 같아. 날려보자고, 같이 하자고.

　너는 물수리를 원래 자리에 내려놓아. 침대에 걸터앉자마자 고민이 머릿속을 뒤덮어. 단순히 말 잘 듣는 아이로 살 수도 있겠지만, 이 사람들이 그걸 원해서 너를 입양한 건 아닐 거야. 아니나 다를까 네가 드론 경기에 흥미를 보이자 아주머니는 눈물을 흘려. 아저씨는 창고에서 중계기를 꺼내서는 연결을 돕지. 머릿속에 삽입된 전극과 드론을 연결시켜 주는 장치야. 조종은 생각으로 직접 해야 한다고 해. 의족 때문에 수술을 받았던 게 이렇게 도움이 되는구나. 원하는 드론을 골라보라는 아저씨의 말에 너는 물수리를 선택해. 아저씨는 들리지도 않을 만큼 작은 목소리로 중얼거리지. 다행이라고. 일부러 한 말은 아니었을 거야. 그래서인지 더 안심이 되네.

너는 마당에 나와 새 날리는 법을 배우기 시작해. 생각만으로 방향을 잡고 속도를 바꾸는 건 예상보다 훨씬 어려운 일이야. 새 드론은 허공에서 힘을 잃고 떨어지거나 이상한 곳에 머리를 처박기 일쑤거든. 그럴 때마다 연결을 잠시 끊고 덤불에 떨어진 드론을 주워 와야 하지. 영상에서는 선수들끼리 일부러 부딪히거나 경로를 방해하기도 하는데, 너는 그냥 직선으로 날아가는 것조차 어려워하는 거야. 몇 시간이 지나고서야 쉰 걸음 정도를 문제없이 움직이는 데에 성공해. 그마저도 어지럼증에 한참이나 시달린 다음이야. 너를 토닥여주는 아저씨의 눈에는 온갖 감정이 뒤섞여 있네. 아쉬움 옆에는 체념이 있고 그 옆에는 또 슬픔이 있어.

곧 다시 익숙해질 거라는 말을 귀에 담은 채로 방에 돌아오지. 다시, 하는 목소리 뒤에서 또 다른 한소윤이 빼꼼 고개를 내밀어.

그러니까, 그날 저녁에 언니의 목소리를 듣게 된 건 우연이 아닐 거야.

❖

다시 고아원을 떠올려봐. 복작거리는 6인실을 떠나 복도를 지나면 사물함이 나오지. 한 칸의 폭은 어깨만 하고 높이는 허리밖엔 오지 않아. 그래도 부족하다는 생각은 해본 적이 없네. 티셔츠와 반바지 세 벌, 양말과 속옷들, 납작한 태블릿 컴퓨터, 칫솔과 수건들. 고아원에서 필요한 건 이것뿐이야. 모두 고아원 마크가 그려져 있고 잃어버리면 비품실에서 새로 받을 수 있지. 욕심을 부리는 아이는 없어. 남의 것을 빼앗지도 않아. 더 가지더라도 아무 의미가 없다는 걸 모두가 알고 있으니까. 어차피 네가 빌릴 수 있는 세상이란 네 몸의 절반만큼도 되지 않으니까.

너는 나이가 바뀌고서야 네 방에 적응해. 그건 단순히 어떤 공간에 익숙해지는 것과는 다른 이야기야. 어디에 어떤 물건이 있는지, 그 물건을 어떻게 쓰는지 외우는 것과도 조금 달라. 너한테도 자신만의 방이 있고 자신만의 물건이 있다는 걸 받아들였다는 설명이 딱 맞겠지. 6인실이 아니라, 고아원 비품들이 아니라.

아저씨에게 무언가 사달라고 조르면 다음 날에는 거실에 놓인 상자를 볼 수 있어. 15평이 넘는 방에 매일 다른 소품을 더하다 보면 이런 생각도 들지. 이제야 이름을 가진 것 같다고. 살아 움직이는 한소윤이 여기에 있다고. 너는 이 방을 지탱하는 건 사실 맨 앞의 한 글자뿐이라는 사실을 잊으려 애써. 그러면서도 항상 기억은 하고 있어. 기억할 수밖에 없지. 짧은 성씨를 떼면 너는 고아원의 새까만 티셔츠 속으로 돌아가버릴 텐데….

❖

정확한 내용은 기억이 안 나지만, 심리학 영상을 본 적이 있어. 달라진 환경 때문에 너무 큰 스트레스를 받으면 사람들은 또 다른 자신을 만들어내곤 한다는 거야. 언니도 그 경우가 아닐까 싶지. 하지만 목소리 때문에 문제가 생긴 적은 없으니 괜찮아. 아니, 오히려 반대야. 언니와 함께라면 드론 조종이 훨씬 쉬워지거든. 마치 언니가 네 등에 꼭 붙은 채 조종간을 대신 움직여주는 것만 같아. 모두 머릿속에서 일어나는 일이니 조종간도 언니도 없겠지만 말이야.

계절이 바뀌고 나무들도 잎을 벗을 때쯤 너는 마당을 떠나 진짜 연습장으로 자리를 옮겨. 시합에서 쓰이는 코스보다는 짧지만 경로도, 엄폐물도 모두 그대로야. 드론을 띄운 다음 멀리서 다른 새들의 궤적을 좋아. 원앙 한쌍이 서로 부딪힐 듯 가깝게 날다가 갑자기 위아래로 갈라지며 거리를 벌리네. 그 사이로 비둘기 한 마리가 끼어들더니 직선으로 고도를 올려. 비둘기의 부리가 원앙의 뭉툭한 꽁지깃에 맞닿고 원앙은 균형을 잃지. 갈색 몸체가 비틀거리며 사선으로 떨어져. 까치가 기다렸다는 듯이 돌진해. 그러고는 쾅! 네가 한 건 드론을 가만히 띄우고 모의 시합을 잠깐 지켜본 것뿐인데도 눈앞이 아찔해지네.

규칙은 간단해. 상대편 드론들이 모두 추락할 때까지 트랙을 도는 거야. 엄폐물 속으로 들어가거나 속도를 줄일 수는 있지만 멈출 수는 없어. 계속 앞으로 나아가면서 고도와 방향을 바꾸는 것만으로 승부하는 거야. 크고 무거운 드론은 다른 새들의 뒤를 쫓으며 하나씩 격추시키는 반면, 가볍고 작은 쪽은 그런 공격들을 모두 피하면서 경쟁자들이 나자빠지길 기다려. 구조상 드론의 후면은 전면부에 비해 훨씬 약하거든. 한소윤이 쓰던 물수리는 그 중간이야. 평소에는 수비수 역할을 맡지만 공격수가 부족하면 함께 다른 드론의 뒤를 쫓지. 정해진 위치가 없이 위아래를, 앞뒤를 끊임없이 오가야 하는 거야. 아무것도 모르는 네가 할 수 있을까? 언니는 벌써부터 걱정할 필요는 없다고, 일단 한번 도전해보라고 속삭여.

마침 아저씨는 네 곁에 없어. 평소에는 회사 일로 바쁘거든. 운전사는 경기장 밖에서 기다리고 있으니 널 말릴 사람은 아무도 없어. 접속 모드를 일체형으로 바꿔. 촉각 센서가 포함된 플라스틱 모형은 또 다른 몸이 되고 가슴팍에 매달린 카메라는 눈이 되지. 그렇게 연습을 했는데도 아직은 느낌이 낯설어. 천천히 심호흡하면서 다른 생각들을 모두 내보내. 바람에 올라타는 것만으로는, 흐름을 따라가는 것만으로는 부족해. 스스로 바람의 흐름을 바꿀 수 있어야 좋은 공격수인 거야. 너는 속도를 높여 직진해. 다른 새들은 그새 한 바퀴를 더 돌아오고 있어. 심장이 스무 번쯤 뛰기를 기다렸다가 대열에 합류하지. 가까이 붙자 그제야 발에 매달린 라벨들이 똑똑히 보여.

이래도 될까?

언니가 답해. 괜찮다고. 계속 해보라고. 너는 고도를 높인 상태로 진형을 파악해. 지금은 청팀이 우세하구나. 녹팀은 벌새가 좀더 앞에서 날아다니고 있긴 하지만 뒤를 받쳐줄 팀원들이 부족해. 원앙 하나가 떨어진 후로 균형이 무너진 모양이야. 어째서인지는 몰라도 네가 그 자리를 채울 수 있을 거란 느낌이 드네. 2, 3미터쯤을 내려가자 바람이 머릿속에 날카로운 발톱을 박아. 꼭 물수리에게 등이 꿰인 채 허공을 날아가는 기분이라고 생각하면서, 너는 삼각형의 한 꼭짓점을 차지하지. 벌새가 선두를 잡고 수비수 둘은 밑변의 양끝에 놓인 이등변삼각형이야. 원앙은 당황한 듯 진형을 빠져나가려다가 상황을 파악하고는 원래 자리를 되찾아.

너는 다시 물어. 이래도 될까? …어지럽고 숨이 가빠. 멈춰야 할 것 같아.

그 틈을 타 청팀 까치가 둘 사이로 끼어드네. 너희보다는 약간 아래쪽에서 날고 있긴 하지만, 이대로 직진하면 벌새가 바로 따라잡힐 거야. 고도를 낮춘 원앙은 까치 밑으로 내려가. 동시에 언니의 목소리가 널 잡아 올리지. 위로 올라가서 속도를 내려! 너는 어지럼증을 참아가면서 그대로 해. 이제 세 마리의 새는 허공에 놓인 수직선이 되어 날아가는구나. 상대를 포위했으니 이제 떨어트릴 차례야. 까치가 2, 3미터쯤 앞서나가도록 서둘러 속도를 줄여. 그러고는 대각선으로 내리꽂는 거야. 물수리의 굽은 부리가 까치의 물렁한 플라스틱 등을 파고드네. 균형을 잃은 까치는 그만 떨어지고 말아. 너는 추락에 휩쓸리기 전에 서둘러 몸을 빼고는 원래 자리를 되찾지.

심장이 너무 거세게 뛰는 나머지 귀마저 쿵쿵 울리기 시작해. 새에게서 떼어 온 심장이, 돌아가려고 사방으로 튀어나가는 거야. 원래 심장은 어디에 있는지 찾을 수가 없어. 갑자기 모든 게 무서워지더니 죽을 것만 같은 기분이 밀려와. 그 와중에도 언니의 목소리는 계속 머릿속을 맴도는구나. 잠깐, 새를 조종하는 게 정말로 너일까? 그 목소리가 아니라? 너는 질문을 던지다가도 결국엔 휩쓸려 가는 쪽을 택해. 이게 누구의 생각일까 묻기를 그만두고는 모든 게 흘러가도록 내버려두는 거야. 물수리는 너도 모르는 사이에 청팀의 공격수와 수비수 하나씩을 박살낸 다음 벌새를 향해 돌진해.

바로 그때, 연결이 끊기지. 중계기를 향해 날아가던 신호들은 허공을 맴돌다가 흐려져가네. 언니의 목소리마저 뚝 멎고 너는 소용돌이치는 단어들 속에 남아. 두통이 머리를 으스러뜨릴 듯 사방에서 닥쳐오지. 평소에 느꼈던 어지럼증이랑은 달라. 너는 바닥에 쓰러지듯이 주저앉고는 숨을 몰아쉬기 시작해. 다리마저도 움직이질 않네. 뭔가 아주, 아주, 끔찍하게 잘못된 것 같아. 왜 이렇게 됐는지는 모르겠어. 그냥 드론을 날려 보낸 것뿐인데. 촉각 센서는 바람을 타는 용도일 뿐인데, 부딪혔다고 해서 아픔이 전해져 오진 않을 텐데. 시야를 되찾기 위해 눈을 몇 번 깜박여. 세상은 잠깐 검정이었다가, 번쩍이는 흰색이 되고, 마침내 녹색과 갈색이 엉겨 붙은 점액질로 변해. 너는 양손으로 머리를 감싸고는 몸을 웅크려.

모터가 멈춘 다리는 짐처럼 뒤따라오네.

❖

이거 네 거지? 대단하더라.

네 드론을 주워다 준 건 정주야. 너보다는 두 살이 많고, 보통은 공격수 역할을 맡지. 아까는 비둘기였어. 한소윤만큼은 아니지만 소년부에서는 유명한 애야. 너도 뉴스를 찾아다니면서 얼굴을 익혀놓았지. 하지만 아는 척을 할 상황은 아닌 것 같네. 여전히 중계기는 작동을 하지 않고, 다리는 약간 구부러진 채 멈춰 있는 데다가, 물수리도 날개가 부러졌으니까 말이야. 연결이 끊긴 사이에 고장이 난 모양이야. 정주는 네가 안정을 되찾을 때까지 옆에서 기다려. 그러고서는 괜찮으냐고, 전극 발작이 처음이냐고 묻지. 동시에 너무 많은 정보가 밀려들어 오면 전극은 주인을 보호하기 위해 잠시 전원을 차단한다는 거야. 드론 조종이 끝인데. 대답을 들은 정주의 얼굴에 미심쩍은 기색이 떠올라. 설마 그런 걸로 끊길 리가. 통신망 연결해놓은 거 아니야? 그러면 과부하 날 수도 있어.

그러게. 그런 것 같아. 고개를 끄덕인 너는 갑자기 혼자서는 아저씨에게 연락할 방법이 없다는 사실을 깨달아. 평소라면 잠깐 생각하는 것만으로도 눈앞에 메시지 창을 띄울 수 있지만 지금은 아무것도 보이질 않네. 몸에 갇히는 기분이 이런 걸까? 정주의 부축을 받아 사무실까지 걸어가면서 너는 막막한 느낌을 되짚기 시작해. 따지고 보면 너는 여전히 너야. 과부하가 풀리고 전극이 작동하면 다리도 멀쩡해지겠지. 통신망 속을 허우적댈 수도 있을 거야. 하지만 그게 모두 전극 하나에 달려 있다는 걸 떠올리자니 숨이 턱 막혀. 너는 너를, 한소윤이 아닌 너를 생각해. 몸에 얽매인 데다가 마음대로 움직이지조차 못하는 너를. 너는 자신이 14년간 이렇게 살아왔다는 사실에 깜짝 놀라. 그때로 되돌아가라면 죽어버릴 것만 같지. 예전에는 아무런 불만이 없었는데도 말이야.

사무실에서 사정을 설명하자 직원은 복도에서 기다리라고 대답해. 방송을 띄워주겠다는 거야. 정주는 복도로 되돌아와서는 너와 함께 벤치에 앉아. 꽤 관심이 많아 보이네. 어느 팀 소속이냐는 질문이 날아와. 지금까지는 집에서 연습만 했고 여기 온 건 처음이라고 말해보지만, 스스로 생각하기에도 정주가 믿을 것 같진 않아. 무엇보다도 정주는 네가 팀원 셋을 혼자서 떨어트리는 걸 봤으니까. 정주는 생각에 잠긴 듯 물수리의 부러진 날개를 만지작거려. 혼잣말인지 아닌지 모를 문장 하나가 툭 튀어나오지.

친구가 이거 썼거든. 엄청 친했는데.

싸웠어?

아니, 입원해 있어. 요즘도 한 달에 한 번씩은 문병 가. 세강병원에 있거든.

그러면 친했던 게 아니라 아직도 친한 거지.

예전에 사고가 났어. 그냥 식물인간이라고 생각하래. 의식은 있을 수도 있다는데….

그 순간 복도에 설치된 스피커가 작동을 시작해. 연습장 전체가 직원의 목소리로 가득 차네. 직원은 내방객의 일행을 찾고 있는데 전극 발작 때문에 통신이 안 되는 상황이니 사무실로 오라며 네 이름을 발음해. 한, 소, 윤, 하고. 아니, 너는 그게 네 이름이 아니라는 걸 깨달아. 정주의 표정이 한순간에 뒤바뀌는 걸 보면 분명히 그래. 정주는 떨떠름하게 너를 바라봐. 화가 난 건지 아니면 놀랐을 뿐인지는 잘 모르겠어. 둘 중 뭐라도 이상하진 않아. 처음 보는 애가 친구의 이름을 뒤집어쓰고 나타난 거니까. 게다가 드론 종류까지 같다면 누구라도 침착하진 못할 거야.

침묵이 한참이나 길어지더니 정주가 입을 열어.

원래 이름 맞아? 아니면… 일부러 따라 하는 거야?

마땅한 대답이 떠오르지 않아. 둘 다 그렇다고 답하면 안 되겠고. 너는 배 속에서부터 어지럼증이 울컥울컥 올라오는 걸 느껴. 지금 당장에라도 허리를 굽히고는 속에 든 걸 모두 게워낼 수도 있을 것 같네. 돌아오는 답이 없자 정주는 모형을 뒤집어서 배에 적힌 일련번호를 읽어. 그러고는 다시 너를 보지. 뭔가 짐작한 듯한 기색이야. 소윤아.

원래 이름은 다른 거지?

너는 가까스로 입을 열어. 소윤은 맞아.

드론 경기는 네가 하고 싶어서 하는 거야? 아니면….

정주는 말끝을 흐리고 너도 대답하지 않아. 두 입 사이를 맴돌던 정적은 이윽고 복도를 가득 채울 정도로 부풀지. 끝내 정주는 안 그랬으면 좋겠다고, 네가 원해서 하는 거면 모르겠지만 남이 시켜서 하는 거면 안 하는 게 낫겠다고 말해. 드론 경기를 좋아하는 것처럼 보이지도 않는 데다가 이렇게 쉽게 전극 발작이 일어나면 어렵다는 거야. 뭔가 더 할 말이 남은 얼굴이지만 그걸 입 밖에 낼 것 같지는 않아.

너는 가만히 고개를 끄덕여. 정주는 너를 한참이나 마주 보다가 자신을 찾는 팀원들의 목소리에 자리를 떠. 발소리가 점차 멀어져가고 너는 복도에 홀로 남아.

멈춘 다리와, 망가진 드론과… 네 몸과 함께.

❖

운전사는 너를 세강병원으로 데려가. 거의 1년 만에 다시 찾은 특실은 저번과 똑같은 모습이야. 침대 위에는 하얀 환자복이 준비되어 있고 그 옆에는 네모난 간병인이 서 있어. 바지에 멈춘 다리를 쑤셔 넣은 다음 간병인에게 말을 걸어봐. 납작한 얼굴은 너를 전산망으로 데려다줘. 손가락으로 화면을 몇 차례 두드리자 전극 발작 처치법이 나와. 보통은 두세 시간 이내에 안정을 찾으면 전극은 재가동이 된다지만, 혹시 모르니까 재정비를 받아보는 게 좋다고 쓰여 있어. 너는 첫 화면으로 옮겨 간 뒤 의료 기록을 확인하지. 배면의 장문掌紋 스캐너에 손바닥을 대고 30초를 기다려. 빨간 불빛이 위아래로 오르내리며 네 손바닥을 훑더니 화면에 달력을 출력하는구나.

의료 기록이 없는 날은 회색으로, 있는 날은 검정색으로 표시되어 있어. 너는 수술 받은 날짜를 찾기 위해 연도를 앞으로 옮기지. 입양되기 몇 달 전인데도 검정색으로 표시된 날이 하나 보여. 눌러보자 고아원에서 받았던 신체검사 기록지가 나오네. 통합 데이터베이스에 연결된 모양이야. 그러고 보면 운동능력 평가에서 몇 항목이 빠지고는 다른 항목이 들어오곤 했던 게 기억이 나. 목발을 쓰고 자주 걸어 다니라는 말도 들었지. 휠체어에만 너무 의존하면 다른 쪽 다리의 힘이 약해질 텐데, 그러면 나중에 의족을 달았을 때 문제가 생길 수도 있다는 거야. 네가 어떻게 반응했더라? 누가 달라는 준대요, 하고 대꾸했지. 예전에는 정말로 그렇게 생각했거든.

병원 침대에 앉아 기록지들을 천천히 내려다보자니 고아원 생각이 계속 나. 그리운 건 아니야. 똑같은 옷을 입고, 똑같은 침대에서 자고, 가질 수 있는 물건도 없는 곳으로 돌아가고 싶지는 않아. 너는 어쨌건 한소윤의 삶을 이어받고 있으니까. 새 이름은 너한테 훨씬 넓은 삶을 안겨줬으니까. 하지만 아저씨와 아주머니가 널 딸로 생각하더라도, 네 스스로가 그런 역할을 받아들이더라도 남들이 어떻게 생각할지는 다른 문제야. 딸 노릇만 하면 된다고 생각했던 게 갑자기 어려워져.

물론 집을 벗어나지만 않으면 평생을 편하게 살 수 있을 거야. 하지만 마당을 나오기만 하면 너는 순식간에 자리를 잃어버리지. 어쩌면 소윤은, 한소윤이 아닌 소윤은 아직도 아기 수거함 안에 들어 있는 게 아닐까 싶기도 해. 그게 차라리 적당한 자리인 것 같아. 선생님들 말대로 부자들은 아이를 낳지도 입양하지도 않는걸. 잘못 태어난 아이들은 아기 수거함에 버려지고 흠결은 결국 돈 없는 사람들에게만 남아. 너는 뻣뻣하게 굳은 다리를 내려다봐. 전극과 연결이 끊어지면 곧바로 목발보다도 더 거추장스러워지는 다리를.

몇 시간 뒤면 제대로 작동하긴 하겠지. 게다가 만들어진 애들도 가끔은 이런 다리를 달긴 해. 사고는 언제라도 날 수 있는 거니까. 잘 만들어졌다고 해서 부서지지 않는단 보장은 없으니까. 하지만 지금은, 드론은 망가졌고 언니도 사라진 지금은 도무지 좋은 생각을 떠올릴 수가 없어. 너는 정주를 눈앞에 그려. 한소윤과 알고 지낸 데다 드론 경주 선수까지 됐으니 좋은 집에서 만들어졌겠지. 낯선 애가 친구 이름을 뒤집어쓰고 있어도 걱정을 해줄 만큼 착하고. 원래의 한소윤도 마찬가지였을 거야. 넓은 집과 자신만의 방은 그런 애들한테만 어울리는 게 아닐까 싶어. 너는 한참이나 우울 속을 파고들다가 어느 순간 멈추지. 막막한 문장들이 너를 가로막고 있네.

드론 경주가 이런 거라면 하고 싶지 않아. 전극 발작이 아니더라도 어지럼증에 계속 시달려야 한다면 그만두고 싶어. 그걸 참을 정도로 재미가 있는 것도 아니야. 무엇보다도 항상 한소윤의 흔적을 뒤쫓아야 한다는 게 싫어. 스스로가 원래 여기 있던 사람이랑 얼마나 다른지 알아가는 과정이 싫어. 그러니까 다 멈추고 천천히, 하고 싶은 걸 찾아보고 싶어. 물론 아저씨는 싫어할 거야. 네가 계속 드론을 날렸으면 하겠지. 한소윤으로 살면서도 소윤이길 바라는 건 지나친 욕심일지도 몰라. 하지만 그게 안 된다면 그냥 소윤일 수는 없는 걸까?

이윽고 너는 정주가 걱정해주었던 게 한소윤이 아닌 네 자신이라는 걸 깨달아. 그게 조금은 위안이 되네. 살덩어리에서 태어났다고 해서 아무것도 기대하지 않을 이유는 없는 거야. 누군가가 원한다 해서 남의 삶을 물려받을 필요도 없는 거고. 모형을 무릎에 올려놓고는 날개의 부러진 쪽을 손끝으로 더듬어. 깨진 플라스틱은 칼날의 예리한 면이 되어 천장의 빛을 되비추는구나. 그 모습이 차라리 보기 좋다는 생각이 들어.

예전에 미뤄뒀던 질문을 다시 꺼낼 때야. 의족을 붙이는 것뿐인데 이렇게 거창한 조항이 필요할까? 너는 약관에 적힌 단어들을 떠올려. 당사자 동의, 뇌 연결술, 생체정보 및 인지정보 수집 동의. 간병인은 네 질문에 병원 데이터베이스를 불러오더니 전극 삽입과 뇌 연결술은 전혀 다른 수술이라고 말하는구나. 의족을 붙이는 데에는 아무런 정보 수집도 필요하지 않다는 거야. 그러면 너는 대체 어떤 서류에 서명했던 걸까?

질문은 꼬리에 꼬리를 물며 이어져. 아저씨와 아주머니는 왜 새로운 한소윤을 만드는 대신 너를 데려왔을까? 모의 시합에서 그렇게 활약한 게 정말 너였다고 생각해? 마당에서는 직선으로 날아가는 것조차도 힘겨워했잖아. 드론을 조종하는 것만으로도 과부하가 일어날까? 정주는 아니라고 했지. 너도 그렇게 생각할 거야. 자, 그러면, 단순히 상상 속의 친구일 뿐이라면 언니는 왜 네가 모르는 걸 알고 있었을까? 언니가 나타나면 드론 조종이 훨씬 쉬워졌던 이유는 뭐고? 왜 넌 그 목소리를 언니라고 불렀지? 전극 발작 이후로 언니는 어디로 사라졌을까?

너는 이미 답을 알고 있어. 수없이, 매일 밤마다 그 물음표들을 밟아왔는걸.

침대에 앉아 있는 지금조차도.

고아원 시절의 기록들을 떠나 수술 일자를 찾아. 시간에 쫓기며 서명했던 서류들이 폴더에 차곡차곡 쌓여 있네. 너는 그제야 자신이 한소윤으로 선택된 이유를 깨달아. 단순히 이름이 같고 나이가 비슷해서가 아니었던 거야. 의족을 핑계로 뇌 연결술 동의서에 서명을 시키려던 거지. 대뜸 머리에 전극을 심을 수는 없으니까. 너는 새 다리를 달 수 있다는 기대에 아무 생각도 없이 서류들을 넘겨버린 거고.

태블릿에 서명을 할 때 직원이 했던 말이 새삼스레 떠올라. 내용을 굳이 읽을 필요는 없다고 했지. 그게 이런 뜻이었구나 싶어. 내용을 읽었더라면, 뇌 연결술이 뭔지 알았더라면 네가 가만히 있진 않았을 테니까. 통신망에 뇌 연결술을 검색해보자 아주 적은 수의 게시글만이 나와. 반신불수처럼 특수한 경우에만 수술이 가능한 데다가 악용 우려 때문에 실제로 허가가 난 사례도 아주 적다는 거야. 그런데도 가끔은 문제가 생긴다고 하네. 아무것도 모른 채 살아가다가 누군가가 자신의 머릿속을 들여다보고 있다는 사실을 깨닫는 거야.

아마 네가 바로 그런 경우겠지.

한때는 네가 사랑하려 노력했던 것들이 널 속였다는 사실에 화를 내야 할까? 그래야 할 거야. 어쩌면 아저씨와 싸우다가 결국엔 고아원으로 돌아갈 수도 있겠고. 하지만 그렇더라도, 그 전에 한번은 언니를 봐야겠다는 생각이 들어.

정주는 한소윤이 세강병원에 입원해 있다고, 식물인간이랑 비슷한 상태라고 했어. 병실 어딘가에는 언니가 있을 거야. 전극 속에서 널 지켜보고, 말을 걸고, 드론을 조종하던 언니가.

전극은 아직 멈춘 상태야. 너는 일어나서 옆에 놓인 목발을 짚고는 걷기 시작하지.

천천히, 한 걸음씩….

네가 내게로 와.

1.

이 글이 지면에 실리기까지 도움 준 사람들에게 모두 감사드린다. 특히 토미에게는 많은 빚을 지고 있다.

2

TMBG라는 얼터너티브 록 밴드는 1990년에 〈Birdhouse in your soul〉이라는 곡을 발표했다. 이 글의 제목은 거기에서 온 것이다. 그렇다고 해서 내용이 노래와 직접적으로 관련이 있는 건 아니고, 다 쓰고 났더니 적당한 제목이 떠오르지 않아서 따다 붙였다.

이 글은 원안이 있다. 그 내용이란 다음과 같다. 제약회사의 총수인 상산은 교통사고로 인해 식물인간 신세가 된다. 통 속의 뇌로서 회사를 지배하던 상산은 삶에 대한 갈망을 느끼고 고아 아이에게 뇌 연결술을 시도한다. 고아는 머릿속에서 들려오는 목소리를 신의 음성이라고 믿으며, 이러한 광신적인 숭배는 그를 살인으로 이끈다.

나는 이 이야기를 좋아했지만 한국과학문학상을 받긴 어렵다는 결론을 내렸다. 그래서 완전히 다른 내용으로 다시 써서 냈다. 그게 바로 새 드론을 운용하는 (피가 전혀 섞이지 않은) 자매의 이야기다.

3.
솔직히 말하자면 나는 내가 쓴 글에 대해서 딱히 할 이야기가 없다.

평소 나는 문장이 아니라 숫자와 차트를 통해 자극을 얻는다. 나는 달러인덱스 102와 환율 1290에 대해 강렬한 전율과 공포를 느끼지만 문학 작품에 대해서는 아니다. 어떤 글도 충격이란 면에서는 줄줄 흐르는 3분봉과 거래량이 터지면서 장대 음봉으로 내리꽂는 15분봉을 이기지 못한다. 말인즉슨 나는 『어린왕자』에 나오는 어른 같은 사람이라는 것이다.

만일 여러분들이 "나는 아주 아름다운 장밋빛 벽돌집을 보았어요. 창문에 제라늄이 있고, 지붕 위에 비둘기가 있고…" 이런 식으로 어른들에게 말한다면, 어른들은 그 집을 상상해내지 못할 것이다. 그들에겐 *"나는 십만 프랑짜리 집을 보았어요."* 라고 말해야 한다. *그때야 비로소 그들은 소리를 친다. "얼마나 아름다울까!"*

나는 어린왕자에 나오는 어른들이야말로 진정한 가치를 알고 있는 사람들이라고 믿는다. 한 사람의 인생을 바꾸려면 억만 개의 단어조차 모자란 반면 미니 나스닥 1000틱은 하루 만에 수십만 명의 인생을 바꿔놓을 수 있다. 날뛰는 숫자들에는 그만큼의 드라마가 담겨 있는 것이다. 그러나 그 사실을 숫자가 아니라(나스닥 6922 매도 10계약) 문장으로(선물 투자에 실패해서 마진콜이 나갔다) 설명하려는 순간 모든 환희와 절망은 무미건조하고 시시한 것이 되어 버린다. 따라서 나는 내 감정을 언어로 표현하는 데에 어려움을 겪는다.

그렇다면 나는 왜 글을 쓰는가?

나에게도 루쉰과 포크너의 글이 인생관을 바꿔놓을 수 있었던 시절이 있었다. 그때 나는 글을 쓰기 시작했다. 주식판과 해외선물판을 넘나드는 지금도 나는 글을 쓴다. 그건 아마도 타성일 것이다. 다리를 왜 떠는지 쉽게 설명할 수 없는 것처럼, 습관과 타성은 논리적인 이해 바깥에 있다. 그래서 나는 내 글에 대해 할 말이 거의 없다.

트리퍼

이지은

현대문학과 청소년교육학, 미디어영상학을 공부했다. KB창작동화제에서 「빛나는 로커」로 최우수상을 수상했고, 샘터상 제 44회 시조 부문에서 가작을 받았다. 제6회 한낙원과학소설상에서 「고조를 찾아서」가 당선작에, 「아아마」가 우수작에 선정되었다. 개와 함께 등산을 갔다 실종된 여성의 실화에 착안하여 쓴 「트리퍼」로 제4회 한국과학문학상 가작을 수상했다. 도토리묵처럼 선선하게 식어가는 문장을 쓰고 싶다. 현재 변두리에서 담백한 일상을 살고 있다.

강력계 형사 황이 미간을 찌푸리며 악수를 청했다. 나는 손을 맞잡는 대신 텅 빈 철가방을 그 앞에 내려놓았다. 황은 언론사의 취재를 피해 중국집 배달부로 위장해서 서에 들어오라고 했다. 아침 8시에 자장면을 시켜 먹는 게 더 이상한 일 아니냐고 반문했지만 황은 뭘 모르시네 하며 전화를 끊었다.

철가방이 바닥에 부딪치자 생각했던 것보다 더 큰 소리가 났다. 하지만 황은 눈도 깜빡하지 않았다. 역시 소문대로였다.

"변사체를 발견한 날이면 우리가 뭘 시켜 먹는 줄 압니까?"

황은 내 이종異種 트리퍼 자격증을 확인하면서 무심하게 말했다. 햇빛 한 가닥 들어오지 않는 회색 복도에서도 그는 습관처럼 눈을 가늘게 뜨고 자격증을 살폈다. 저 표정은 뉴스에서도 본 적 있었다. 한차례 인사 물갈이 이후 황이 이곳으로 발령 왔던 날, 몰려든 기자들을 하나하나 살필 때 똑같은 표정을 지었다.

"자장면이라도 드십니까?"

"아뇨."

황은 입맛을 다시며 말을 이었다.

"내장탕 먹습니다. 돼지 창자가 가득 든 벌건 국물이죠."

저는 별은 안 봅니다. 어둠만 봅니다. 그가 묘한 냉소를 담은 말투로 인터뷰하던 게 생각났다. 철학자 납셨네. 살인마나 잡아라. 내가 어둠이다. 기사에 달린 댓글을 읽다 보면 커피가 식는 줄도 몰랐다.

"그래야 익숙해지겠군요."

"잘 아시네요. 주도 씨도 그렇습니까?"

그렇습니까라니. 무엇에 대해 공감을 바라는 건지 알 수 없었다. 내 생각 따위에는 사실 관심 없다는 듯, 그는 자격증을 돌려준 뒤 복도 끝을 가리켰다.

"같이 가시죠."

다른 의뢰인들은 자격증에 대해 꼬치꼬치 물어보기 일쑤였지만 황은 그러지 않았다.

내가 가진 것은 국가 공인 1급 자격증이다. 우리나라에 1급 소지자는 단 네 명뿐이고, 그중 개를 담당하는 트리퍼는 내가 유일하다. 하지만 국과수 인간들 못지않게 형사들도 트리퍼 무리를 대놓고 싫어했다. 새로운 것을 받아들인다는 건 그만큼 과거의 것을 버려야 한다는 의미이니까. 관록이 오래 붙은 사람일수록 변화를 두려워한다. 연구소에서 의뢰인 심리학 강의를 들을 때 어떤 경멸의 표정과 맞닥뜨려도 동요하지 않아야 프로 트리퍼가 될 수 있다고 했다. 비밀이 많은 사람일수록 우리를 미워할 수밖에 없을 것이라고도 배웠다. 그러니 미움받는 것을 당연하게 여기도록.

"죽어도 저희는 안 쓴다고 하셨던 걸로 압니다만."

내 말에 황이 크윽, 크윽 하고 이상한 소리를 내며 가래를 돋우었다. 마치 가래를 뱉는 게 세상에서 가장 중요한 일이라도 되는 듯이. 하지만 그의 입에서 나온 것은 그저 중년의 사내답지 않게 맑은 침 덩어리뿐이었다. 그가 팔을 들어 머리를 쓸어 넘기자 셔츠 겨드랑이 부분이 땀에 젖은 게 보였다.

"윗선에서 내려온 지시라."

자신은 여전히 내키지 않는다는 말투였다. 관료들이 황에게 거는 기대는 남달랐을 것이다. 백전백승의 검거율을 자랑하는 형사였으니까. 이곳에 오기 전에는 필리핀과 연계된 조폭 집단을 머리부터 꼬리까지 다 잡아넣은 걸로도 유명세를 치렀다. 그가 압수한 필로폰은 300만 명이 동시에 투약할 수 있는 양이었다. 검거 과정에서 일명 '칼빵'을 맞은 그가 응급 헬기로 실려 가는 장면은 히어로 영화의 엔딩처럼 온갖 뉴스 화면에 등장했다. 잡혀간 자들 중 조무래기들은 집행유예를 받고 풀려났다. 항의 전화들 사이사이에 협박 전화도 끼어 있었을 것이다.

"장비는 잘 있죠, 형사님?"

"새벽부터 그쪽 분들이 와서 세팅해놓습디다만. 저야 뭐, 모르니까."

황이 짧게 한숨을 쉬었다. 개인 의뢰인의 경우 경중에 따라 3급이나 2급만 혼자 보낼 때도 많다. SCD(Species Conversion Device) 장비 중에서 가장 하급만 챙겨 가도 웬만한 의뢰 건수를 다 해결할 수 있다. 하지만 이번 의뢰는 워낙 심각한 사건에 관한 것이라 연구소의 장비 중 민감도가 제일 높은 것으로 챙겼다. 황의 눈에는 세팅 작업에 투입된 연구소 직원들이 광섬유통신망이라도 깔러 온 것처럼 보였을 것이다. 그가 직접 연구소로 오는 방법도 있었지만 세간의 관심을 끌고 싶지 않다고 했다. 그 속내에는 트리퍼들에 대한 불신이 깔려 있는 게 분명했다.

"오브젝트는 상태가 어떻습니까?"

"오… 뭐요?"

황은 고개를 갸웃거리다가 갑자기 신음 같은 웃음을 흘리며 나를 보았다.

"아, 그거. 그 녀석을 오브젝트라고 합니까? 하여간 이름들은 잘 붙이고 그러네요. 오브젝튼지 뭔지 하는 건 잘 놀고 잘 먹고 잘 싸던데요. 똥이 어찌나 크던지 깜짝 놀랐지 뭡니까."

황은 전혀 놀랍지 않다는 투로 어조의 변화도 없이 대답했다.

복도는 제법 길었다. 황과 나는 나란히 걸었다. 그의 건장한 체격 때문에 복도의 가로 폭이 더 좁게 느껴졌다. 그는 덩치에 비해

발소리를 거의 내지 않았다. 그런데도 존재감이 압도적이어서, 옆에서 걷는 것만으로도 공기가 굳는 것 같았다. 나는 붕어처럼 입을 뻐끔거리다가 말했다.

"사체가 발견된 게 사흘 전이라면서요. 저도 뉴스 보고 알았습니다."

"예, 뭐."

"그때도 내장탕 드셨습니까?"

황이 걸음을 멈추더니 나를 빤히 바라보았다. 웃자고 한 얘기였는데 웃을 생각이 없어 보였다. 긴장한 것처럼 보이진 않았다. 그저 더 먼 어느 지점으로, 이를테면 내면의 섬 같은 곳을 향해 그가 헤엄쳐 가고 있는 듯한 인상을 받았다. 햇빛을 등에 받으며 묵묵히 나아가는 영법으로.

세상에는 견딜 수 없는 종류의 침묵이 있다. 아무 말도 하지 않을 때 오히려 생각이 읽히는 것 같은 순간. 나는 걸음을 옮기며 빠르게 말했다.

"전 어릴 때 물에 빠져 죽을 뻔한 적이 있습니다. 계곡에서 발밑이 갑자기 꺼지더라고요. 어찌어찌해서 살아남았는데, 그 뒤로 밤마다 식은땀을 흘렸지요."

"그랬습니까."

"그러자 아버지가 어느 날 집 앞 강가에 데려가서 저를 무작정 강물로 밀어 넣는 겁니다. 울고불고 떼를 써도, 두려움은 극복하기 나름이라며 봐주지 않으셨죠. 덕분에 수영에 도가 트였습니다."

"남다른 가정교육을 받았군요."

"두려움에 익숙해지면 어떻게 되는지 잘 배웠지요."

주도야, 저 강에서 웃으며 노는 아이들이 보이느냐? 저 아이는 강을 가로질러 건너편 바위까지 갔구나. 또 저 아이는 잠수를 해서 민물조개를 잡고 있지. 강은 죄가 없단다. 물은 아무런 감정을 갖고 있지 않아. 그런데도 누군가는 즐겁게 놀고, 누군가는 두려워하는 것은 다만 그 사람 내면의 문제란다. 기억하거라. 이겨야 할 것은 오로지 자신뿐이다.

강가에 서서 나를 바라보던 아버지의 눈빛이 지금도 잊히지 않는다. 내가 허우적거릴 때마다 그는 고개를 가로저으면서도 목이 쉬도록 응원했다. 주도야, 할 수 있다! 너를 이겨내라! 힘을 빼면 저절로 부력이 생긴다! 단순한 이치를 믿어라!

복도 끝에서 방향을 꺾어 내려가자 반지하 취조실이 나왔다. 오래전엔 고문실이었을 것이다. 환기가 제대로 되지 않아 오브젝트의 분변 냄새가 코를 찔렀다. 아주 작은 창문으로 여름 햇빛이 쏟아졌는데, 그 빛이 만든 네모난 프레임 위로 짧고 검은 털이 반짝이며 흩날렸다. 창문 너머로는 어울리지 않게 잡풀이 우거진 화단 한 귀퉁이가 보였다. 나는 황을 보았다.

"여긴 5성급 호텔이 아니지 않습니까?"

황은 내 눈빛을 그대로 받으며 말했다. 여전히 개 따위에, 그리고 나 따위에 기대하지 않는다는 확신을 담은 채였다. 사실 이런 의뢰인은 한둘이 아니었다. 동물의 내면이 얼마나 다양한 기억과 생각들로 가득한지 인간이 깨닫는다면, 즉 내가 보는 것을 그들이 이해할 수 있다면, 아마 인류의 역사가 바뀌고도 남을 것이다.

"오셨습니까?"

"안녕하십니까, 선배님!"

2급 트리퍼인 미효와 6개월 차 인턴 김진수가 나를 보고 허리를 숙여 인사했다. 이번 미제 사건의 유일한 목격자인 오브젝트는 취조실 철제 테이블 위에 네 다리를 쭉 뻗은 채 옆으로 누워 있었다. 어깨 관절인 상완의 봉합 자국이 눈에 띄었다. 내가 올 시간에 맞춰 깊은 잠에 빠지도록 약물을 주입해둔 상태였다. 나는 오브젝트의 등을 가만히 쓸었다. 김진수가 괜히 분주하게 움직이자 미효가 그걸 보고 조용히 웃었다. 황은 철문에 등을 기댄 채 우리를 지켜보았다.

오브젝트의 건강을 지켜주는 것은 무엇보다 중요하다. 습도와 온도, 평소 먹던 사료에 정서적 안정까지 완벽히 갖추더라도 트리퍼링의 성공을 장담할 수 없다. 이 사건의 마지막 열쇠가 개 한 마리의 기억에 달려 있다. 그걸 제대로 추출하지 못한다면 이번 살인도 영구 미제로 남을 것이 뻔하다. 그렇게 되면 이곳 Y시의 성난 주민들이 가만있지 않을 것이다. 이미 한 번 기자회견을 열어 유감의 뜻을 전한 무능한 경찰서장은 또다시 여론의 뭇매를 맞아야 한다. 이번에는 '유감'보다 더 치욕스러운 낱말을 선택해야 하는 것은 물론이다.

서에서 의뢰를 망설이는 사이 연구소는 트리퍼링 출장비를 세 배로 올렸다. 1급 트리퍼에 2급 및 인턴 하나, 장비 세팅 인원 셋에 자문료까지 경비 내역에 넣었다. 트리퍼링에 성공해도 어차피 법원에서는 그 정보를 핵심 증거로 채택하지 못한다. 정황증거로서의 기능도 할 수 없다. 증거능력으로만 치면 거짓말탐지기 결과보다 낮은 급인 셈이다. 이런 경직된 체계 안에서도 연구소가 부르는 대로 수용한 것을 보면, 얼마나 단서가 절박한 상황인지 알 수 있다. 서에서 요구한 것은 비밀유지각서에 서명해달라는 것 하나였다. 그런 상황인데도 황은 냉소를 흘릴 뿐이다. 어쩌면 그는 우리에게 제공하지 않은 단서들 몇 가지를 더 갖고 있는지도 모른다. 그는 직관이 뛰어난 사람이니까, 기자들이 파헤치지 못한 정보, 우리 연구소가 사전에 준비하지 못한 내용을 하나쯤 쥐고 있을 수도 있다.

그렇다면 그게 무엇일까. 황의 마음속에 있는 용의자는 누구일까. 황은 그걸 내게 발설할 용의가 있을까.

상완에 난 긴 칼자국을 가리키며 인턴이 브리핑을 시작했다.

"수의사의 소견에 따르면, 용의자가 오브젝트를 죽이려는 의도였다면 자상이 이 정도로 길게 남지 않았을 거라고 합니다. 옆으로 칼의 방향이 휜 것은 오브젝트가 공격을 시도했을 가능성을 시사합니다. 칼에 찔린 상태에서 용의자의 상체를 향해 도약하는 순간 칼끝이 밀려 8센티미터가 찢어진 것으로 보고 있습니다. 생명에는 지장이 없지만 회복에는 약 3주가 걸릴 예정입니다."

인턴이 '나 잘했죠?' 하는 뿌듯한 표정으로 한쪽 눈썹을 올렸다.

"진짜 아깝습니다. 오브젝트가 놈을 한 번만이라도 물었다면 이번에야말로 살인마의 DNA를 채취했을 텐데."

그 말에 내가 고개를 끄덕이자 인턴이 환하게 웃다가 황을 보고 급히 표정을 감추었다. 인턴 김진수는 프로파일러를 꿈꾸는 남자치고 지나치게 맑고 순수한 성정을 지녔다. 기묘하게 어긋나는 데가 있어 볼 때마다 마음이 편하지가 않다. 짝이 안 맞는 꽃무늬 그림으로 도배된 벽을 가만히 바라볼 때처럼.

김진수는 인턴 지원서에, 베란다 난간에 매달린 열두 살짜리 남동생 손을 놓친 뒤부터 내내 이런 쪽 세계를 기웃거렸다고 적었다. 동생은 피 한 방울 흘리지 않고 죽었다, 부검을 해보니 내장은 다 파열된 상태였다, 홍콩 배우 장국영도 그렇게 곱게 죽었다고 들었다, 그래서인지 동생이 죽었다는 게 실감나지 않는다, 그걸 받아들이기 위해서 애쓰다가 이 세계를 알게 되었다….

고양이를 죽이는 걸 목격한 아이가 자라면 고양이를 죽이는 사람이 된다는 걸 모르는 청년이다. 불안은 불안으로 해소하는 것밖에 방법이 없다. 사람한테 총을 한번 쏘고 싶다고 생각하는 사람은 장난삼아 약한 자의 머리에 총을 겨누어본다. 처음부터 방아쇠를 당기지는 않는다. 내면에 쌓인 불안을 시험해보고 싶기 때문에, 여전히 자신을 믿는 마음이 있기 때문에. 그러나 머지않아 결국 총을 발사할 수밖에 없다. 그 순간에 드디어 자신을 이겼다고 믿는다. 오로지 그 찰나에만 욕망이 사라졌으니까.

미효가 실내 온도, 습도, 오브젝트의 상태와 정보에 관한 추가 브리핑을 했다. 그 사이사이, 황이 들릴 듯 말 듯 한숨을 쉬었다.

이번 오브젝트는 독일에서 경찰견으로 인기 있는 로트바일러 종이다. 오래전에 로마 군단과 함께 알프스산맥을 넘은 걸로도 유명한, 충직하고 온순한 성격의 개. 치아 상태를 보니 대여섯 살로 추정된다. 나는 오브젝트의 뒷다리를 들어 그 사이에 있는 것을 확인하고 한숨을 쉬었다. 중성화를 하지 않았던 것이다. 이러면 트리퍼링을 하는 중에 심각한 문제가 생길 수 있다. 본능에 휘말리면 본래 목적을 잊어버린다. 사료를 충분히 먹여두라는 것도 비슷한 맥락에서다. 오브젝트가 굶주리면, 트리퍼링을 하는 중에 다른 기억이나 세계가 섞여버린다. 오래전에 주인이 던져주었던 삼겹살의 기억 같은 게 불쑥 튀어나와, 오로지 고기만 핥다가 트리퍼링이 끝날 수도 있다. 무엇보다 내 꼴이 우스워진다. 지금은 노하우가 쌓일 만큼 쌓였지만, 본능에 휘말려 오브젝트 자체에 몰입해버릴 가능성을 완전히 배제할 수는 없다.

트리퍼링 공개 임상 훈련을 하는 중에 발기한 게 수치스러워서 도중에 포기하는 지원자도 꽤 있다. 책상 다리나 연구소 소장 다리를 붙잡고 몸을 비비는 짐승이 되고 나면 한동안 그 충격을 잊지 못한다. 짐승이 인간보다 압도적으로 강한 점은, 이끌리는 것을 굳이 참지 않는다는 것이다. 트리퍼 양성원이 스님이나 수녀를 영입하려고 오래 애썼던 것도 그런 이유에서다. 그들은 세속적 욕망으로부터 멀어지는 방법을 알기 때문에. '인간다움'은 인간이 화두로 붙들기에는 너무 아이러니한 제재가 아닐까. 인간만이 자기 존재가 고상한 줄 알다가 뒤통수를 맞으니까. 애초에 인간에게 많은 기대를 하지 말 것.

미효가 오브젝트와 나의 뇌 전극을 연결하는 작업을 빠르게 처리했다. 황은 팔짱을 낀 채 우리를 곰곰이 지켜봤다. 사건에 관한 실마리를 더 제공해줄 용의는 없어 보였다. 형사사건에서는 언론에 알려진 것 이외의 세부적인 정보를 주지 않는 경우도 많다. 그건 트리퍼링 진술의 신빙성을 높이고, 트리퍼의 기억이 혼재될 때 심각해질 트라우마를 예방하기 위해서다. 트리퍼가 안다고 믿는 것과 실제로 아는 것, 알아야 하는 것의 간극은 생각보다 해석에 훨씬 더 큰 영향을 준다. 그래서 우리 쪽에서 정보를 거절하기도 한다. 하지만 이번 연쇄살인사건은 오히려 언론에서 10년간 너무나 많은 분석을 쏟아낸 바람에 진위의 범위를 확실히 해둘 필요가 있다. 간혹 트리퍼링 도중에 간접경험의 기억이 직접경험처럼 불쑥 올라와 혼란을 주기 때문이다.

"진분홍색 등산화 외 현장에서 달리 발견된 건 없었습니까?"

미효의 질문에 황은 고개를 저었다. 추가 단서가 없다는 건지, 알지만 말할 수 없다는 건지 지금으로서는 알아내기 어렵다. 미효가 나를 힐끔 쳐다보았다. 나는 괜찮다는 의미로 고개를 한 번 끄덕였다. 의뢰를 해놓고도 정작 현장에서 협조하지 않는 일이야 한두 번 겪어본 게 아니다.

사건에 대해 많은 말이 떠돌았다. 사이비 종교 집단의 범죄라는 등, 정부의 음모라는 등, 사람들은 온갖 이야기를 지어냈다. 어차피 자신에게 닥친 폭력이 아니니까 자유로운 상상과 무책임한 전파가 가능했다. 하지만 가장 본질적인 욕망은 '알고자 하는 것'이다. 이해하고자 하는 것. 이 세상에서 일어나고 있는 무자비한 일에 대해 어찌되었든 인간의 이성으로, 인간의 서사로 풀어낼 수 있을 거라는 희망. 그러다 여기까지 와버렸다.

나는 fMRI 기능을 휴대용으로 집약해놓은 트리퍼링 전용 의자에 누워, 눈을 반짝이며 존경스럽다는 듯이 나를 보고 있는 인턴을 손짓해 불렀다. 나도 예전에는 저런 눈을 가졌었다. 다른 세계를 탐험하고 싶다는 욕구로 빛나는 눈. 경계를 넘어 어디까지 갈 수 있을지 헤아리는 그 눈.

"전공 선택 때 개는 피해. 악어처럼 단순한 녀석이나, 거북이처럼 싸울 일이 없는 애가 좋아. 먹고살긴 좀 힘들겠지만 말이야."

내 말에 김진수가 반들거리는 머리를 만지며 배시시 웃었다. 눈썹만 빼고 온몸의 털을 깎는 남자였다. 4차까지 이어진 환영회 술자리 끝에 김진수와 부둥켜안고 사우나에 갔다 온 적 있는 연구소 직원이 말해줬다. 브라질리언 왁싱을 하는 남자라고. 어쩌다 피부가 닿으면 화들짝 놀랄 정도로 몸이 매끈해서 외계에서 온 존재 같았다고 했다.

"트리퍼링 유도제 들어갑니다."

2급 미효가 심전도 그래프를 읽으면서 말했다. 최근 며칠간의 흡연과 음주 유무, 스트레스 받는 일이 있었는지와 포유류와 접촉한 경험 등의 문진 과정은 생략했다. 매뉴얼상으로는 존재하지만 1급 프로 트리퍼에게 그런 걸 묻는 것은 무례한 일이었다. 트리퍼링이 상용화된 지 10년밖에 안 되었는데 벌써 암묵적인 예우와 관례가 생겼다.

"선배님, 메뚜기는 어떻습니까? 아프리카에 파견 가서 농작물 다 갉아 먹는 메뚜기 떼 트리퍼링하면 걔네 박멸할 수 있을 것 같은데요."

미효가 아무것도 내게 묻지 않자 묵묵히 기다리고만 있던 김진수가 눈치를 살피며 말했다. 가까이에서 보니 정말 다른 세계에서 온 존재 같기는 했다. 윤선도의 그림에서나 나올 법한 가느다란 눈썹 아래, 한쪽만 쌍꺼풀진 아몬드형 눈이 서늘한 에너지를 품고 있었다. 종잇장처럼 얇고 흰 피부에 가늘고 푸른 정맥이 도드라졌다.

"그럼 바로 노벨상 타는 거지. 기왕이면 말라리아 옮기는 모기한테도 시도해보고."

"오브젝트 신경망 연결합니다."

미효가 오브젝트의 성기를 꼬집어본 뒤 반응을 확인했다.

"아직 트리퍼링 기술이 그 정도는… 안 되지만…."

눈꺼풀에 누가 시멘트를 겹겹이 바르는 것 같았다. 시야의 모든 것이 서늘하게 어두워지고, 익숙한 감각이 손끝에서부터 밀려왔다. 뜨겁게 달궈진 하얀 백사장에 누워 점점 가까이 다가오는 검은 파도를 보면서 꼼짝도 할 수 없는 기분. 아주 작은 나방이 된 내 날개 위로 거대한 솜이불이 겹겹이 쌓이는 느낌.

김진수가 얼굴을 들이밀다시피 하며 다가와 감기는 내 눈꺼풀을 엄지와 검지로 열었다. 나는 농담을 하나 던지고 싶었는데 아무 말도 생각나지 않았다.

"바이털 체크."

"스테이블."

미효의 지시에 김진수가 빠르게 대답했다.

김진수의 동생은 왜 난간에 매달렸을까. 그걸 물어본 적이 없다는 생각이 불쑥 떠올랐다. 하지만 이제 모든 잡념을 거두어야 한다. 외부 자극으로부터 눈과 귀를 멀게 만들고 오직 트리퍼링에 집중할 때다.

최종 진입 버튼을 누르는 소리가 들렸다. 파도가 나를 덮치고 솜이불이 나를 짓누르기 시작했다.

"진입합니다."

이 말을 신호 삼아 황 형사가 그제야 입을 열었다.

"참 나, 살다 살다 별 개 같은…."

소리가 점점 아득해졌다.

길고 긴 암전.

무한한 우주에 먼지 한 톨이 되어 부유하고 있다. 진공청소기를 돌릴 때와 같은 웅- 소리가 이어진다. 이 순간이 지나갈 때까지 기다려야 한다. 대개의 초보자들은 기다림을 견디지 못하고 긴급 암호를 외친다. 바깥의 모든 세계로부터 잊힌 게 아닐까 두렵기 때문이다. 내 암호는 인턴 때부터 줄곧 '엄마의 눈물!'이었다. 개의 뇌 속에 들어온 목적을 잊어버리고 미로를 헤매거나 큰 위협을 느낄 때면 엄마가 눈앞에 나타난다. 꽃무늬 몸뻬를 입고, 낫을 든 채로. 돌아가시기 직전의 모습이다. 엄마의 목소리를 들으면 현실과 비현실을 구별할 수 있다. 인간의 감각으로 돌아가 엄마를 인지하게 된다.

　긴급 암호는 너무 떠올리기 쉬운 것이나 자신과 아무 접점이 없는 것을 골라서는 안 된다. 쉽게 생각나면 트리퍼링에 두려움이 생길 때마다 자주 부르게 되어 의뢰인에게 폐를 끼치게 되므로 심리적 저항성이 높은 것을 골라야 한다. 또, 아무 접점이 없는 것을 고르면 트리퍼의 정신세계가 무너질 때까지 오브젝트 안에서 나오지 못한다. 연결된 전극을 다 제거해도 외부에서는 식물인간 상태가 되어버린다. 초창기 연구원 중 하나가 빈집에서 잡은 고양이를 대상으로 트리퍼링 실험을 하던 중 경련을 일으키고 코마에 빠진 적이 있었다. 그는 그때 연구 실적에 대한 압박이 큰 탓에 아무 짐승이나 잡아와서 연구를 하곤 했다. 고양이를 해부했을 때에야 우리는 원인을 알았다. 고양이 몸에서 아직 소화되지 못한 노인의 손가락과 반지가 나왔던 것이다.

지루하고 텅 빈 시공간이 흘러가고, 이내 눈앞에 흐릿한 풍경이 잡혔다. 로트바일러의 시신경과 운동감각이 천천히 내 몸으로 흡수되었다. 일원화 단계로 접어든 것이다. 가장 먼저 2억 개가 넘는 후세포들이 동시에 반응했다. 엄청나게 많은 냄새가 자극적으로 쏟아졌다. 주인의 침 냄새, 카레, 된장, 새똥, 하수구, 강 비린내…. 나는 2급 진급시험을 치기 직전까지 일원화 단계에서 매번 헛구역질을 했었다. 최단기간에 임상 300회 차를 달성하고도 진급이 유예된 것은 그런 신체 반응에 대한 연구소의 우려 때문이었다. 날것을 잘 먹는데도 불구하고 트리퍼링 도중에 올라오는 온갖 비린내는 참기 힘들었다. 그것은 후각보다 촉각에 가까운 감각이어서, 모공마다 냄새 분자가 달라붙어 숨을 틀어막는 것 같았다. 비 그친 후의 그늘진 땅, 침 묻은 베갯잇, 순댓국 국물이 묻은 숟가락과 뱀 허물까지 모든 대상이 비린내를 풍겼다. 마치 온 세상이 곤의 비늘 속에 덮인 것처럼.

구역질을 극복한 건 완전한 일원화를 이루면서부터였다. 내가 다른 존재가 되는 감각이 어떤 것인지 깨달았다. 새로운 자아가 생기고 세계를 읽는 방법이 달라졌다. 뇌신경을 모조리 세탁하는 듯한 절정의 맛이 있었다.

개가 어떤 기억에 사로잡혀 있는지를 알아내는 사업은 동물관계학과 동물복지의 기치를 내걸고 승승장구했다. 주인들은 우울증에 걸렸거나 특이 행동을 보이는 반려견의 마음을 읽고 싶어 했다. 마약탐지견, 군견 등이 갑자기 능력을 상실하는 경우에도 출장 트리퍼링을 신청했다. 나는 10년 전, 미대에 다니던 중 아르바이트로 이 일을 시작했다가 여기까지 왔다. 서로 다른 종을 연결하는 이종 트리퍼 일에서는 공감하지 않는 능력이 가장 중요했다. 흔들리지 않고 냉철하게 개의 시야로 세상을 보는 것. 인간의 머리로 미리 판단하거나 기억을 왜곡해서 받아들이지 않는 것. 나는 그 분야에서 톱이었으며, 이는 현존하는 트리퍼들 중에 가장 인간다움이 부족하다는 의미이기도 했다. 엄마가 죽은 뒤, 나는 누구에게도 마음을 열지 않았으니까.

처음 이걸 할 때는 마치 어린이용 잠수복에 억지로 몸을 끼워 넣은 것처럼 불편했지만 이젠 그렇지 않다. 이건 내 직업일 뿐이다. 개가 되어, 개의 기억을 관조하는 일.

일주일 전의 기억을 찾아 숨을 참으며 거슬러 올라갔다. 물론 개는 시간의 단위를 모른다. 평소에는 장면 단위로 들어간다. 주인이 "아무래도 아버지가 빗자루로 때린 뒤부터 이런 거 같아요"라고 하면 빗자루를 든 중년 남자가 나올 때까지 거슬러 가는 식이다. 간혹 특정 요일에만 하는 생방송 프로그램이 나오는 순간이나, 그날의 날씨, 벽시계, 라디오 소리 같은 걸 기준으로 시발점을 찾을 때도 있다. 의뢰인이 중요하게 생각하는 사건이 오브젝트의 기억 속에는 아예 없거나 희미하게 남아 있는 경우에는 트리퍼링으로도 문제를 해결하지 못한다.

그러나 이번 사건 같은 경우 오브젝트가 망각의 강을 건넜을

리가 없다. 로트바일러 정도면 충직하고 판단이 빠르기 때문에 기억의 흐름대로 찾아가면 된다. 시발점으로 잡아야 할 지점은 노란 등산화가 나타나는 순간이다. 인간의 기준에서는 진분홍색이지만 개는 색깔을 구별하는 추상체의 개수가 적으므로 인간과 다른 색으로 사물을 본다. 주인이 노란 등산화를 신고 현관을 나서면서 '내' 목줄을 당기는 순간부터 시작해야 한다.

우리가 미제 사건에 대해 알아낼 수 있는 정보에는 한계가 있었다. 일주일 전 화요일 오후 6시에 집을 나간 뒤 돌아오지 않아 실종신고 된 여자가 사흘 전 거주지 인근 야산에서 변사체로 발견되었다는 것, 10년 동안 이번 사건을 포함하여 여덟 명의 피해자가 연쇄적으로 발생했는데 그중 다섯은 다양한 연령층의 여성이며 나머지는 10대 남성이라는 것, 일곱 번째 피해자가 발생한 이후 3년 만에 다시 살인이 시작되었다는 것 정도였다. 범인은 피해자를 죽인 뒤 겨드랑이를 절개하고 양쪽 눈썹을 밀어버리는 특성이 있었다. 변사자의 팔을 들어보기 전까지는 그저 눕거나 기대어 잠시 쉬고 있는 사람처럼 보이는 경우가 많았다. 몇 점의 울혈 외에는 저항 흔적도 크지 않았다. 범인은 어떤 흔적도 남기지 않고 교묘히 법망을 피해 다녔다. 전국적으로 모방범죄가 몇 건 있었지만 모두 치밀하지 못한 초범들이라 검거되었다. 그러다 이번 사건까지 터지면서, 무능한 경찰들을 조롱하기 위해 눈썹을 밀어버린 사람들의 '#나도_살해당했다' 캠페인에 한창 불이 붙는 중이었다.

드디어 노란 신발이 시야에 잡혔다. 얼룩덜룩한 등산화였다.

여자는 이제 막 현관문을 열고 있다. 주머니에서 돼지 육포 냄새가 풍긴다. 질긴 힘줄의 맛. 자꾸 침이 고인다.

주인이 목줄을 당긴다. 목이 조여 온다. 밖으로 나가는 게 내키지 않는다. 주인과 함께 산책하는 건 그다지 즐겁지 않다. 가자, 카즈! *나는* 엉덩이를 뒤로 빼다가 마지못해 따라나선다. 주인은 *내가* 화단 냄새를 충분히 맡을 수 있도록 기다려주지 않는다. 이 동네에 사는 암컷들이 뿜어낸 페로몬으로 찰랑거리는 볼라드에 코를 대면 온몸이 찌릿해지는데도.

주인은 산책로를 따라 뒷산으로 가고 있다. 목조 계단이 가파르고 잔가시가 일어난 곳이 많아서 *나는* 이 길을 좋아하지 않는다. 계단을 따라 옆으로 수북하게 이어진 풀밭으로 가고 싶다. 온갖 냄새 분자들 속에서 유독 길고양이들 오줌 냄새가 톡 쏜다. 그 냄새를 좇아 저 멀리로 마구 달려가면 행복할 것 같다. 뭔가가 치솟아 오른다. 카즈, 안 돼! 천천히! 또 목이 졸리고야 만다. *나는* 주인의 눈치를 살핀다. 상냥한 목소리로 말할 때까지 기다린다. 어디선가 비릿한 내장 냄새가 날아온다. 자주 맡아본 것 같은 익숙한 냄새.

이쯤에서 나는 관조적 모드를 잠시 멈추고 숨을 골랐다. 이 오브젝트의 기억은 꽤 믿을 만하다. 역시 역사가 깊은 견종은 수준이 다르다.

내가 3급이었을 때 불테리어의 견주가 호들갑을 떨며 트리퍼링을 신청한 적이 있었다. 도무지 밥도 안 먹고 잠도 안 자고 불러도 오지 않는 걸 보아 우울증인 것 같다고 했다. 견주는 반려견을 형에게 맡기고 일주일 동안 여행을 다녀온 사이 반려견이 정서적 학대를 받은 게 아닐까 의심했다. 두 형제는 어릴 때 고모부 손에 자랐는데 고모부가 유독 형을 따돌리고 괴롭혀 형의 성격이 좀 괴팍해졌다고 했다. 집 안에는 CCTV도 없고 그런 혐의점은 동물병원에서도 찾을 수 없으니 연구소로 의뢰를 한 케이스였다. 막상 트리퍼링을 해보니 의뢰인의 형은 무표정한 상태로 있다가 오브젝트와 놀아줄 때만 환하게 웃었다. 함께 숨바꼭질을 했고 마당에서 물풍선을 터뜨렸다. 소 등심을 구워 후후 불어주었고 밤새 진드기를 잡아주었다. 일주일 내내, 맛있는 냄새와 짜릿한 게임으로 가득했다. 오브젝트의 뇌에서 세로토닌이 마구 치솟는 게 느껴질 정도였다.

그랬는데, 다시 주인이 돌아온 것이다. 차분한 어조에, 건강식만 챙겨주는 의뢰인이. 불테리어는 4년을 길러준 의뢰인보다, 일주일 동안 같이 흥분하며 놀아준 형을 더 보고 싶어 했다. 시야각에 의뢰인이 들어올 때마다 고개를 돌렸다. 간식으로 먹을 양배추찌는 냄새에 싫증을 냈다. 어떤 것도 자극이 되지 않았다. 단순한 녀석이었다. 물론 의뢰인은 그 해석에 강한 거부감을 보였다. 냉장고에 붙어 있던 온갖 인쇄물들로 보아, 아마 그 후로는 훈증 아로마 요법이나 반려견 전용 한의원 같은 곳을 찾아다녔을 것이다. 세상에는 별별 개가 다 있고 별별 주인이 다 있다. 주인은 개를 잘 안다고 믿지만, 개는 자신을 다 드러내지 않는다. 주인들은 그걸 충성심이라 포장해서 받아들인다.

　날이 잔뜩 흐리고 습하다. 숲속 깊이 들어갈수록 습기가 겹겹이 쌓여 몸을 누르는 것만 같다. 나에게는 땀샘이 없다. 땅을 파고 시원한 흙 속에 몸을 눕히고 싶지만 주인은 멈출 기색이 없다.

　갑자기 귀를 찢을 것 같은 소음이 들린다. 여보세요? 주인이 전화를 받는다. 어, 엄마. 운동하러. 아직 6시밖에 안 됐잖아. 아냐, 동네 뒷산. 카즈도 산책시켜야 하고. 면접은 내일이야. 주인은 느슨한 어조로 말한 뒤 전화를 끊는다. 나는 이 말들을 다 이해하지는 못한다. 하지만 '카즈'라는 말은 알아들을 수 있다. 몸속 어딘가에 불빛이 하나 반짝 켜지는 느낌으로 안다. 모든 말을 온몸으로 듣기 때문에.

　한참 뒤에 약수터에 도착한다. 주변에는 아무도 없다. 높이 솟은 나무들 때문에 빛이 들지 않는다. 주인이 노란 바가지에 물을 담아 내게 내민다. 물에서 바위와 나무 냄새가 많이 난다. 나는 고개를 돌려 거부한다. 먹어, 카즈. 자, 얼른. 목마르잖아. 주인이 쪼그리고 앉아 다시 바가지를 내민다. 서늘한 냄새가 훅 끼친다. 나는 주변을 살피며 긴장한다. 물을 핥는다. 물맛이 이상하다. 나는 두어 걸음 뒤로 물러난다. 목줄이 팽팽해진다.

　그때 아까부터 풍기던 낯선 냄새가 진해지면서, 시야각이 230도인 내 눈에 검은 옷을 입은 사람이 성큼 들어온다. 나는 코를 들어 냄새를 더 깊이 들이마신다. 한 번도 우리 집에 놀러온 적이 없는 사람이다. 그런데 아는 사람 같기도 하다. 턱이 각지고 쌍꺼풀진 눈이 부리부리하다. 숱 많은 눈썹은 불에 그을린 것처럼 헝클어져 있다. 기억 속의 냄새들이 섞여든다.

*내*가 몸을 돌려 으르렁거리자 주인이 목줄을 짧게 잡으며 카즈! 하고 *나*를 혼낸다. 남자는 기묘하게 웃고 있다. 그러다 갑자기 성큼성큼 다가와 주인 손에 들린 바가지를 낚아챈다. 주인이 뒷걸음친다. 남자는, 물이 흘러나와 고여 있는 돌덩이에 바가지를 여러 번 내려친다. 뭐라고 중얼거리지만 해석할 수 없다. 날것의 냄새가 심하게 나는 남자다. 남자가 으르렁거린다. 이상하다. 주인이 자기 몸에 뿌릴 때마다 *내*가 몸을 털며 싫어하는, 알코올과 꽃을 섞은 냄새가 살짝 풍기는데, 몸에서는 수컷만의 냄새가 진하게 난다. (아, 이건 정액 냄새다. 황 형사에게 얘기해줘야겠다.) 남자와 눈이 마주치자, 한쪽 입꼬리만 올려 웃으며 *나*를 노려본다. 눈을 피하지 않는다. 적대감의 신호다. 주인의 손아귀 힘이 풀린다. 몸에 흡수되지 않는 말들이 오간다. 자갈이 튀듯이 낱말들이 피부 밖으로 튕겨 나간다. 이해할 수 없다. 남자가 주머니에 손을 넣는다. 칼날이 번득인다.

그때, 몸뻬를 입고 낫을 든 엄마가 나타난다. 몸이 함부로 잘려 나간 풀의 냄새. 죽이면 안 돼! 찌르지 마! 엄마가 외친다. 남자가 엄마를 물끄러미 바라본다. 표정을 읽을 수 없다. 엄마도 남자를 가만히 바라본다. 물러나지 않을 것 같다. 엄마는 그런 사람이다. 나를 버리지 않을 사람. 내가 무너지는 지점을 잘 아는 사람. 그 가느다란 균열을 직관하는 사람. 몇 번이고 강에 뛰어들어 나를 건진 사람. 멍든 사람.

엄마, 비켜요. 제발. 엄마가 끼어들 일이 아니에요.

엄마는 그저 힘껏 나를 안는다. 긴급 암호를 외치지 않았는데도 갑자기 나타나서 이렇게 오래 존재하다니. 내가 긴급 암호를 외친 건 3년 전 단 한 번뿐이었다. 계부가 폐가에 강아지와 함께 버리고 간 아이가 사망한 사건을 다룰 때였다. 아이는 반복해서 노래를 불렀다. '밀과 보리가 자란다'로 시작하는 노래였다. 어둡고 멍한 눈으로 강아지인 *나*를 바라보며 노래를 흥얼거렸다. *나는* 아이의 뺨과 목덜미를 핥았다. 비리고 시큼한 감각이 몸 안으로 들어왔다. 온몸이 뒤틀리는 것 같았다. 시간을 거슬러 올라가야 했지만 *나는* 자꾸 머뭇거렸다. 아이의 일상을 핥으며 진술의 바탕을 다져야 했다. 그 모든 걸 감당해야 했다. 그때도 엄마는 나를 오래도록 안고 있었다.

무의식 깊이 눌러둔 두려움이 껍질을 깨고 올라오고 있다. 그 껍질 안에는 어리고 선한 내가 있다. 무기력하고 불안정한 나. 내가 인간임을 증명하는 지점. 트리퍼링에 성공해야 한다는 압박이 지나친 탓이리라. 나는 남자가 어떻게 행동했는지 봐야만 한다. 남자를 관찰해야 한다. 나는 엄마의 환영을 없애려고 고개를 흔든다. 인간의 기억과 섞이면 안 된다. 내 본능이 개보다 먼저 작용해서는 안 된다. 나는 지금 개다. 개여야 한다.

하지만 엄마가 사라지지 않는다. 사람들이 나를 지켜보고 있다. 엄마는 그걸 모른다. 주도야. 내 말 들어봐. 엄마가 숨을 헐떡인다. 나를 너무 꽉 끌어안고 있어, 움직일 수 없다. 엄마가 내 얼굴을 닦아준다. 눈물이 엄마의 손바닥을 적신다. 눈물이 아닐지도 모른다. 낯이 바닥에 떨어지는 소리. 빛이 그 위로 떨어지는 감각. 어둠을 예리하게 잘라내는 일. 엄마는 목에 두르고 있던 수건을 풀어 내 얼굴을 다시 닦는다. 내 두 손을 닦고 또 닦는다. 나는 아무것도 내려다보지 않는다. 너는 여기서 더 나빠지면 안 돼. 엄마가, 엄마가 죽였다고 할게. 엄마가 운다.

엄마는 유서를 남기고 목을 맸다. 동네 사람들이 앞장서서 증인이 되어주었다. 남편을 죽인 여자를, 그런 집을 견딘 나를, 자신들이 만든 스토리의 인과관계 안에서 다 이해해주었다. 그들은 드라마를 너무 많이 봤다. 아버지의 몸에 부력이 생겨 강 위로 떠오르는 것을, 나는 무심히 지켜보았다. 낯은 떠오르지 않았다. 그것은 단순한 이치였다.

학교에서 귀신이 나오는 공포영화를 보고 온 날, 나는 자다가 오줌을 지렸다. 화장실에 갈 수 없었다. 어둠 속으로 내 몸을 넣을 수 없었다. 아버지가 오줌 냄새를 맡고 일어나 내 뺨을 때렸다. 그는 내 손을 이끌고 그 밤, 학교로 향했다. 서늘한 가을밤이었다. 운동장 플라타너스 나무들 사이로 바람이 휘파람을 불었다. 달빛에 나무 그림자가 걸어 다녔다. 영화를 보기 전이나 후나 이 세계는 그대로다. 달라진 건 너지. 네 마음, 나약한 정신. 나는 밤새 학교 화장실에 갇혀 있었다. 기절한 순간은 기억나지 않는다. 어떤 씨앗이, 몸 안에서 움트고 있다는 걸 알았을 뿐이다. 그 씨앗을 말려 죽여야 한다는 생각 너머에, 물을 주고 싶다는 생각이 숨어 있는 걸 모른 척했다.

엄마가 사라졌다.

나는 본능적으로 꼬리를 다리 사이에 말아 넣는다. 하지만 얼굴 근육을 끌어 올려 으르렁거리는 건 멈추지 않는다. 주인이 자꾸 비명을 지른다. 그 바람에 목줄이 당겨진다. 갑자기 머리가 텅 비고 맹렬하게 화가 난다. 온몸의 근육이 팽팽하게 달아오른다. 카즈! 카즈! 그 순간, 뭔가 내 뼈를 찌르며 들어온다. 남자에게 달려든다. 몸이 닿지 않는다. 비릿하고 기분 나쁜 냄새가 확 밀려들고, 움직일 수 없다. 아프다. 뭔가 말하고 싶은데 말이 나오지 않는다. 너무 아프다. 카즈! 집으로 돌아가! 주인의 말에 남자가 시끄럽다며 뺨을 때린다. 갑자기 고요해진다.

남자는 주인의 머리채를 손에 휘어잡고 산속으로 멀어진다. 개업하는 슈퍼 앞에서 본 펄럭이는 풍선들처럼, 주인이 몸을 펄럭이며 끌려간다. 노란 등산화 한쪽이 벗겨진다. 그러나 나는 무력하다. 남자의 냄새는 사라지지 않고 공기 중에 머물면서 콧속으로 훅훅 들어온다.

다시 암전.

무한한 시공간이 압축되는 고통을 느끼면서 깨어났다. 땀에 흠

빽 젖어 있었다. 황 형사가 미심쩍다는 얼굴로 나를 내려다보았다. 김진수가 마른 수건으로 이마를 닦아주었다.

"그래, 저 개가 뭘 좀 봤습디까?"

나는 그의 눈을 가만히 바라보았다. 반들거리는 의심의 눈빛 뒤에서, 아주 잠깐, 다른 종류의 빛이 지나갔다.

"형사님, 잠시 기다려주세요. 원래 몸에 적응하는 데 시간이 걸립니다."

미효가 종이와 펜을 가져오며 말했다. 손끝으로 피가 도는 느낌이 서서히 생생해졌다. 인간의 몸, 인간의 피, 인간의 감각. 트리퍼링이 끝날 때마다 부활이라도 하는 것 같은 이 위대한 기분.

개는 죽일 필요가 없었다. 개를 담당하는 1급 트리퍼는 나뿐이니까. 한 번 트리퍼링한 오브젝트는 그 자체로 변수가 생긴 탓에 다시 쓰지 않으니까. 오브젝트의 눈으로 내 모습을 보는 건 이번이 처음이었다. 나로서도, 오묘한 스릴을 느낄 최고의 기회를 놓칠 수 없었다. 몇 겹의 나, 그런 나를 관조할 수 있는 나, 틈이 있는 나, 그런 틈을 극복한 나. 나는 다시 한 단계 도약했다. 내가 역사를 만들었다. 살인의 역사. 나는 행위를 한 자이자 유일한 목격자이면서 동시에 추격자이고 관찰자다.

"변사자의 등산복 바지 주머니에 돼지 육포가 있었네요."

황이 눈썹을 꿈틀거렸다.

"등산화 브랜드는 K4, 사이즈는 235."

그제야 황의 입이 벌어졌다. 별은 안 봅니다. 어둠만 봅니다. 그의 인터뷰 기사 밑에 내가 댓글을 달았었다. 내가 살인자다. 내가 곧 어둠이다. 그는 내 어둠을 영원히 보지 못할 것이다.

"오브젝트의 주인인 여자는 약 2분간 엄마와 통화했습니다. 다음 날 면접이 있었다는 것 같네요. 사실입니까?"

"저기, 주도 씨."

그는 내 이름을 부른 뒤 아무 말도 이어가지 못했다. 김진수가 흐뭇하게 웃었다. 미효가 황의 등 뒤에서 고개를 끄덕였다.

나는 황의 불타오르는 눈빛을 즐기며 찬찬히 몽타주를 그렸다. 펜이 움직일 때마다 황이 몸을 기울였다. 미대를 중퇴한 지 오래되었지만 나는 여전히 다른 트리퍼보다 인간을 묘사하는 데 뛰어난 감각을 가졌다. 그 감각은 인간을 이해하는 데 도움을 주지는 않는다. 자세히 보는 것과 제대로 아는 것은 다른 일이다.

가느다란 눈썹, 쌍꺼풀 없는 눈, 굵은 턱선을 가진 한 남자를 정성껏 그렸다. 황은 그림을 가만히 바라보았다. 나는 그를 더 애태울 준비가 되어 있었다.

숨을 깊이 들이마신 뒤 낫을 든 엄마를 무의식 깊은 곳에 봉인했다. 씨앗에 물을 주던 아이만 남기고 모든 것을 잊었다. 그것은 나의 고요한 제례였다.

"짐작 가는 사람이라도 있습니까?"

나는 몸을 일으키며 물었다. 황은 팔을 쭉 뻗은 채 종이를 자신의 눈앞에 들어 올렸다. 눈을 가늘게 뜨고 그 남자를 노려보았다. 그림 속의 용의자가 마치 눈앞에 실재한다는 듯이. 그러나 그것은 이 세상에 없는 남자의 몽타주였다.

　오브젝트가 눈을 떴다. 코를 벌름거렸다. 내게 초점을 맞추려
고 애쓰고 있었다. 나는 오브젝트를 향해 가만히 웃었다.

낯선 개와 바다에서 개헤엄을 친 적이 있다. 희고 순한 개의 표정. 햇볕에 데워진 물결 아래로 새까맣게 일렁이는 물고기 떼. 선베드에 누운 이방인들이 우릴 가리키며 웃었다. 사람 사이에서 생긴 그늘이 마르는 곳이었다. 헤엄을 칠수록 마음이 고요해졌다. 나는 언젠가 그 순간을 글로 쓰게 될 거란 걸 알았다. 하지만 그 장면이 황 형사를 묘사하는 데 쓰일 줄은 몰랐다.

내장탕을 먹을 때의 나와 찐 두부를 먹을 때의 나는 조금은 다른 사람이 되는 것 같다. 먹는 행위 자체보다, 먹을 것을 선택하기까지의 소소한 사고의 흐름에서 다른 종류의 사람 하나가 나타났다 흐려진다. 산낙지가 전골냄비의 테두리를 꽉 붙들고 버티는 걸

볼 때도 그랬듯이. 어긋나고 불편한 순간에는 두부를 먹을 때보다 좀 더 높은 담장을 뛰어넘어야 할 것 같다. 황 형사가 내장탕을 먹을 때에도, 아마 자신 안의 뭔가를 조금씩 뛰어넘고 있었을 것이다.

시상식 날, 「트리퍼」는 '마초' 성향에 추리 기법을 가미한 소설이라는 평을 들었다. 마초란 '남자다움을 지나치게 과시하거나 우월하게 여기는 남자'를 뜻한다. 그러나 나는 주도가 마초라고 생각하지 않는다. 힘 있는 자와의 동일시를 추구하는 것이 남자다운 것이라고 생각한 적이 없다. 추리소설로 쓰려고 했던 것도 아니다. 나는 추리소설의 문법을 모른다. 오히려 처음부터 주도가 범인으로 의심받을 거라고 생각했고, 그렇더라도 별수 없다고 판단했다. 다만 주도의 내면 심리를 따라가는 동안 의심이 확신으로 서늘하고 단단하게 굳어지는 과정을 독자가 즐기면 좋겠다고 생각했을 뿐이다.

살인마의 트라우마가 살인의 방어기제가 될 수는 없다. 주도를 중심으로 서술하느라 이것을 충분히 비판적으로 다루지 않았다. 목숨을 도구화하는 것이 올바른 가치관이라고 생각하지 않는다. 나는 '꽃으로도 때리지' 않아야 한다고 믿는다. 그러나 세상에는 쇠로 때리는 사람도 있으며 그 사람에게도 어떤 모양이든 간에 내면이 존재한다. 나는 정의가 무엇인지를 주제로 삼은 것이 아니라, 그런 내면의 냄새와 형태를 다루면서 인간다움에 대해 말하고 싶었다.

인간이 인간의 내면을 어디까지 볼 수 있는지 알고 싶어서 정신분석상담을 10회 차 받은 것이 관조적 관찰을 풀어가는 데 도움이 되었다. 소설에 쓸 묘사의 힘을 키우기 위해 여러 차례 시 수업을 들었고, 그 탓에 감수성이 폭발하지 않도록 생물학 에세이와 국어 영역의 비문학 지문을 자주 읽었다.

말로 하면 될 것을 노래로 하는 게 기묘해서 뮤지컬에 몰입하지 못하고, 분장팀의 노고를 떠올리느라 좀비물을 봐도 줄거리를 이해하지 못한다. 보여주는 것 너머를 자꾸 기웃거리는 이런 내가, 글을 통해 독자의 마음에 닿는 건 어려운 일이다. 그러니 어떤 관점으로 읽든, 무엇을 보든, 그건 당신 내면의 섬에서 일어난 일이라 우기고 싶다.

나는 그저 바깥을 향한 모든 빛을 끄고 희고 작은 돌 하나가 되어, 가끔 깨어나 글을 쓰면서 이 생을 견딜 것이다. 변두리에서 불어오는 바람이나 맞으면서 마지막까지 이방인이 되어 고요히.

제4회 한국과학문학상

심사평

심사위원

박상준 · 이지용 · 김보영 · 김창규 · 정보라

한국과학문학상은 머니투데이 주최로 2016년 첫 공모를 시작했으며 2019년에 4회째를 맞이했다. 제4회 한국과학문학상에서는 장편 부문에서 대상 1편, 중·단편 부문에서 대상 1편, 우수상 1편, 가작 3편을 선정해 총 2,300만원의 상금을 수여했다. 5명의 심사위원이 예심과 본심을 거쳐 심사했으며 최종 수상작이 선정될 때까지 이름, 성별, 직업 등 모든 정보를 비공개로 진행했다. 제5회 한국과학문학상은 2021년에 공모를 예정하고 있으며, 자세한 사항은 추후에 안내될 예정이다.

박상준 _서울SF아카이브 대표

　이번 2019년 제4회 한국과학문학상에 응모된 작품은 총 273편 (장편 29편, 중단편 244편)이다. 작년에는 총 280편이 접수되었으니 별 차이가 없는 셈이다. 그러나 평균적인 수준은 더 상향평준화 되었으며, 특히 중단편 부문에 돋보이는 작품들이 적지 않았고 그런 만큼 애석한 경우도 있었다.

　중단편 부문의 경우 대상 수상작인 「모멘트 아케이드」는 심사위원 3인의 지지를 받아 선정됐다. 우수상인 「테세우스의 배」는 심사위원 1인이 대상으로, 3인은 우수상으로 꼽았다. 이 두 작품이 중단편 부문에서 심사위원진에 가장 고르게 호평을 받은 응모작이다.

가작 세 편을 정하는 과정은 수월하지 않았다. 「네 영혼의 새
장」과 「그 이름, 찬란」은 비교적 일찍 합의했으나 마지막 한 자리
를 두고 「트리퍼」와 「흰 당나귀의 마지막 사막」이 치열한 경합을
벌였으며 심사위원들 간에 꽤 오래 논의가 오간 끝에 결국 「트리
퍼」가 낙점됐다.

이번 응모작들을 심사하는 과정에서 유난히 많이 거론된 것이
결말부 처리에 대한 아쉬움이다. 개성이 드러나는 스타일이나 강
렬한 주제의식만으로도 호평을 받을 작품들이 여럿 있었으나, 심
사위원 다수는 작품의 완성도를 결정지을 적절한 결말이 뒷받침
되지 않으면 아무래도 아쉽다는 의견이었다. 이는 장편 당선작을
정할 때, 그리고 중단편 가작을 고를 때에 각별히 언급됐던 부분
이다.

이번에 두드러진 경향은 주류문학의 배경이 엿보이는 작품이
많았다는 점이다. 캐릭터, 문장, 정서, 드라마 구성, 스타일 등 여
러 면에서 장르 SF보다는 주류문학의 습작을 계속해온 응모자들
의 비중이 예년보다 많이 늘어난 것이 명백했다. 이는 해가 갈수
록 뚜렷해지는 추세이며, 특히 2019년 한 해 동안 한국의 창작 SF
가 국내외적으로 주목받는 일이 이어지면서 저변이 크게 확장된
점과 무관하지 않을 것이다.

개인적으로는 중단편 부문 예심에서 눈에 띄는 응모작들이 많
아서 반가웠다. 조금만 손을 보면 SF 앤솔러지에 수록돼도 손색없
을 작품들이 여남은 편은 되었으며, 그런 만큼 본심에 올릴 작품

을 고르는 데 애를 먹었다. 고심 끝에 「흰 당나귀의 마지막 사막」과 「테세우스의 배」와 함께 「회귀」를 본심에 올렸다. 그러나 「손의 임무」, 「랜덤 박스」, 「에딘에게 보고합니다」, 「우리는 송어를 구웠다」, 「쏬스 스 이쓰」, 「그곳의 필은 안녕하신가요」 등도 기억에 남는 썩 좋은 응모작들이다.

　매번 심사를 마치고 나면 절감하는 것이지만, 입상하지 못하거나 심지어 예심을 통과하지 못했어도 강렬한 인상을 남기는 안타까운 응모작들이 여럿이다. 부디 이번에 결과가 실망스럽더라도 좌절하지 말고 꾸준히 창작에 매진하기를 진심으로 기원한다. 『해리 포터』 시리즈가 출판되기 전까지 여덟 곳에서 퇴짜를 맞았다는 사실을 명심하자.

이지용 _건국대 학술연구교수

　SF(Science Fiction)를 규정하는 건 어려운 일이다. 이는 장르가 형성되고 나서부터 지금까지 계속해서 논의돼오는 부분이다. 특히 'Science'를 구성하는 개념들은 계속해서 변화해왔고, 개념들이 명멸하기도 하고 확대되기도 하면서 SF가 생각보다 다양한 개념들을 포괄하는 장르가 되어왔다. 그렇기 때문에 SF에서 다룰 수 있는 소재와 주제들은 실로 무궁무진하다고 할 수 있다.

　하지만 잊지 말아야 할 것은 'Fiction'에 대한 것이다. 그것이

어떠한 시기에 일정한 형태로 독자들을 만난다면 조금 더 많은 가능성들이 발생할 수 있는 것도 부정할 수 없으나 공모전이라는 형태로, 그것도 문학상이라는 타이틀을 붙인 시스템 내에서라면 조금 더 엄정한 의미맥락들이 작용하게 되는 건 어쩔 수 없는 일이다.

이번 제4회 한국과학문학상에서는 출품작들의 면면에서 다양한 소재의 접근과 그것을 형상화하는 인상적인 능력들을 확인할 수 있었다. 특히 SF의 고질적인 스테레오 타입이자 가장 큰 오해의 촉발 지점인 과학기술에 대한 부담으로부터 자유로워진 작품들을 심심치 않게 만나볼 수 있었다.

앞서 언급한 'Science'에 대한 부분들의 이해문제가 일정 부분 해소되어 있는 모습이었다. 이는 SF가 장르이자 문화예술의 한 형식으로 발전하는 데 필요한 부분이고, 융복합과 경계 사이의 횡단이 일상화되고 있는 현대사회에서는 그 의미가 더 부각될 수밖에 없다.

하지만 심사과정에서 공통적인 화두 중 하나였던 '결말'에 대한 문제는 이러한 가능성들이 'Fiction'이라는 형식의 구현에 결국 이르지 못했다는 것을 드러내는 것이었다. 다양한 소재와 설정, 개성 넘치는 캐릭터들이 스토리텔링으로 모양을 잡지 못하고 파편화된 상태로 부유하는 모습들이 많았다. 소재를 차용하고 세계관을 설정한 작가조차도 그것을 충분히 신뢰하거나 이해하지 못하는 모습이었다.

이러한 문제는 SF에서 굉장히 중요한 부분인데, 경이의 세계를 만들어 독자들이 몰입하게 하려면 작가가 먼저 설정한 세계를 온전히 자기 것으로 만들어야 한다. 하지만 이러한 작업이 부재한 상태에서 소재와 설정을 그저 나열하게 되면 스토리텔링의 완성도 측면에서도 한계를 드러내지만, 결국 독자가 작가가 설정한 경이의 세계에 몰입할 수 없게 된다는 치명적인 단점이 생긴다.

그러기 때문에 결말이 중요하다는 것은 단순히 결말에서의 파급력 등을 이야기하는 것이 아니라 작가가 스스로 설정한 경이의 세계를 자기 것으로 만들고 그 세계 안으로 독자들을 불러들여 이야기의 마지막 부분까지 도달하는 것을 의미한다.

그런 면에서 중단편에서 대상을 받은 「모멘트 아케이드」는 경이의 세계를 설정하고 그것을 자신의 것으로 만들어 이야기의 끝까지 도달하는 힘이 돋보이는 작품이었다.

설정과 소재들에 대한 밀도 있는 구현을 요구하는 중단편의 경우는 구성에 대한 의미들이 장편에 비해 더 부각될 수밖에 없다. 하지만 중단편 예심에서 개성적인 설정을 텍스트로 옮겨놓고 그것이 이야기로 엮어지는 부분들에 대해 신경 쓰지 못한 글들이 많았다. 마치 드라마의 시퀀스 한 부분을 텍스트로 옮겨놓거나, 게임 플레이의 리뷰를 보는 것과 같은 작품들이 많았다.

반면 중단편적인 구성의 묘를 견지하고 있는 작품들 중에서는 소재와 세계관에 대한 설정이 SF로 보기에는 다소 어색한 작품들이 있었다. 이러한 경향들 가운데서 「모멘트 아케이드」는 처음부터 마지막까지 구성의 힘을 잃지 않고 설정한 세계관을 밀고 나가는 힘이 돋보였다. 소재와 세계관에 대한 설정들은 오히려 참신하지 않다는 느낌을 줄 수도 있는 작품이었고 제출된 조판의 파격 등이 의구심을 들게 하기도 했으나, 오히려 마지막까지 긴장감 있게 읽어 내려가면서 결론에서 제시된 의미들에 공감할 수밖에 없는 좋은 작품이었다.

우수작인 「테세우스의 배」는 설정한 소재에 대한 깊이 있는 이해가 인상적인 작품이었다. 이제는 SF에서 클리셰라고도 볼 수 있는 소재를 선택해, 그 가능성이 아직 더 남아 있음을 보여주는 작품이었다고 할 수 있다. 특히 복제인간에 대한 접근은 포스트휴먼 담론의 전개가 본격화되는 현대사회에서 반드시 의미맥락을 갱신해주어야 하는 소재였기도 했는데, 그러한 부분들에 새로운 가능성을 제시한 것이 인상적이었다.

가작 수상작인 「네 영혼의 새장」, 「트리퍼」, 「그 이름, 찬란」과 같은 경우엔 이야기를 끌고 나가는 힘에서 공통적으로 아쉬움이 있었지만 경이의 세계를 그리고 그것을 자신의 것으로 만들어 독자들에게 제시하는 지점들이 인상적인 작품이었다.

「네 영혼의 새장」은 소재의 재의미화가 돋보였고, 「트리퍼」는 처음부터 내달리는 서사의 경쾌함이 전체 분위기를 주도하는, 읽는 재미가 있었다. 「그 이름, 찬란」은 흥미로운 소재 간의 결합이 뻔해 보일 수 있는 세계관을 절묘하게 비트는 재미가 있었던 작품이다.

아쉽게 최종 당선작에 오르지 못했지만, 「산호의 달밤」과 「굿바이 테라리움」과 같은 작품들은 2020년에 접어든 현대 한국에서 미래를 그린다는 것에 대한 새로운 가능성에 있어 의미를 부여할 수 있는 작품이었다. 비록 특이할 만한 변주를 보여주지는 못했지만 오버테크놀로지와 사회적인 문제의 일정 부분에 고착화되어 있는 SF 서사들이 기후변화와 환경위기, 이로 인해 촉발된 인류세Anthropocene의 시대에 상상하게 될 미래에 어떠한 의미들을 제시할 수 있을까 하고 생각했을 때 가능성을 보여준 작품이었다. 하지만 해당 소재들에 대한 현대적인 재해석과 그것을 충분히 자기 것으로 만들어 이야기 내에서 변주하는 부분을 수행하지 못했던 것이 아쉬움으로 남는다.

좋은 작품들이 쏟아진 덕분에 심사과정에서 SF의 근본적인 질문들에 대한 부분들부터, 작품 내에서 구현된 의미들에 대한 현대적인 해석의 영역까지 장시간의 토론을 거쳐야 했다. 의미 있는 경험을 하게 해주신 모든 작가님들께 감사하고, 선정되신 작가들의 앞으로의 여정을 응원한다.

김보영 _소설가

2019년은 한국 SF에서 기념비적인 한 해였다. 다양한 경로로 훌륭한 작가들이 쏟아져 나왔다. 제2회 한국과학문학상 수상자인 김초엽 작가가 오늘의 작가상을 수상했고, SF 무크지가 생겨났고,

한국 SF 소설이 베스트셀러에 오르며, 여러 매체가 2019년의 문학 키워드로 SF의 약진을 손꼽았다. 한국 SF의 원년은 종종 있었고 주기적으로 있었지만, 한 번쯤 그 회귀소설 같은 수사를 너그럽게 수용해도 좋지 않을까 싶을 만큼 장 전체가 풍성해졌다.

단지 데뷔 방법이 다양해진 만큼 한 공모전에 좋은 작품이 몰리는 일은 줄어드는 게 아닐까 걱정했지만, 본심작을 보면 기우였던 듯하다. 대상과 우수상에는 큰 이견이 없었지만 가작에서 격론이 있었는데, 그만큼 엇비슷하게 좋은 작품이 많이 투고되었다고 보아야 할 것이다.

필력 이상으로 작품의 독창성과 개성이 점점 더 요구되리라 본다. 기본기는 있어도 결말에서 힘이 떨어진 작품이 유독 많았는데, 글은 시작보다 결말이 중요하니 끝까지 기력을 놓치지 않기를 바란다.

일반 문학에 가까운 작품이 많이 눈에 띄었다. 다른 글쓰기 훈련을 받은 사람들도 SF에 눈을 돌리고 있다는 긍정적인 신호려니 한다. 하지만 여기가 SF 공모전이라는 것은 규칙이자 전제조건이니만큼, SF 요소를 차용하지 않은 글을 본심에 올릴 수는 없는 노릇이다. 또한 청년 빈곤과 드높은 부동산 가격 문제를 다룬 작품이 예심에 다수 있었는데, 시대의 반영이려니 한다.

스페이스 오페라라 부를 만한 우주 활극이 이전보다 많이 보였다. 소재와 상상의 확장을 의미하니 환영할 만한 일이라 생각한다. 단지 이들 중 대다수가 기반이 문학이 아니라 영상매체에 있다는 인상을 지울 수 없었다. 별다른 묘사 없이 아이디어의 나열만이 이어지는 작품이 많았다. 국내에는 이미 스페이스 오페라 소설이 적지 않게 들어와 있으니, 이를 참고하여 기법을 연구해보았으면 한다.

더해서 이것은 소설공모전이다. 소설은 가상의 이야기지 논픽션이나 연설문이 아니다. 작가가 종교적 신비주의나 음모론을 진심으로 믿으면서 쓴 글을 SF인 척 내밀어보았자 그 의도는 뻔히 보이기 마련이다. 부디 그 내용을 믿지 않게 된 뒤에 다시 쓰기 바란다.

소중한 작품을 내주신 모든 분들에게 격려와 건필을 기원한다. 좋은 문학상을 계속 운영하고 계신 머니투데이에도 감사를 드린다. SF의 약진의 한 축에 또한 훌륭한 신인들을 배출한 이 한국과학문학상이 있으려니 한다.

내가 본 예심작 중에서 본심에 올릴지 마지막까지 고민한 작품은 「엄마는 외계인」과 「우주가 멈춘다!」였다. 둘 다 기본기를 갖춘 소설이었다. 「엄마는 외계인」은 짧은 소품이지만 재미가 있었고 분위기가 좋았다. 하지만 외계인보다 귀신이 주된 소재였고, 외계인은 억지로 넣은 느낌이 컸다. SF라는 제약이 없다면 출간이 가능한 소설로 보이니 다른 경로를 알아보았으면 한다.

「우주가 멈춘다!」는 내가 예심에서 본 스페이스 오페라 중에서 가장 완성도가 높은 작품이라 호감이 있었지만, 명사만 바꾸면 현대 한국의 어느 회사에서 일어나는 파업사건으로 보아도 무방

한 소설이었다. 문제의 시작과 문제의 해결 어디에도 우주라는 배경이 활용되지 않았다. 무대를 우주로 잡았다면 적어도 지상에서는 일어날 수 없을 법한 사건이 전개되어야 할 것이다.

본심에 올라온 작품 중 기억에 남은 작품을 언급하면 다음과 같다.

「꿈틀 날틀」은 잘 쓴 소설이었지만 역사소설에 가까웠다. 「산호의 달밤」은 과학보고서에 가까웠고, 그 과학보고서라는 면에서도 적합성이나 새로움을 찾기 어려웠다. 「회귀」는 다중우주를 관리하는 모습이 공무원 업무처럼 축소된 풍경이 매력적이었지만 그 설정을 개인과 그 가족의 운명과 잘 연결했는지 의문이 있었다.

「굿바이 테라리움」은 흥미로운 서두를 보여주었으나 주인공의 과거를 7일간 되짚는 전개에서 달리 새로운 점을 보여주지 못했다. 「일벌들의 천국」은 청년빈곤과 주거문제를 다룬 소설로, 벌집과 같은 아파트의 묘사가 재미있었다. 단지 예측 불가능한 전개가 긴장을 주는 동시에 산만함도 주었고, 전달하려는 메시지 또한 모호했다.

「세이건 행 후발대」는 멸망한 지구의 풍경이 아름답게 펼쳐지는 작품이다. 서두를 더 다듬었다면 좋았을 것이고 결말이 미비한 편이었다. 주인공이 자연생식을 동경하는 지점은 현대에는 애매한 점이 있다고 본다.

「흰 당나귀의 마지막 사막」은 과다교육과 신분상승 욕구에 대한 풍자가 도드라진 점이 장점이었으나, 소설이 표면적으로 제시하는 주제와 태아를 VR(가상현실)로 만나는 엄마의 황홀경에 초점을 맞춘 전개 사이의 연관성을 찾기 어려웠다.

다음은 중단편 부문 선정작에 대한 심사평이다.

「트리퍼」는 읽는 재미가 있는 소설이었다. 나는 본심작 중 「세계의 끝에서 돌이 된다면」과 장단점이 비슷한 작품으로 보았다. 독창적인 소재와 압축적인 전개, 그리고 풍성한 묘사로 독자를 끌어당겼지만 결말에서 힘이 부족했다. 개인적으로 두 작품 중 어느 쪽이든 지지할 수 있었지만 좀 더 상상의 여지와 즐거움을 주었던 「트리퍼」에 점수를 주었다.

「그 이름, 찬란」은 우주선에 사는 사람들이 지구 강하 가상 시뮬레이션을 하며 연극에 탐닉하는 풍경을 아름답게 보여준다. 작은 이야기로 큰 세계를 보여주는 좋은 예시며, 사람들의 운명과 연극이 꿈처럼 교차하는 결말이 장엄했다.

「네 영혼의 새장」은 입양아에게 원래 그 가정에 있었던 아동의 성향을 입력하는 세계를 그린다. 현실에서 일어나는 일들을 SF적인 장치를 통해 그 의미와 모순을 더욱 선명하게 보여주는 좋은 작품이다. 단지 결말의 미비함은 단점으로 지적되었다.

「테세우스의 배」는 힘찬 글이며 시작부터 독자의 마음을 홀려놓았다. 전송 오류로 폐기될 운명에 처한 사람이 정전으로 하루의 유예를 얻고, 이후 연속적인 사건에 휘말리며 점점 거대한 운명으로 빠져든다. 양자전송이 전송인가 아니면 단순히 사물을 폐기하고 합성하는 것인가에 대한 상상은 SF 내에서는 종종 있었던 소재지만, 그 아이디어를 극한까지 밀어붙인다. 정적이고 우울한 글이 쏟아지는 가운데 속이 확 트이는 소설이었다.

단지 사건이 계속 확장되며 결말에서 단편으로서는 불필요한 인물과 사건이 계속 등장하는 점이 단점이었다. 그래도 대상으로도 고려되었을 만큼 좋은 작품이었고, 대상과 우수상에는 심사위원 사이에서 이견이 거의 없었다.

「모멘트 아케이드」는 소설의 본질이라 할 수 있는 '감동'을 심사위원에게 선사한 작품이다. 사람의 기억이 쇼핑몰처럼 거래되는 세계에서, 고통에 빠져 있던 주인공은 연인과의 기억을 올린 한 인기 없는 모멘트로부터 위로를 받는다. 독자의 예상을 조금씩 뛰어넘는 전개가 펼쳐지며, 중단편 본심작 중 가장 훌륭한 완결성을 보여준 작품이었다.

모르는 사람들이 서로의 마음을 이해하고 공감하는 것에 대해, 자신의 기억과 체험을 열어주며 나누어주는 것으로 남을 위로하는 것에 대해 생각하게 한다. 독자를 감싸 안고 도닥여주는 듯한 소설이었다. 심사위원들의 큰 지지를 받아 대상으로 선정됐다.

당선된 모든 분께 축하를 드리며, 아쉽게 선정되지 못한 작가들의 건필 또한 기원한다.

김창규 _소설가

좋은 작품에 개성과 생명력이 있듯 과학문학상에 응모한 작품들도 일정 부분 색깔과 경향을 보이곤 한다. 그 경향의 변화를 바라보노라면 SF의 본질이 제대로 이해되어가는 모습에 기쁘지만, 가끔 새로운 오해가 눈에 띄는 것도 부인할 수 없는 사실이긴 하다.

제4회 한국과학문학상 응모작 가운데 여러 편에 공통된 경향이 한 가지 있었다. SF의 구성요소인 '경이로움'과 일반 문학에서 흔히 일컫는 '문학성'을 결합하려는 시도다. 이 시도에 실패한 응모작이 많아 안타까웠다. 기교가 부족해서가 아니라, SF가 본디 품고 있는 문학성을 펼치기보다는 SF를 의식적으로 문학의 바깥에 둔 다음 형식만 끌어와 접목했기 때문이다.

이는 SF를 피상적으로 이해한 탓일 수도 있고, 문학 자체를 상투적으로 학습한 때문일 수도 있다. 그 결과는 행동도 사유도 하지 않는 주인공, 미려하지만 공허한 문장, 결말 없는 이야기로 나타났다.

그와 정반대로, 본심에 오른 응모작들을 보면서는 이제 더 이상 '좋은 한국 SF의 가능성'이란 얘기는 듣지 않아도 되겠다는 생각이 들어 기뻤다. 그만큼 SF를 충분히 소화하고 빚은 작품들이, 가능성을 넘어 다양한 길을 정하고 완성되고 있었다. SF와 과학문학상이라는 배에 오른 이들이 이미 훌륭한 선원이 되어 본격적으로 항해에 나선 셈이다.

그 배에서 커다란 돛 역할을 하는 과학문학상이 빼어난 작가들을 계속 발굴하기를 바라면서, 수상자들께 축하와 함께 앞으로 더 보여줄 SF 속 경이감에 대한 기대를 아울러 보낸다.

대상 「모멘트 아케이드」는 SF 문법에 익숙한 독자와 그렇지 않은 독자의 반응을 모두 계산에 넣은 양질의 지적 유희 그 자체다. 도입이 약간 진부하다고 생각했던 독자도 작품의 중간 지점부터 이야기의 심상치 않음을 감지할 수 있고, 결말에 담긴 전환 및 그와 직결되는 따스한 시선은 기대를 채우고도 남아 이론이 거의 없이 당선됐다. SF의 장점을 남김없이 발휘한 좋은 예라 하겠다.

우수상 「테세우스의 배」는 다소 익숙한 아이디어에서 출발해 그 익숙함을 추진력으로 극복하고 소설로서 만족스러운 결말에 도달한 점이 무엇보다 인정받았다. 정석적인 SF로 부족하지 않은 작품이다.

가작 가운데 「그 이름, 찬란」은 연극이라는 매개와 함께 우리나라 작가들이 자주 활용하지 않았던 소재, 즉 외계 지성체와 벌이는 전쟁을 배치하고 매끄럽게 조화시킨 점이 뛰어났다. 하지만 작품을 읽으며 독자가 알아채고 느껴야 할 여러 감정을 일일이 설명하는 지점이 많아 아쉬웠다.

「네 영혼의 새장」은 이야기에 숨겨진 사실에 도달하기까지는 좋았으나 비밀이 밝혀진 뒤의 효과가 약하고 결말부의 존재감이 너무 약해 아쉬웠다. 「트리퍼」는 가능성이 많은 아이디어를 차분히 소개해가는 모습이 좋았으나 미스터리 구조를 채택한 이상 반드시 제시해야 하는 결론 부분에서 조금 성급했다는 느낌을 지울 수 없었다.

수상에 이르지 못한 작품 가운데 「꿈틀 날틀」은 역사의 분기를 더 명확히 그렸더라면 대체 역사 SF로 충분히 작동했으리라는 것이 심사위원의 공통된 의견이었음을 밝힌다.

정보라 _소설가

이야기에는 결말이 있어야 한다. 이번 한국과학문학상 심사의 화두는 이것이었다. 장편부문과 중단편 부문 투고작 모두, 어떤 한 장면이나 사건에 치중해 결말이 불충분하게 갑자기 끝나거나, 도입부에서 대단히 중요하게 부각한 주인공들의 목표나 과업을 중반 이후 혹은 결말에서 아무 이유 없이 내던지는 작품들이 많았다.

주인공(들)이 본래 목표나 과업을 달성하지 않기로 결정했다면 거기에는 이유가 있어야 한다. 혹은 그런 목표나 과업을 버리기로 하는 과정이나 심경의 변화를 일으킨 결과 자체가 줄거리를 이끌며 사건을 일으키는 동인이 된다. 그냥 아무 이유 없이 주인공이 본래 목표를 버리고 초월적인 깨달음을 얻으면서 이야기가 끝나면, 뭐 그럴 수도 있긴 한데 구성적인 측면에서 좋은 작품이 될 수는 없는 것이다.

한국과학문학상은 이름에 '문학상'을 포함하고 있다. 문학상은 앞으로 한국 SF문학, 나아가 SF문학 전반이란 어떠한 것인지 결정하고 본보기를 보여주는 역할을 한다. 또한 해당 문학상의 수상 작품들을 통해 문학이 예술적으로 사회적으로 무엇이며 어떠한 역할을 해야 하는지 규정하는 의미도 가지고 있다.

전개가 빠르고 흡인력(吸引力, 사람의 관심이나 흥미 등을 끌어들이는 힘. 흡'입'력이 아니다. 흡입력은 물리적으로 빨아들이는 힘이며 냉난방기, 진공청소기, 의료기기 등 SF에 소재로 활용될 수는 있지만 문학 작품의 구성요소 자체와는 조금 다른 분야를 논할 때 사용하는 단어다) 이 강하고 대단히 재미있다 하더라도 예술적으로나 사회적으로 아무런 가치를 전달하지 않거나 폭력적, 차별적인 주제의식을 바탕으로 하고 있다면 '문학상'을 수여할 수는 없다. 이 점에 있어 심사위원들은 예민하게 인식하고 깊이 논의했음을 밝힌다.

중단편 부문 수상작 중 대상작 「모멘트 아케이드」는 인간의 삶에 대한 이해와 함께 중반 이후의 반전이 작품 전체의 인상을 완전히 바꿔놓은 탁월한 작품이다. 중편은 단편보다는 긴 이야기를 할 수 있지만 그래도 장편에 비하면 압축적인 분량 안에 구성을 잘 짜야 하는 장르인데, 「모멘트 아케이드」는 작가가 SF의 특징과 중편의 특징을 모두 완전히 이해하고 집필한 작품이었다.

우수상 「테세우스의 배」는 복제인간이라는 소재와 종교적 개념, 사회적 갈등, 그리고 추리 스릴러의 문법을 잘 활용한 매우 흥미로운 작품이었다. 아주 재미있게 단번에 읽었으며, 도입부와 이어지는 결말에서 작가의 유머감각도 돋보였다고 생각한다.

가작 수상작 중「그 이름, 찬란」은 주요 등장인물들이 우주선 안에서 연극을 공연하기 위한 여러 준비와 우주전쟁을 결합한 독특한 작품이다. 주인공들이 지구를 되찾아야 하는 임무를 띤 군인이라는 최초 설정과 선내 연극공연이라는 줄거리를 통해 화성과 지구의 다른 문화를 보여주는 전개가 무리 없이 엮이는 필력이 훌륭했다. 맞춤법과 띄어쓰기, 어휘와 표현이 간간이 어긋나는 감이 있었으나 이 모든 것을 보완하는 결말이 대단히 인상적이었다.

「네 영혼의 새장」은 매우 다정한 작품이었으며 내가 느끼기에는 좀 더 긴 이야기로 탄생할 수도 있을 것 같다. 그리고「트리퍼」 또한 살인사건 수사를 위해 동물의 기억에 침투한다는 독특한 설정과 결말의 반전이 눈에 띄는 작품이었다.

장편과 중단편 부문 대상 수상작들 모두 여성 주인공을 중심으로 전개되는 이야기이며, 가작 수상작 중에도 여성 중심의 이야기가 두 편이나 있다. 수상작에 오르지 못한 중단편 부문 투고작 중에도 내가 심사한 작품들 중 여성 서사가 많이 눈에 띄어 기뻤다. 슬펐던 점은 훌륭한 여성 서사이지만 SF가 아닌 작품들이 많았다는 사실이다.

단편「바다를 들이다」는 젊은 여성 주인공이 겪는 빈곤과 성폭력을 포함한 모든 폭력과 그로 인해 삶과 세상에 대해 느끼는 전반적인 위협과 공포를 절절하게 그려낸 수작이었으나 SF가 아니였다. 작품이 정말 좋았기 때문에 나는 주인공이 자취방에 바다를 들일 때 사용한 디바이스나 기제에 대한 설명이 하나라도 등장하기를 간절히 바랐으나 아쉽게도 과학기술적 설명은 끝까지 나오지 않았다.

또 다른 좋은 여성 서사 「그녀의 인생에 결혼은 없다」는 SF적인 요소를 충분히 보여주었고 이야기도 재미있고 주제의식도 명확해서 '본심에 올려야지! 올릴 거다!' 하고 두근거리며 읽었는데…. 결말이 없었다. 중편 분량을 통해 마지막에서 두 번째 페이지까지 이야기를 끌고 온 힘과 전달하고자 하는 메시지를 생각하면 앞에서 쌓아 올린 이야기를 모두 부정하는 단 한 페이지 분량의 결미는 분량상으로나 내용상으로나 크게 실망스러웠다. 과학문학상에서 요구하는 작품 분량에 맞추기 위해서일 것이라 추정하는데, 그럴 때는 중간의 설명적인 부분이나 주인공의 독백을 조금 잘라내고 끝을 좀 더 충실히 마무리 짓는 쪽으로 수정했다면 어떨까 생각한다.

중편 「한라와 순임과 나」는 시간 여행이라는 SF적 소재를 활용했고 전개와 구성도 탄탄한 여성 서사였으며 그리하여 본심까지 진출했지만 시간 여행이 과거 회상의 용도로만 미약하게 언급될 뿐 SF적인 특징이 전체적으로 약해서 결국 수상작에는 오르지 못했다.

한국과학문학상은 어쨌든 '과학문학'에 중점을 두어야 하기에, SF로서의 특징이 더 분명하고 SF라는 장르를 통해 주제를 전달하고자 했던 다른 작품들을 선정할 수밖에 없었음을 이해해주시기 바란다.

그리고 맞춤법과 띄어쓰기는 언제나 모든 글쓰기의 기본 중에서도 가장 기본이다. 글을 쓰는 사람은 자신이 사용하는 한국어 어휘와 표현들의 의미와 용법과 올바른 맞춤법을 알고 글을 써야 한다. 소설을 쓸 때는 여기에 더해, 퇴고하면서 작품의 시점이 1인칭인지 3인칭인지, 주인공과 등장인물들의 이름은 처음부터 끝까지 통일되어 있는지, 설정이 충돌하지 않는지 등등도 점검해야 한다.

작품의 시점이 처음부터 내내 3인칭이었다가 중간에 갑자기 아무 설명 없이 1인칭으로 바뀐다거나 주요 등장인물들의 이름이 한 글자씩 바뀌는 혼란스러운 상황이 반복되면 독자 입장에서는 이것이 어떤 정교한 문학적 장치라기보다는 오타와 퇴고 부족의 결과라고 먼저 생각하게 된다.

올해도 좋은 작품들을 많이 읽게 되어 개인적으로 보람찬 경험이었다. 심사위원들 간에 치열한 논의가 있었고, 심사의 공정성을 위해서 모든 심사위원이 고민하고 토론했음을 밝힌다. 수상하신 작가님들께 진심으로 축하드리며 앞으로도 훌륭한 작품들을 계속 발표해주시기를 바란다.

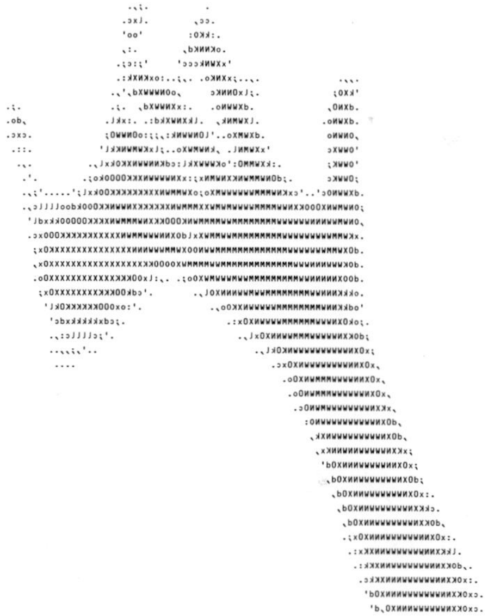

제4회 한국과학문학상 수상작품집

© 황모과·존 프럼·유진상·양진·이지은, 2020 Printed in Seoul, Korea

초판 1쇄 펴낸날 2020년 5월 13일
초판 2쇄 펴낸날 2020년 6월 9일
지은이 황모과·존 프럼·유진상·양진·이지은
펴낸이 한성봉
편집 조유나·하명성·최창문·김학제·이동현·신소윤·조연주
콘텐츠제작 안상준
디자인 전혜진·김현중
마케팅 박신용·오주형·강은혜·박민지
경영지원 국지연·지성실
펴낸곳 허블
등록 2017년 4월 24일 제2017-000050호
주소 서울시 중구 소파로 131 [남산동 3가 34-5]
페이스북 www.facebook.com/dongasiabooks
인스타그램 www.instagram.com/dongasiabook
트위터 twitter.com/in_hubble
전자우편 dongasiabook@naver.com
블로그 blog.naver.com/dongasiabook
전화 02) 757-9724, 5
팩스 02) 757-9726

ISBN 979-11-90090-10-0 03810

이 도서의 국립중앙도서관 출판예정도서목록(CIP)은
서지정보유통지원시스템 홈페이지(http://seoji.nl.go.kr)와
국가자료공동목록시스템(http://www.nl.go.kr/kolisnet)에서
이용하실 수 있습니다.(CIP제어번호: CIP2020017911)

허블은 동아시아 출판사의 SF 브랜드입니다.

만든 사람들

책임편집 신소윤
크로스교열 안상준
표지디자인 워크룸
본문조판 김경주